Janette Oke

# Jenseits des Sturmwinds

Janette Oke

# *Jenseits des Sturmwinds*

SCHULTE & GERTH

Die amerikanische Originalausgabe erschien im Verlag
Bethany House Publishers, Minneapolis, Minnesota,
unter dem Titel „Beyond The Gathering Storm".

Aus dem Amerikanischen übersetzt von Ursula Alberts.

Best.-Nr. 815 897
ISBN 3-89437-897-2
1. Auflage 2004
Umschlaggestaltung: Dan Thornberg/Immanuel Grapentin
Satz: Typostudio Rücker, Linden
Druck und Verarbeitung: Ebner & Spiegel, Ulm
Printed in Germany

*Für all die Leser,*
*die sich eine Fortsetzung der Geschichte*
*um die Familie Delaney gewünscht haben,*
*die ich Ihnen in der „Kanada“-Serie vorgestellt habe.*

# Kapitel 1

Der kalte Regen und der Wind waren nicht gerade das Wetter, wie sie es sich für ihr Vorhaben an diesem Morgen gewünscht hätte. Obwohl sie bemüht war, sich mit dem geliehenen Schirm zu schützen, wurde sie sofort eisig durchgepustet und klatschnass. Doch es war nicht das Wetter selbst, das sie nur schwer ertragen konnte. Was ihr Sorge machte war, dass ihr Vater gerade drei Tage damit verbracht hatte, mit ihr zusammen eine sorgfältig ausgesuchte, wenn auch beschränkte Garderobe anzuschaffen. Sollte diese schon am ersten Tag ruiniert werden und all die Zeit verschwendet gewesen sein? Ihr Vater hatte nicht geklagt, doch sie war sicher, dass er es begrüßt hätte, wenn sie ihre Entscheidungen etwas schneller getroffen hätte.

Sie war ziemlich nervös, als sie ihr kleines Zimmer in der Pension verließ, und das Wetter half auch nicht gerade. „Ich wünschte, Vater wäre hier geblieben oder Mama hätte mit mir kommen können“, murmelte sie.

Sie erinnerte sich an das, was ihr ihre Mutter beim Abschied versichert hatte, obwohl die Tränen, die ihr dabei übers Gesicht gelaufen waren, sie Lügen zu strafen schienen: *„Gott wird mit dir sein. Vergiss das nie. Und wir werden jeden Tag für dich beten.“*

Der Gedanke stärkte sie. Sie hielt den Schirm fester und schickte sich an, die Straße zu überqueren, als sie ein Auto kommen hörte und innehielt. Ihr Kopf drehte sich automatisch dem Auto zu. Sie war noch immer erstaunt und amüsiert über den Krach und die Geschwindigkeit, mit denen diese modernen Vehikel fuhren. Dieses war dunkelblau und hatte eine hübsche kleine Figur auf der Motorhaube. Der Mann am Steuer steckte den Kopf zum Fenster hinaus, offensichtlich, um besser sehen zu können, als es durch die bespritzte Windschutzscheibe möglich war. Eine dunkle Autobrille verdeckte seine Augen, und ein langer, lässig um seinen Hals geschlungener Schal drohte vom Wind fortgeweht zu werden.

Sie konnte nicht anders, als ihn mit einem amüsierten Lächeln anzustarren. Für einen Augenblick vergaß sie den Regen und ihre Nervosität. Sie hob ihren Schirm, damit er ihr nicht die Sicht versperrte, und trat an den Rand des Gehwegs.

Zu spät erkannte sie ihren Fehler. Als das Auto an ihr vorbeisauste, spritzte ein Schwall schmutziges Regenwasser aus einer Pfütze über ihre Röcke. Aufschreiend sprang sie zurück, doch der Schaden war bereits getan. Sie sah von ihren triefenden Kleidern zu dem verschwindenden Auto. Der Fahrer steckte noch einmal den Kopf heraus, um einen Blick zurückzuwerfen. Vielleicht würde er anhalten und zurückkommen, um sich zu entschuldigen. Doch nein, er zuckte lediglich übertrieben mit den Schultern und hatte dann noch die Frechheit, zu grinsen und ihr zuzuwinken. Sie konnte seine Ungezogenheit nicht fassen. Ihre neuen Kleider waren ruiniert, und dieser Mann schien das noch lustig zu finden.

„Du liebe Zeit“, rief sie aus, als sie ärgerlich ihren nassen Rock betrachtete. Sie sollte in dem Gebäude auf der anderen Straßenseite gleich ein Vorstellungsgespräch führen. Ihr Vater hatte es arrangiert. Er hatte gehofft, sie begleiten zu können, doch seine Pflichten hatten ihn aus der Stadt gerufen. Da stand sie also in ihren durchweichten Sachen und die Zeit reichte nicht aus, um zurückzugehen und sich umzuziehen.

„Was soll ich jetzt nur tun?“, dachte sie laut nach. „Ich kann doch nicht …“ Dann schüttelte sie den Kopf und begann zu lachen. „Tja, ich muss aber wohl. Ich kann nichts anderes tun, also muss ich das Beste daraus machen.“

Aufmerksam sah sie die Straße hinunter, um sich zu vergewissern, dass keine weiteren Autos kamen, bevor sie über die Straße eilte, den Schirm wie ein Gewehr geschultert. Sie war bereits so nass, dass das bisschen Regen also auch nichts mehr ausmachte.

Sie schob sich durch die schwere Eingangstür und blickte verzagt in der großen Halle herum. Es schien niemand anwesend zu sein, und sie wusste nicht wohin. Sie stellte den Schirm in einen Ständer und versuchte vergeblich, das Wasser von ihrem Rock abzuschütteln. „Wie sagt Mama doch immer – dass einem das Leben hässliche Überraschungen bringen kann und man lernen muss, damit fertig zu werden“, murmelte sie, als sie ihr dunkles Haar zurückstrich und unter ihren Hut steckte. „Also, diesmal bin ich nicht sicher, wie ich damit fertig werden soll.“

Als sie so gut es ging ihren Mantel abklopfte, merkte sie, dass er den meisten Schlamm abbekommen hatte, obwohl auch ihr Rock auf der Vorderseite einen dunklen Streifen aufwies.

Sie zog den Mantel aus. Sie konnte ihn so drehen, dass man das Schlimmste nicht sah. Mit einem frischen Taschentuch wischte sie sich die Regentropfen vom Gesicht und tastete über ihr feuchtes Haar. Dann straffte sie die Schultern und atmete tief durch. Also los!

Halt! Was war mit dem Schirm? Er war nur geliehen. Was, wenn jemand annehmen würde, der Schirm in dem Ständer sei für den allgemeinen Gebrauch bestimmt? Vielleicht gab es so etwas. Sie hatte keine Ahnung, welche Sitten in der Stadt üblich waren. Sie ging zurück und holte ihn, obwohl es schwierig war, den triefenden Schirm und ihren feuchten Mantel zu tragen.

Ihr Vater hatte gesagt: *„Die Treppe hinauf und nach rechts. Der Mann heißt Randolph. Arthur Randolph.“* Sie zwang sich zu einem Lächeln. Es war tatsächlich ein Abenteuer, genau wie ihr Vater gesagt hatte. Sie warf einen bedauernden Blick die Treppe hinunter, stieg die letzte Stufe hinauf und wandte sich nach rechts.

*Vater hat gesagt, dass es eine Empfangsdame gibt, mit der ich sprechen muss. Ihr muss ich mich vorstellen und mein Anliegen vortragen.* Sie schnitt eine Grimasse und zog den Mantel zurecht, um den vorderen Teil ihres Rocks zu verdecken. *Was würde die Dame nur von ihrem Aussehen halten?* „Ich hoffe, sie hat Sinn für Humor“, murmelte sie.

Sie fand den Raum am Ende des Flurs, zögerte jedoch einen Moment, ehe sie der Einladung Folge leistete, die an der Tür stand: *Arthur Randolph und Partner. Bitte eintreten.*

In dem Raum befand sich eine ganze Anzahl von Menschen. Schreibtische zogen sich an einer Wand entlang und mindestens ein halbes Dutzend junger Mädchen saßen über Schreibmaschinen gebeugt und hämmerten auf die schwarzweißen Tasten ein. Auf einer Reihe von Stühlen saßen weitere Personen, die ungeduldig einmal das eine, dann das andere Bein übereinander schlugen und offensichtlich darauf warteten, mit der Empfangsdame sprechen zu können, die in der Nähe hinter ihrem Schreibtisch thronte. Die ordentlich gestapelten Akten um sie herum verbargen fast das Schild, auf dem stand *Miss Stout, Empfangsdame*. Das junge Mädchen seufzte erleichtert und ging auf sie zu. Sie konnte sich ein Lächeln nicht verkneifen. Stout bedeutet stämmig, doch die Frau war in ihren mittleren Jahren und dünn wie eine Bohnenstange.

„Bitte“, sagte die Frau, ohne auch nur von ihren Papieren aufzusehen.

Das einzelne Wort bewirkte, dass sich alle Köpfe umwandten und ein Dutzend Augenpaare auf die einsame Gestalt in der Nähe des Schreibtisches starrten. Einen Augenblick lang empfand die junge Frau Panik, dann räusperte sie sich, brachte ein schwaches Lächeln zu Stande und sagte mit mehr Selbstvertrauen, als sie fühlte: „Ich bin Christine Delaney. Ich habe …“ Einen Augenblick lang fiel ihr das Wort nicht ein. Fieberhaft dachte sie nach. „Ich habe einen Termin mit Mr. … eh … Mr.“ Ein weiterer Augenblick der Panik, während sie verzweifelt nach dem Namen suchte. „Mr. Randolph“, stieß sie schließlich hervor, während sie erleichtert aufatmete.

Die Frau runzelte die Stirn.

„Doch ich habe ein kleines Problem“, fuhr Christine eilig fort, erstaunt über ihre eigene Kühnheit. „Gerade, als ich hier die Straße überqueren wollte“, sie wies mit der Hand in Richtung der Straße, auf der es geschehen war, „kam ein Auto vorbei und spritzte meinen Rock voll. Vielleicht wäre es Mr. Randolph lieber, dass ich einen anderen Termin ausmache … später … wenn ich etwas ordentlicher aussehe …“

Christines Stimme versagte, als sich die Miene der Frau noch mehr verdüsterte. „Diese verrückten Autofahrer!“, stieß Miss

Stout schließlich hervor. „Man sollte sie gar nicht auf die Straße lassen. Denen ist es egal, wie sie fahren."

„Oh, ich …"

„Schon zweimal hintereinander musste ich ihnen morgens aus dem Weg springen", fuhr die Frau fort, die inzwischen richtig wütend geworden war. „Und es sind nicht nur die Pfützen. Man befindet sich ja ständig in Lebensgefahr. Diese Dinger gehören verboten! Menschen und Autos passen einfach nicht auf die gleichen Straßen, so ist das."

Sie stapelte und sortierte ihre Papiere mit solcher Wut, dass ihr Schreibtisch förmlich bebte. Christine hörte ein Kichern von einem der Schreibtische zu ihrer Linken. Die Frau musste es auch gehört haben, denn sie sah missbilligend in diese Richtung. Sofort wurden die Schreibmaschinentasten mit erneuter Energie bearbeitet.

„Kommen Sie." Die Frau nickte Christine zu und erhob sich von ihrem Schreibtisch.

„Aber sollte ich nicht …", begann Christine und sah noch einmal an ihrem Rock hinunter.

„Mr. Randolph ist ein sehr beschäftigter Mann. Er hat keine Zeit, einen neuen Termin zu machen. Er möchte die Angelegenheit heute noch erledigt haben. Sie müssen einfach das Beste daraus machen."

*Das Beste daraus machen.* Hatte sie diese Worte nicht ihr Leben lang gehört? Christine zuckte die Achseln und folgte der Frau.

„Und lassen Sie den Mantel und Ihren Schirm da drüben. Wir wollen doch nicht den ganzen Teppich voll tropfen", sagte die Frau. Die finstere Miene, mit der sie auf den Kleiderständer am anderen Ende des Raumes wies, sprach Bände.

Gehorsam hängte Christine ihren neuen Mantel neben vier andere und hoffte, dass er und der geborgte Schirm dort sicher wären. Mit gesenktem Kopf folgte sie der ungeduldigen Frau durch die massive Eichentür, froh, den neugierigen Blicken zu entkommen.

Es war ein großer Raum voller Regale und Tische und Aktenschränke, die alle von Papieren und Ordnern überquollen. In der

Mitte des Raumes saß ein stattlicher Mann hinter einem großen Schreibtisch. Sein Kopf war vorgebeugt, so dass man nur seinen wilden Haarschopf sah. Übergroße Hände waren damit beschäftigt, auf dem vor ihm liegenden Blatt Papier eine Linie nachzuziehen. Christine hörte sein Murmeln, in dem Ausdrücke vorkamen, von denen sie mit Sicherheit wusste, dass ihre Mutter sie nicht in ihrem Haus geduldet hätte. Dem Ton und dem finsteren Gesichtsausdruck nach zu urteilen, schien Mr. Randolph mit irgendetwas unzufrieden zu sein.

„Sir“, begann die Empfangsdame ehrerbietig.

Die einzige Erwiderung war ein Brummen.

„Die letzte Bewerberin ist hier.“

Er hob nicht einmal den Kopf. „Ich hoffe, sie ist besser als die anderen“, nörgelte er. „Können nicht tippen. Können keine Rechtschreibung. Ich weiß nicht, was sie denen heute in der Schule beibringen. Ich vergeude meine ganze Zeit damit …“

„Sir. Ich habe sie mitgebracht.“

Der Kopf hob sich. Unter buschigen Brauen starrten Christine zwei dunkelbraune Augen an. Er runzelte noch mehr die Stirn, so dass sich tiefe Falten quer darüber zogen. Zwei große Hände hoben sich, um die wilde Haarmähne aus dem Gesicht zu streichen. Weder er noch Miss Stout sprach ein Wort. Christine schluckte unbehaglich. Wer sollte das unangenehme Schweigen brechen? Sollte sie es wagen?

Sie wagte es.

„Ich bin Christine Delaney“, sagte sie mit überraschend ruhiger Stimme. „Ich habe einen Termin für ein Einstellungsgespräch. Doch ich muss mich entschuldigen … ich … ich hatte ein kleines Missgeschick auf dem Wege hierher. Dieses Auto …“

„Autofahrer! Diese Irren“, brummte der Mann wie ein Echo auf die Gefühle der Empfangsdame. Sein Blick fiel auf Christines Rock. „Haben keinen Respekt für die Leute auf dem Gehweg. Man könnte denken, die Straßen wurden nur für sie und ihre närrischen Maschinen gebaut. Fahren wie der Teufel, alle durch die Bank. Ich weiß nicht, was schlimmer ist, der Staub oder der Schlamm.“ Er ließ seinen Blick von Christines Rock zu ihrem Gesicht wandern. „Ich nehme an, dass Sie jetzt nach Haus rennen müssen, um sich umzuziehen?“, erkundigte er sich.

„Nein, Sir“, erwiderte sie schnell. „Das heißt, wenn es *Ihnen* nichts ausmacht.“

Bei dieser Erwiderung sah er sie erstaunt an und beugte sich weiter vor, um sie genau betrachten zu können. „Ihre Schuhe sind nass“, bemerkte er brummig. „Sie werden sich den Tod holen.“

Christine zuckte nur mit den Achseln. „Wenn nasse Schuhe einen umbringen würden“, sagte sie leichthin, „wäre ich schon lange tot.“

Das schien ihn sogar noch mehr zu überraschen. Er räusperte sich. Christine bemerkte, dass die Furchen auf seiner Stirn nicht mehr so tief waren. „Na, dann wollen wir mal“, sagte er dann mit einer Stimme, die beinahe versöhnlich klang.

Christine hörte, wie sich eine Tür leise schloss. Miss Stout hatte sich zurückgezogen. Mr. Randolph griff nach einer Akte, die die Empfangsdame auf eine Ecke seines Schreibtisches gelegt hatte.

„Haben Sie irgendwelche Berufserfahrung?“, erkundigte er sich, noch bevor seine Augen den Inhalt überflogen hatten.

„Nein. Wenigstens nicht im Tippen“, erwiderte Christine.

Er zog seine buschigen Brauen hoch. „Worin sonst?“

„In allem, was mein Vater oder meine Mutter mir aufgetragen haben“, antwortete sie wahrheitsgemäß.

Amüsiert sah er sie an. „Wollen Sie damit sagen, dass Sie Aufträge ausführen können?“

„Ja, Sir, ich denke, das kann ich.“

„Und Sie scheuen sich nicht vor harter Arbeit?“

Sie zögerte nicht. „Es wurde von uns erwartet, dass wir unseren Teil beitragen“, erwiderte sie. „Arbeit gehörte zum Leben. Unser Überleben hing davon ab.“

Er nickte. „Na, das ist mehr, als die meisten heutzutage bringen“, sagte er widerwillig und richtete seine Aufmerksamkeit auf die Akte in seinen Händen. „Oh ja“, sagte er einen Augenblick später und hob den Kopf. „Sie sind das Polizistenkind. Haben Ihr ganzes Leben oben im Norden verbracht.“ Seine Augen kehrten zu ihr zurück. „Ich wette, dass es hier ganz anders ist.“

Christine konnte sich einen schnellen Blick auf ihren Rock nicht verkneifen. Zu ihrer Überraschung hörte sie ihn lachen.

„Also, eins werden Sie schnell genug lernen, und zwar, sich vor diesen Irren von Fahrern vorzusehen. Jedes Mal, wenn Sie auf die Straße gehen, spielen Sie mit Ihrem Leben. Man hätte von vornherein keine Autos auf den Straßen zulassen dürfen. Jetzt ist die ganze Stadt voll davon. Die kriegen sie nicht mehr von den Straßen. Jetzt ist es so weit gekommen, dass man eins besitzen muss, um sich gegen sie behaupten zu können."

Christine lächelte. Sie hoffte, dass er bald mit dem Interview beginnen würde. Ihre nassen Füße fühlten sich ungemütlich an, und sie war noch immer ein wenig nervös bei diesem ersten Vorstellungsgespräch. Was, wenn sie die Stelle nicht bekam? Was sollte sie dann tun? Ihr Vater hatte bei ihr bleiben wollen, bis alles für sie geregelt war. Jetzt war sie allein. Allein, nervös und völlig aus ihrem Element gerissen.

Er schloss die Akte. Sie fühlte, wie ihr Herz sank. Er hatte ihr keine richtige Chance gegeben. Hatte kaum etwas von dem gelesen, was da stand.

„Geben Sie das beim Hinausgehen bei Miss Stout ab", sagte er forsch. „Sie fangen morgen früh um acht Uhr an. Aber pünktlich. Sie wird Ihnen die Einzelheiten erklären."

Christine hatte die Stelle. Sie hatte die Stelle, und sie war nicht einmal befragt worden. Zumindest nicht so, wie man sie in der Schule für Sekretärinnen glauben gemacht hatte. Hölzern nahm sie die Akte entgegen, murmelte ein „Danke, Sir" und wandte sich zum Gehen. Sie befand sich in einer Art Schockzustand.

„Und, Miss Delaney", rief er ihr nach, als sie schon fast aus der Tür gegangen war. Sie drehte sich um. Oh nein! Sie hatte ihn missverstanden. Jetzt würde die Wahrheit zum Vorschein kommen.

„Gehen Sie am besten so schnell wie möglich nach Haus und ziehen Sie sich andere Schuhe an", sagte er beinahe freundlich. „Wir wollen doch nicht, dass Sie sich eine Erkältung holen, noch bevor Sie Ihre neue Stelle antreten."

Sie lächelte nur schwach.

*

Gerade war sie in ihren Mantel geschlüpft und hatte ihren Schirm an sich genommen, als es an der Tür plötzlich lebhaft wurde. Zuerst sah sie nicht, wer eingetreten war, bemerkte jedoch, dass dessen Eintreffen große Aufmerksamkeit im Raum erregte.

Christine sah, wie sich Miss Stouts Züge noch mehr verfinsterten und ihre Lippen sich vor Ablehnung schürzten. An den Schreibtischen der Stenotypistinnen bemerkte sie jedoch eine ganz andere Reaktion. Köpfe hoben sich und Hände nestelten an Frisuren. Verstohlene Blicke, Wimpernklimpern und wissendes Lächeln. Christine wandte sich zur Tür, um zu sehen, wer diese Aufregung verursachte. Und da stand er, die triefende Autobrille in der behandschuhten Hand, den langen Schal lässig um den Hals geschlungen, während seine Augen die Reihe der jungen Stenotypistinnen musterten. Ohne Zweifel, das war der Autofahrer, der sie vorhin so gründlich nass gespritzt und dann noch gegrinst hatte.

Sie fühlte, wie sich ihr Rücken straffte und sich ihre Lippen zusammenpressten. Als er sich schwungvoll herumdrehte, begegneten sich ihre Augen. Sie konnte sehen, dass er sie sofort erkannte. Sein Blick fiel auf ihren bespritzten Mantel.

„Sieht so aus, als hätten Sie zu dicht an der Bordsteinkante gestanden“, scherzte er. Um seine dunklen Augen bildeten sich amüsierte Fältchen.

„Offensichtlich“, erwiderte sie steif, ihre Stimme kühl und ruhig. „Miss Stout und Mr. Randolph haben mir beide versichert, dass ich es bald besser wissen werde. Sie sagten, die Stadt wäre voll von Autofahrern, die sich wenig um andere Menschen scherten.“

Eine dunkle Augenbraue hob sich. Offensichtlich war er weder reuig noch gewillt, sich zu entschuldigen. Tatsache war, er sah noch immer amüsiert aus. Doch seine nächsten Worte überraschten sie. „Geben Sie mir eine Minute Zeit und ich fahre Sie nach Hause.“

Sein Ton besagte, dass er ihr einen großen Gefallen tat. Christine konnte fühlen, wie still es im ganzen Raum wurde.

„Danke, aber ich gehe lieber zu Fuß", sagte sie, ohne zu zögern. „Es mag gefährlich sein, doch ich ziehe vor, es darauf ankommen zu lassen."

Sie nahm das Material, das ihr Miss Stout gegeben hatte, damit sie es sich übers Wochenende durchlesen konnte, und ohne sich noch einmal nach dem jungen Mann umzudrehen, wandte sie sich zur Tür. Jedes Augenpaar im Raum schien auf sie gerichtet zu sein, doch das war ihr gleichgültig. Sie hoffte nur, man würde nicht denken, dass sie diesen arroganten jungen Fremden kannte.

Sie war im Begriff, die Tür zu öffnen, als sie ihn fragen hörte: „Ist Vater da?" Christine fuhr herum.

„Es ist ein normaler Arbeitstag", antwortete Miss Stout frostig. „Wo sollte er sonst sein?"

„Gut", war die knappe Antwort.

„Er ist im Moment beschäftigt."

„Er ist immer beschäftigt." Der junge Mann ignorierte die Empfangsdame einfach und riss die Tür zu Mr. Randolphs Büro auf.

Christines Herz stockte fast, als sie merkte, dass sie gerade ziemlich unhöfliche Worte mit dem Sohn des Chefs gewechselt hatte. Bevor sie noch Atem holen konnte, hörte sie Mr. Randolphs laute Stimme. „Da bist du ja. Fahr die junge Frau da draußen nach Hause. Irgendein Idiot von Fahrer hat sie beinahe ertränkt."

# Kapitel 2

„Machst du dir Sorgen?“

Henry Delaneys Kopf wandte sich dem Fragesteller zu, während sich sein Mund öffnete, um schnell zu verneinen. Doch als seine dunklen Augen den intensiv blauen des Mannes begegneten, der vor dem offenen Kamin saß, schloss er den Mund wieder. Er unterbrach sein erregtes Hin- und Hergehen und strich sich über den kurz geschnittenen Bart. Es war die einzige Angewohnheit, die er bei all seinen Bemühungen, sich nichts anmerken zu lassen, nie überwunden hatte.

Ohne Zweifel hatte es sein Vater bemerkt, denn er sagte: „Hat es etwas mit deinem Dienst zu tun?“

Der jüngere Mann seufzte tief. Wie konnte er darauf antworten? Auf gewisse Weise hatte es wirklich etwas damit zu tun. Er ließ seinen Finger noch einmal der Länge nach über seine Lippe streifen und drehte sich zurück zum Feuer. Der Husky, der seinem Vater zu Füßen lag, bewegte sich unruhig und sah von einem zum anderen, als warte er darauf, dass ein Wortwechsel stattfinden würde.

„Manchmal hasse ich den Polizeidienst“, murmelte Henry. Sein Rücken straffte sich, während sich sein Gesicht schuldbewusst rötete, als hätte er gerade Verrat verübt.

Der ältere Mann erwiderte nichts, sondern wies nur auf den Stuhl, der ihm gegenüber vor dem offenen Kamin stand. Der Hund hob den Kopf und ließ ein leises Fiepen hören.

Mit einem langen Seufzer ließ sich der junge Mann auf den Sitz fallen.

„Es tut mir Leid“, begann er langsam. „Ich hatte nicht vor, meine … meine Unzufriedenheit mitzubringen. Seit vielen Monaten habe ich mich auf diesen kleinen Urlaub gefreut. Können wir nicht … diese Dinge für uns behalten? Mutter hat sich so darauf gefreut, Weihnachten mit uns gemeinsam zu feiern. Ich möchte nicht, dass sie von meinen Problemen hört."

Der ältere Mann lächelte. „Sie hat mich gebeten, mit dir zu sprechen."

Henrys Gesicht nahm einen betroffenen Ausdruck an. Er begann wieder an seinem Schnurrbart zu ziehen. „War es so offensichtlich?"

„Du hattest es gut versteckt. Hast mich beinahe zum Narren gehalten. Ich nahm an, dass du nur müde wärst. Das kann passieren, wenn man monatelang Dienst tut. Doch deine Mutter … die kann man nicht so leicht täuschen."

Der junge Mann beugte sich vor, die Ellenbogen auf die Knie gestützt. Jetzt, wo er über die Sache sprechen konnte, empfand er Erleichterung.

„Es ist nicht der Polizeidienst, Vater. Ich bin noch immer froh, zur RCMP (*Royal Canadian Mounted Police*, die Königliche Kanadische Berittene Polizei, Anm. d. Übs.) zu gehören. Ich könnte mir nicht vorstellen, irgendetwas anderes zu tun." Er fuhr sich mit der Hand durch sein dichtes braunes Haar. „Es ist nur … na ja … Einige der Dinge, die wir tun müssen … sind fast wie eine Verhöhnung unseres Mottos ‚*Zu schützen und zu dienen*'. Das ist eine ziemlich umfassende Aufgabe. Das Dienen ist nicht so schwierig. Doch wie kann man jemand schützen, wenn es Umstände gibt, die weit außerhalb unserer Kontrolle liegen?"

Wynn Delaney richtete sich auf. „Ich denke, deine Mutter wird erleichtert sein. Sie dachte … wir beide fürchteten, dass es die Gerüchte vom Krieg sind, die dir Sorgen machen."

Überrascht drehte sich Henry zu ihm. „Glaubst du wirklich, dass wir da hinein verwickelt werden?"

Wieder setzte sich Wynn in seinem Stuhl zurecht. Seine Augen wanderten zu den Flammen im Kamin, als wollte er darin eine Antwort finden. „Ich hoffe es nicht, aber es sieht mit jedem Tag schlechter aus." Er sah zu seinem Sohn hinüber. „Warst du in der Lage, dich über die Berichte von Hitler in Europa auf dem Laufenden zu halten?"

Henry schüttelte den Kopf. „Nur Bruchstücke, mal hier und

mal da …Und ich weiß nie, wie glaubwürdig diese Informationen sind."

„Manchmal frage ich mich das auch. Doch es sieht mehr und mehr danach aus, als brauchten sie da drüben unsere Hilfe."

„Und Mutter denkt, dass ich vorhabe, eventuell dort mitzumachen?"

Wynn nickte.

Ein paar Minuten lang herrschte Stille, ehe Henry wieder zu sprechen begann. „Ich weiß es nicht … wenigstens bis jetzt noch nicht. Wenn es dazu kommen sollte, werde ich erst einmal beten müssen. Ich gebe zu, es würde mir schwer fallen, zu Hause zu bleiben, wenn ich das Gefühl hätte, dass mein Land mich braucht. Ich werde darüber beten."

Wynns Augen blieben an seinem Sohn hängen. Henry war ziemlich sicher, dass sein Vater an die anderen Väter und Mütter dachte, die der herzzerreißenden Möglichkeit ins Auge sehen mussten, ihre Söhne und Töchter in den Krieg ziehen zu sehen. Und wie viele würden nach Kriegsende wieder nach Hause kommen?

Schließlich durchbrach Wynn das Schweigen. „Aber wir sind vom Thema abgekommen", sagte er zu Henry. „Du hast von schwierigen Aufgaben im Polizeidienst gesprochen."

Henry stand wieder auf. Schon der Gedanke daran beschwor tiefe, beunruhigende Erinnerungen herauf. Er konnte sich kaum überwinden, davon zu sprechen. Doch als er zu seinem Vater hinübersah, wusste er, dass er reden musste. „Weißt du, worin meine letzte offizielle Pflicht bestand, bevor ich meinen Posten verlassen habe?"

Im Gesichtsausdruck seines Vaters spiegelte sich tiefe Anteilnahme, als er hörte, welche tiefen Empfindungen in Henrys Stimme mitschwangen.

„Ich musste einer Frau die Nachricht überbringen, dass ihr Mann getötet wurde. Und das war nicht das erste Mal. Das Schwerste daran war, nehme ich an, dass es eine alte Wunde aufriss, die ich für geheilt gehalten hatte. Es brachte den ganzen Schrecken von vor vier Jahren zurück, als ich auf meinem ersten Posten war und das erste Mal mit einem Todesfall zu tun hatte.

Bei dem Toten handelte es sich damals um einen jungen schwedischen Holzfäller. Seine Firma meldete, dass er am Ende des Tages nicht mit seinen Kollegen zurückgekommen war. Ich fand ihn unter einem gefällten Baum. Er war zerquetscht worden." Henry unterbrach sich einen Augenblick und schüttelte den Kopf. „Ich dachte, ich wäre endlich damit fertig. Sein Gesicht suchte mich nicht mehr Tag und Nacht heim, obwohl ich zugeben muss, dass ich ab und zu noch an ihn dachte. Doch der neue Zwischenfall – diesmal war es ein älterer Trapper – hat alles wieder aufgewühlt. Ich habe wieder Albträume und werde von Erinnerungen verfolgt. Das Auffinden des jungen Holzfällers damals war schlimm genug, doch seiner Witwe die Nachricht zu bringen war das Schwerste, was ich je in meinem Leben getan habe. Ich erinnere mich daran, als sei es gestern gewesen."

Der ältere Mann nickte verständnisvoll. Sein Sohn begann wieder, hin und her zu gehen. Seine Gefühle überwältigten ihn fast. Er war dankbar, dass sein Vater nicht versuchte, die Stille mit gut gemeinten leeren Worten zu füllen. Hier handelte es sich um etwas, womit Henry selbst fertig werden musste.

„Als ich ankam und sie meinen Hundeschlitten hörte, kam sie mir aus der kleinen Hütte entgegengerannt. Sie dachte, ihr Mann käme nach Haus. Sofort, als sie mich … die Uniform ... sah, wurde ihr Gesicht ganz blass. Sie sah so … so verlassen, so gebrochen aus. Ich dachte, sie würde ohnmächtig werden, bevor sie die Nachricht überhaupt gehört hatte."

Er drehte sich abrupt um und sah seinen Vater an. „Sie war kaum mehr als ein Mädchen", sagte er leise, während seine geballte Hand lautlos, aber fest in die Handfläche der anderen schlug. „Irgendwo da oben in einer Holzfällerhütte. Völlig allein. Sie …" Er machte den Versuch, sich zu beruhigen, doch sein Kinn zitterte. „Ich schlug ihr vor, zurück ins Haus zu gehen. Es war so kalt … sie hätte im Handumdrehen Erfrierungen gehabt und es nicht einmal gemerkt. Zu dem Zeitpunkt wankte sie schon. Ich bin sicher, sie wusste bereits, was ich ihr mitteilen würde. Stöhnend wiederholte sie immer nur seinen Namen. Ich versuchte, sie zu einem Stuhl zu führen, doch sie weigerte sich und …"

Lange Zeit konnte er nicht weitersprechen. Bis auf das Knistern des Feuers und das mitfühlende Winseln des Hundes herrschte Stille im Zimmer.

Er schluckte „Nachdem ich es ihr gesagt hatte, brach sie einfach zusammen. Sie klammerte sich an mich und schluchzte und schluchzte. Nie in meinem Leben habe ich einen solchen Kummer erlebt. Ein Tier, das in einer Falle gefangen wird, gibt keine kläglicheren Laute von sich. Und sie hielt mich so fest, als würde sie ertrinken. Ich weiß nicht, wie lange sie mich umklammert hat. Ich betete schweigend und versuchte irgendwie … sie zu beruhigen … ihren schrecklichen Schmerz zu lindern. Papa, ich habe mich noch nie im Leben so völlig hilflos gefühlt."

Er ließ sich wieder auf den Stuhl sinken und starrte ins Feuer. Seine Kiefer mahlten. „Das war aber noch nicht das Schlimmste", fuhr er schließlich fort. „Sie hatte sich gerade ein wenig beruhigt, als … als ich einen anderen Schrei hörte. Sie hatte ein Baby, nicht mehr als ein paar Monate alt. Ich wäre am liebsten weggerannt. Und gleichzeitig wusste ich, dass ich sie nicht allein lassen konnte. Doch ich wusste auch nicht, was ich mit ihnen anfangen sollte, wie ich ihnen helfen konnte."

Er stand auf und begann wieder, hin und her zu gehen. Der Hund stand ebenfalls auf, als wollte er etwas gegen die schwermütige Stimmung im Raum tun.

„Doch als das Baby schrie, veränderte sie sich plötzlich. Auf einmal war sie ganz vernünftig, ganz und gar Mutter. Als wüsste sie, dass sie gebraucht wurde. Sie … sie gab mir den Kleinen, während sie ging, um trockene Windeln zu holen. Ich habe noch nie ein Baby gehalten. Er lag einfach in meinen Armen und sah zu mir auf. Ich hätte weinen können. Gerade hatte ich die Nachricht gebracht, dass sein Papa getötet wurde, und er sah mich an und lachte. Ich kam mir wie … wie ein Verräter vor."

Er strich sich wieder über die Lippe. Seine sonst so breiten Schultern hingen herab. „Sie kam zurück, und ich fragte sie, was ich tun soll. Sie sagte, ich solle hinübergehen und ihre Nachbarin, Mrs. McKinnon, holen. Ich wusste nicht, ob ich sie allein lassen konnte, wusste aber auch, dass ich nicht ewig bei ihr bleiben konnte. Jemand musste ihr helfen. Ich sah sie an und wie sie das Baby hielt und entschied, dass es gehen würde. Ich wollte zu Mrs. McKinnon gehen und dabei beten, dass diese Frau, wer sie auch sein mochte, kommen würde. Ich wusste nicht, wie lange es dauern würde, und überzeugte mich, dass sie genug Holz zum Heizen hatte und dann …" Er zögerte und errötete leicht. „Ich brachte heimlich die Flinte des Mannes aus dem Haus. Sie war so verzweifelt ... ich wollte kein Risiko eingehen. Dann machte ich mich auf zu den McKinnons. Die Frau war einverstanden, hinüberzugehen. Sie stellte keine Fragen. Ich wollte sie begleiten, aber ihr Mann sagte, er würde sie rüberbringen. Er war ein großer, bärenstarker Bursche. Ich dachte, die beiden, da sie doch Nachbarn waren, würden besser als ich in der Lage sein, der jungen Frau zu helfen."

Wieder herrschte Stille.

Der ältere Mann war der Erste, der sprach. „Und das war das Letzte, was du von ihr gesehen hast?"

Henry nickte.

„Du weißt also nicht…?"

„Ich habe keine Ahnung."

„Mit Sicherheit haben sich die McKinnons oder sonst jemand um sie gekümmert."

Henry zuckte mit den Schultern.

„Was passierte mit der Leiche des jungen Holzfällers?"

„Die Holzfirma hat sich um die Einzelheiten gekümmert. Ich war nicht länger mit dem Fall beauftragt."

„Die werden schon für sie gesorgt haben. Wenn du dir noch immer Sorgen machst, kannst du ja nachfragen, wenn du zurückgehst."

„Ich gehe nicht zurück. Bevor ich wegging, wurde ich zu einer neuen Stelle versetzt. Sie schicken mich für eine Weile in den Süden."

„In den Süden? Und, wie findest du das?"

Henry zuckte wieder mit den Schultern und bemühte sich, gleichgültig zu klingen. „Es ist eine Abwechslung." Er seufzte tief und fuhr fort. „Obwohl ich gehört habe, dass sie noch immer mit der Dürre zu kämpfen haben. Einige Farmer haben aufgegeben. Sie sind einfach weggezogen. Die anderen können sich kaum halten. Es ist schwer gewesen.“ Eine nachdenkliche Stille folgte. „Na ja ... es wird eine Abwechslung sein.“

Henry beugte sich vor, um ein neues Holzscheit ins Feuer zu werfen. Helle Funken sprühten auf wie kleine Feuerwerkskörper. „Aber die junge Frau geht mir nicht aus dem Sinn. Ich bete, dass sie ordentlich versorgt ist“, sagte er, „dass die Holzfirma ihre Pflicht erfüllt hat. Doch das beseitigt nicht meine … ich weiß nicht einmal, wie ich es ausdrücken soll, Papa. Ich bin nie zuvor so sehr von einer Tragödie berührt worden. Pflicht. Du siehst einen anderen Menschen so … so zerstört, und da ist nichts – *nichts* –, was du tun könntest, um den Schmerz zu lindern. Mit einer derartig tragischen Nachricht einfach in ein Leben hineinzustolpern, und dann nichts zu tun, um zu helfen …“ Er fand keine Worte mehr.

Der ältere Mann stand auf, wobei er sich auf den Stuhl stützte, um mit seinen starken Armen das Bein zu entlasten, das seinen Dienst nicht mehr richtig tat. Er trat näher, um sich am Feuer zu seinem Sohn zu gesellen. Mehrere Minuten lang standen sie Schulter an Schulter und beobachteten, wie das Feuer das harzige Fichtenholz verschlang.

„Junge, ist dir klar, dass du ihr bereits geholfen hast?“

Der Kopf des jungen Mannes fuhr herum. „Ich habe gar nichts getan. Habe sie einfach … einfach … dort gelassen und …“

„Nein, das hast du nicht. Du hast sie getröstet. Und das brauchte sie in dem Augenblick. Dass da eine Schulter zum Anlehnen war, als sie weinte. Und du hast für sie gebetet. Und Henry, wenn ich mich nicht irre, hast du seitdem nicht aufgehört zu beten.“

Henry wischte sich die feuchten Augen. Vielleicht gehörte es sich für einen Mountie nicht zu weinen. Doch selbst ein Gesetzeshüter war menschlich.

Langsam schüttelte er den Kopf. „Nein“, sagte er. „Nein, ich habe nicht aufgehört zu beten.“

*

„Wann kommt Chrissies Zug an?“

Elizabeth hob den Kopf, um ihren Sohn anzusehen. Sie war erleichtert, dass er nach dem Gespräch mit seinem Vater entspannter zu sein schien, obwohl seine dunklen Augen noch immer umschattet waren. Sie wartete auf die Gelegenheit, mit Wynn zu sprechen, um herauszufinden, was Henry solche Sorgen bereitete. Bewusst leicht antwortete sie: „Morgen um siebzehn Uhr.“

„Macht ihr ihre Arbeit Spaß?“

*Versucht Henry nur Konversation zu machen?*, fragte sich Elizabeth, als sie ihm einen schnellen Blick zuwarf. Nein, er war aufrichtig interessiert. Sie kannte ihn gut. Im Hintergrund hörte sie Wynn lachen. „Nachdem der Anfang nicht leicht war, scheint sie sich ganz gut eingewöhnt zu haben.“

Henry hatte die Geschichte von Christines unglücklicher Begegnung mit dem Auto und der unerwünschten Heimfahrt im gleichen Wagen, der das Unglück verursacht hatte, bereits gehört.

„Sieht sie den Sohn ihres Chefs oft?“, fragte Henry.

„Ich nehme an, von Zeit zu Zeit“, antwortete Elizabeth. „Ich glaube, sie hat ihm vergeben. In gewisser Weise tut er ihr Leid. Er hat seine Mutter verloren, als er noch klein war, und der Vater scheint der Überzeugung zu sein, dass er ein guter Vater ist, so lange er dem Jungen viele teure Spielzeuge kauft, das Auto inbegriffen.“

Henry schüttelte den Kopf. „Oh weh.“

„Christine hatte einige Schwierigkeiten, sich an die Stenotypistinnen zu gewöhnen. Bei denen geht es nach Rang und Würden. Eine Weile wurde sie dauernd zurechtgewiesen. Es half auch nicht, dass Mr. Randolph ständig sie zum Diktat rief an Stelle der jungen Dame, die davor den höchsten Rang eingenommen hatte. Miss Stout musste ein- oder zweimal vermittelnd eingreifen. Christine wollte schon kündigen. Als der Chef davon hörte, gab er ihr eine unerwartete Gehaltserhöhung. Das war noch Öl aufs Feuer der anderen.“

„Und, geht es jetzt besser?“

„Ich glaube, die Aufregung hat sich gelegt. Miss Stout hatte offensichtlich ein langes Gespräch mit Mr. Randolph. Sie hat ihm erklärt, wie die Dinge stehen. Jetzt will er Christine die Möglichkeit geben, sich hochzuarbeiten, so dass die anderen keinen Grund mehr zur Eifersucht haben. Seitdem fühlt sie sich viel besser."

Henry nickte. „Ich kann's kaum erwarten, sie wieder zu sehen", sagte er.

Elizabeth dachte an die vergangenen Jahre. Henry war immer Christines Beschützer gewesen. Schon als das Mädchen als schüchterne Vierjährige zu ihnen gekommen war, hatte Henry seine Rolle als großer Bruder sehr ernst genommen. Damals war er fast vierzehn Jahre alt gewesen. Sie hatten es gerade geschafft, die Unterschriften für die Dokumente zu bekommen, durch die Henry ganz zu ihrem Kind wurde. Was für ein herrlicher Tag das gewesen war! Und dann kam Christine. Sie war eine Waise und nicht, wie Henry, verlassen worden. Henry hatte sich ihrer gleich angenommen. Sofort wurde sie „meine kleine Schwester" und er beschützte sie mit einer Leidenschaft, die Elizabeth vorher nicht an ihm gekannt hatte. Selbst wenn er Christine neckte, geschah das mit so viel Vorsicht und Rücksichtnahme, dass auch sie ihren Spaß daran hatte.

„Du wirst feststellen, dass sie sich verändert hat", sagte Wynn jetzt in ernsterem Ton. „Sie ist nicht mehr dein kleines Schwesterchen. Sie ist eine richtige junge Dame geworden."

Elizabeth war stolz auf ihre Kinder. Sie hätte nichts anders haben wollen. Sie und Wynn hatten die Kinder zärtlich umsorgt und erzogen, sie darauf vorbereitet, in der Welt der Erwachsenen ihren Weg zu finden. Und wie sie ihr noch immer fehlten! Das Haus kam ihr manchmal so leer vor. Die Erinnerungen waren daher bittersüß.

Sie hatte es sehr bedauert, dass sie nicht in der Lage gewesen war, mit Wynn und Christine mitzufahren, um sie in der Stadt zu etablieren. Aber es gab niemand, der bei der ältlichen Nachbarin bleiben konnte, die sich gerade zur „unpassendsten" Zeit das Bein gebrochen hatte. Christine war verständnisvoll gewesen, doch das hatte Elizabeths Bedauern nicht verringert, bei diesem wichtigen Schritt im Leben ihrer Tochter nicht mit dabei zu sein.

Jetzt konnte sie in Henrys Augen wieder diesen fernen Schatten sehen. *Was hat er nur?*, fragte sich Elizabeth. Sie hob den Blick und begegnete Wynns Augen. In ihnen stand die gleiche Frage. Er zuckte kaum merklich mit den Schultern. Sie würden darüber reden, doch jetzt war nicht die richtige Zeit dafür.

„Sie ist ungefähr so alt wie …“ Henry beendete den gemurmelten Satz nicht. Elizabeth war überrascht, doch in Wynns Gesicht las sie, dass er den Rest der Geschichte wohl kannte. Etwas war im Norden geschehen, was ihrem Sohn tiefe Sorgen bereitete. Elizabeth musste schnellstens herausfinden, was ihn bedrückte.

# Kapitel 3

„Jetzt haben wir aber genug über mich gesprochen. Wie geht es dir denn?“

Die vier Delaneys saßen vor dem Kamin, Tassen mit heißer Schokolade in den Händen. Der Raum war, wie ihr Leben es immer gewesen war, von Gelächter erfüllt. Christine hockte auf ihrem Lieblingsplatz auf dem Teppich und erzählte von der Fremdartigkeit des Stadtlebens und den ungewöhnlichen Menschen, die ihr in den sieben Monaten ihrer Selbstständigkeit dort begegnet waren. Ihre Eltern und ihr Bruder genossen jede Minute ihrer lebhaften Schilderung. Doch jetzt unterbrach sie sich und sah zu Henry auf.

Er bewegte sich ein wenig unruhig. Obwohl er sichtlich bemüht war, die gute Stimmung des Abends zu erhalten, bemerkte Elizabeth eine gewisse Anspannung.

Sein Lächeln kam ihr gezwungen vor, doch sein Ton war leicht. „Meine Erfahrungen sind nicht so erheiternd wie deine gewesen, das kann ich dir versichern“, sagte Henry, während er die Hand ausstreckte und durch die schwarzen Locken seiner Schwester fuhr. Elizabeth fragte sich, ob Christine mit ihrer Sensibilität für die Stimmungen ihres Bruders nicht die Sorgen bemerkte, die er zu verbergen suchte.

„Wir hatten ja jetzt auch genug Grund zur Erheiterung“, erwiderte Christine. „Erzähl uns etwas über den Norden. Ich habe ihn so vermisst.“

Plötzlich war ihre Stimme von Traurigkeit erfüllt. Erst da erkannte Elizabeth, wie weit Christine also von ihren Wurzeln entfernt war. Das Heimweh ließ ihre Worte traurig klingen. „Tanzt das Nordlicht noch immer einen bunten Reigen am nächtlichen Himmel? Knirscht der Schnee noch unter den Mokassins?

Regiert der Wolf noch immer als König des Waldes? Singt der Morgen noch immer von der Schönheit des Lebens?“

Elizabeth konnte Christines Gesicht nicht sehen, doch sie hörte in ihrer Stimme tiefe Sehnsucht. Was hatte es für dieses Naturkind wirklich bedeutet, in die Stadt geschickt zu werden? Elizabeth erinnerte sich daran, dass es Christines eigene Entscheidung gewesen war.

„Ich denke, du solltest zurückgehen und selbst nachsehen“, antwortete Henry.

Christine straffte ihre Schultern und schüttelte den Kopf. „Es gibt kein Zurück“, sagte sie. Ihre Stimme klang fest, aber auch resigniert. „Die Welt bewegt sich vorwärts, nicht rückwärts. Was war …ist nicht mehr.“

*Wie sind wir nur in diese melancholische Stimmung geraten?*, überlegte Elizabeth. *Noch vor einem Augenblick haben wir uns vor Lachen gebogen.*

Christine sprach weiter. „Ich bin vielleicht kein Genie, doch so viel habe ich schon herausgefunden: Es hat keinen Zweck, sich nach Vergangenem zurückzusehnen. Ich kann nicht mehr ein kleines Mädchen sein, das auf Mamas Schoß sitzt und sich Geschichten erzählen lässt. Ich kann nicht mehr mitten in der Nacht in dein Zimmer schleichen und in dein Bett krabbeln, wenn ich einen bösen Traum gehabt habe. Ich kann nicht mehr mit Tina oder Mary Daw oder mit Kleinem Reh nach einem Sommerregen in den Pfützen waten. Ich kann nicht mehr …“

„Hallo“, bei Henrys Ausruf unterbrach sie sich. Er legte eine Hand auf ihren Kopf. „Natürlich kannst du das. Eben hast du es getan.“

Überrascht sah sie ihn an.

„Wir haben doch all diese Erinnerungen“, erklärte Henry. „Unsere wunderbare Kindheit. Unsere Familie. Unsere Freunde. Die bleiben uns.“

„Das ist nicht das Gleiche“, sagte Christine leise. „Manchmal schmerzt es direkt, wie gerne ich nach Hause zurückkehren möchte. Wieder auf den Waldwegen gehen. Den Rauch der Lagerfeuer riechen. Der sanften Melodie der indianischen Sprache lauschen. Ich vermisse all das so sehr.“

„Ist es wirklich das, was dir fehlt, oder vermisst du deine Kindheit? Ich meine, wenn man eine schöne Kindheit gehabt hat, fällt es einem schwer, davon Abschied zu nehmen, egal, wo man wohnt oder was man erlebt.“

Elizabeth dachte zurück an Henrys frühe Jahre. Er hatte keine schöne Kindheit gehabt. Seine vagabundierende Familie hatte ihn von hier nach dort gezerrt und sich dabei ständig bis aufs Messer gestritten. War es Henry gelungen, diese Erinnerungen auszulöschen?

„Na ja, ich hatte keinen so guten Start“, sagte Henry. „Ich hatte eine Familie, sogar eine große, aber wir fühlten uns nicht zusammengehörig. Keiner kümmerte sich um den anderen. Erst als Papa und Mama mich aufnahmen, fühlte ich mich wirklich zu Hause. Und du … kannst du dich noch erinnern, wie es war, ehe du zu uns gekommen bist? Ich erinnere mich noch genau an den Tag, als Papa dich mit nach Hause brachte. ‚Elizabeth‘, sagte er. ‚Glaubst du, dass du noch Platz für ein weiteres Kind hast?‘ Und sie hatte Platz. Wir alle hatten Platz. Nachdem du gekommen bist, hatte ich das Gefühl, eine richtige Familie zu haben.“

Das Lächeln, das die beiden sich zuwarfen, berührte Elizabeths Herz mehr, als sie hätte sagen können.

„Mama hatte mir von Susie und Samuel erzählt“, fuhr Henry fort. „Ich wurde nie die innere Trauer los. Für mich waren sie wirklicher als meine eigenen Brüder und Schwestern. Mehr … ein Teil der Familie. Dann war da der kleine Louis. Der war so kränklich bei seiner Ankunft, er hatte kaum genug Atem zum Schreien. Selbst Mamas Bemühungen und Papas Medikamente schafften es nicht, dass er lange bei uns blieb. Ich hatte das Gefühl, ein Familienmitglied verloren zu haben. Ich fühlte Trauer, wirkliche Trauer. Ein Teil der Familie fehlte. Und dann bist du gekommen. Diese Dinge kommen mir in den Sinn, wenn ich an meine Kindheit zurückdenke. Nicht das Nordlicht, nicht der Winterschnee, nicht die Hunde, mit denen wir gespielt haben. Nicht einmal an unsere vielen Freunde denke ich. Ich denke an die Familie. Und ich weiß tief in mir, dass ich immer gute Erinnerungen daran haben werde.“

Christine schniefte. Wynn reichte ihr ein Taschentuch. Elizabeth war selbst mit ihrem Taschentuch beschäftigt. Henrys Worte waren das schönste Weihnachtsgeschenk, das sie je erhalten hatte.

Christine nickte und brachte ein Lächeln zu Stande. „Du hast Recht. Wie üblich. Wir sind reich beschenkt worden.“ Sie lehnte sich an Henrys lange Beine. Er legte eine Hand auf ihre Schulter.

„Vielleicht ist das der Grund, dass mir Ben so Leid tut“, waren Christines nächste Worte. „Er ist so … armselig aufgewachsen. Alles, was er hatte, waren *Dinge*.“

„Ist er ein Einzelkind?“, fragte Wynn.

Christine nickte.

„Was für ein Mensch ist er denn?“, fragte Henry interessiert.

„Na ja … er verdreht allen Stenotypistinnen den Kopf mit seinem Charme und seinem guten Aussehen“, begann Christine. „Das Schlimme ist, er ist sich dessen wohl bewusst. Ich glaube, er liebt es, Aufmerksamkeit zu erregen.“

„So, er sieht also gut aus?“, fragte Elizabeth.

„*Mehr* als gut“, erwiderte Christine.

„Ich kannte auch einmal einen solchen umwerfenden jungen Mann“, sagte Elizabeth und blickte mit einem wissenden Lächeln in Wynns Richtung. „Das Nette daran war, dass er sich dessen nicht bewusst zu sein schien.“

Christine und Henry verstanden die Worte und beider Augenpaare richteten sich gleichzeitig auf ihren Vater. „Oh, na ja, Ben sieht nicht ganz so gut aus wie Papa“, warf Christine ein und brachte damit wieder alle zum Lachen.

„Tja, und was hat ihm sein gutes Aussehen bisher eingebracht?“, fragte Henry ein wenig spitz.

„Er ist …frech. Ich habe noch nicht ganz herausgefunden, ob er wirklich so selbstsicher ist, wie er tut, oder ob er damit nur seine Unsicherheit überspielt. Wenn, dann gelingt ihm das sehr gut.“ Sie lachte leise, doch richtig fröhlich klang es nicht. „Nachdem er mich so gründlich nass gespritzt hatte – du hast doch sicher davon gehört?“ Sie drehte sich halb zu Henry um, der bestätigend nickte. „Na ja, mir blieb damals wohl keine Wahl, als mich von ihm nach Haus fahren zu lassen. Am Anfang waren wir ziemlich … steif. Ich war noch immer wütend, aber er schien sich zu amüsieren. Das machte mich noch wütender. Aber in gewisser Hinsicht hat er sich verhalten wie ein Gentleman, obwohl er sich nie zu einer Entschuldigung durchgerungen hat. Am nächsten Morgen stand ein riesiger, wunderschöner Blumenstrauß auf meinem Schreibtisch mit einer Karte, auf der stand ‚Von dem verrückten Fahrer'. Ich wusste nicht, was ich davon halten sollte. Schließlich ging ich einfach darüber hinweg. Ich kam zu dem Schluss, dass Stadtmenschen einfach anders sind als die Menschen auf dem Land und dass es auf seine Weise wohl eine Entschuldigung war."

„Wie alt ist der Bursche?", die Frage kam wieder von Henry.

„Hm … ich weiß es nicht genau. Anfang Zwanzig."

„Arbeitet er?"

„Nein, er studiert noch." Christine hätte nicht zugegeben, dass sie erleichtert, doch auch ein wenig enttäuscht gewesen war, als Ben wieder zur Universität zurückkehrte. Immer öfter waren seine Augen in ihre Richtung gewandert, wenn er das Büro seines Vaters besuchte. Es beunruhigte sie, doch irgendwie fand sie es auch reizvoll. Und als er begann, sich an ihrem Schreibtisch aufzuhalten und kleine Entschuldigungen zu finden, um mit ihr zu reden, war ihr manchmal, als könne sie kaum noch atmen. Sie brauchte Zeit …und Abstand, um herauszufinden, warum ihr Herz in seiner Gegenwart so wild schlug.

„Wo studiert er?"

Ihre Aufmerksamkeit wandte sich wieder ihrer Familie zu, die mit ihr den Raum und das Feuer teilte. „Irgendwo im Osten. Ich glaube, in Toronto."

Wynn bewegte sich. „Was studiert er denn?"

„Da bin ich nicht sicher. Ich weiß nicht einmal, ob er es selbst so genau weiß! Von seinem Vater hörte ich, dass er ein paar Mal das Fach geändert hat."

Elizabeth sah zu ihrem Mann hinüber und teilte schweigend seine Bedenken. „Hat er irgendwelche Verbindungen mit der Kirche?"

Christine richtete sich auf und sah von ihrem Vater zu ihrer Mutter. „Nicht im Geringsten", erwiderte sie. „Mr. Randolph hat nichts mit der Kirche und mit Gott im Sinn. Ich glaube, er ist wütend auf Gott, weil seine Frau gestorben ist. Ich bezweifle, dass Ben in seinem Leben schon einmal in einer Kirche war. Nicht einmal als Kind. Er meint, die Kirche sei etwas für Schwachköpfe."

„Schwachköpfe?"

„Das ist sein, nicht mein Ausdruck."

Elizabeth sah wie Wynns Blick zur Wanduhr ging. „Da wir gerade von Kirche sprechen", sagte er, „wenn wir pünktlich beim Weihnachtsgottesdienst sein wollen, sollten wir uns besser auf den Weg machen. Ich möchte nicht, dass die anderen Schwachköpfe schon ohne uns anfangen."

Gelächter erfüllte den Raum. Elizabeth lächelte zufrieden. Sie hatte sich sehr darauf gefreut, mit ihrem Sohn und ihrer Tochter wieder einmal die Kirchenbank zu teilen. Es war immer die Gelegenheit, bei der sie ihre Kinder am meisten vermisste, wenn sie sich versammelten, um Gott zu ehren, und die Hälfte ihrer Familie nicht dabei war.

*

„Warum geht ihr zwei nicht mit Teeko spazieren?", schlug Wynn vor.

Die Geschenke waren ausgepackt, die Unordnung war beseitigt und das traditionelle Weihnachtsfrühstück der Delaneys, das aus Setzei auf Toast bestand, lag hinter ihnen. Aus der Küche zog der Geruch von gebratenem Truthahn herein. Der Blaubeerkuchen war bereits aus dem Ofen gekommen, doch es würde noch eine Weile dauern, ehe man sich wieder zu Tisch setzen würde.

Henry reckte seine Arme. „Würde gut tun, sich ein wenig die Beine zu vertreten", stimmte er zu. Christine hängte das Geschirrtuch weg. „Nur, wenn Mama verspricht, eine Pause zu machen, während wir weg sind."

Elizabeth lachte. „Das verspreche ich euch. Ich habe schon nach einer Entschuldigung gesucht, mir eine zweite Tasse Kaffee zu gönnen."

„Was hältst du davon, du Bursche?“, fragte Henry den gähnenden Hund. „Teeko, spazieren gehen?“ Mit einem Satz war Teeko auf den Beinen. Sein ganzer Körper zitterte vor Erwartung, als er auf die Tür zusprang, die nach draußen führte. „Es sieht aus, als hätte er Lust“, bemerkte Henry.

„Er hat immer Lust“, lachte Elizabeth, „ob es regnet oder ob die Sonne scheint, Tag oder Nacht.“

Es dauerte nicht lange, bis das Haus wieder still war. Elizabeth goss zwei Tassen Kaffee ein und gesellte sich zu Wynn, der vor dem Kamin saß. Eine Weile tranken sie schweigend, bevor sie sich ihrem Mann zuwandte. „So … um welches unserer Kinder müssen wir uns die meisten Sorgen machen?“

Wynn sah zu ihr hinüber, sagte aber nichts.

„Um Henry und seine schmerzlichen Erinnerungen oder um Christine mit ihrem schmerzlichen Einfühlungsvermögen?“, fuhr sie fort.

„Ich denke, wir haben sie nicht dazu erzogen, gefühllos zu sein“, erwiderte Wynn langsam. „Doch sie scheinen die Lasten anderer mit etwas zu viel Mitgefühl zu übernehmen.“

Elizabeth stellte ihre Tasse hin. „Es ist schwer“, sagte sie, „sehr schwer, im Leben die richtige Balance zu finden.“ Nachdenklich blickte sie vor sich hin, ehe sie weitersprach. „Ich hoffe nur, dass Christines Mitleid sie nicht blind für andere Dinge macht.“

„Hältst du es für möglich, dass sich mehr aus dieser Beziehung zu dem jungen Mann entwickelt?“

Elizabeth nickte. „Manchmal stellt sich das ‚Mehr‘ unmerklich ein.“

„Du möchtest nicht, dass sie sich in diesen jungen Mann verliebt?“

„Nein. Nein. Ich möchte es nicht, das muss ich ehrlich zugeben. Es klingt mir zu riskant. Sie weiß, wie wichtig es ist, mit dem Mann, den man liebt, seinen Glauben zu teilen. Er scheint ja auch sonst kein besonders zuverlässiger Mensch zu sein. Und seine Ahnungslosigkeit geistlichen Dingen und Gott gegenüber … finde ich sehr bedenklich. Doch Christine weiß das alles. Sie weiß Bescheid über Liebe, Respekt, Güte. Sie weiß es besser, als sich mit ihm einzulassen … es sei denn, er ändert sich. Doch selbst dann ..." Ihre Stimme verlor sich, bevor sie den Gedanken wieder aufnahm. „Eine solche Beziehung würde ich ihr nicht wünschen. Sie sollte etwas Besseres haben."

„Wirst du ihr das sagen?"

Elizabeth schüttelte den Kopf. „Ich weiß es nicht. Vielleicht. Zuerst muss ich deswegen beten. Ich brauche Gottes Führung."

Er nickte.

„Aber unser Henry? Ich habe keine Ahnung, wie man ihm helfen kann", seufzte Elizabeth.

„Ich weiß, wie ihm zu Mute ist. Wenigstens zu einem gewissen Grade. Ein plötzlicher Tod ist immer schwer. Und eine solche Nachricht zu überbringen ist herzzerreißend. Ich musste es im Laufe der Jahre ein paar Mal tun. Aber nie, nie einer Frau mit einem kleinen Baby. Das muss ein schreckliches Erlebnis gewesen sein."

„Denkst du, dass es ihm gelingen wird, darüber hinwegzukommen?"

„Wollen wir denn, dass er das tut?" Wynn sah Elizabeth direkt in die Augen. Als sie nicht sprach, fuhr er fort. „Die Zeit wird helfen. Aber die Erfahrung wird ihn auf irgendeine Weise verändern. Wenn man sie einfach abschüttelt und denkt, ‚das ist deren Problem', wird man herzlos und gleichgültig. Wenn man sie wie eine eiternde Wunde mit sich herumträgt und es nichts gibt, was man tun kann, führt es zu Zynismus. Wenn man tut, was man kann, und Leid als Teil des Lebens annimmt, Gott aber dabei ermöglicht, einen empfänglich für die Nöte anderer zu machen, dann wächst man durch diese Erfahrung."

Elizabeth nickte. Sie hatte sich immer gewünscht, dass ihre Kinder wachsen und reifen würden, dass sie die kindliche Selbstsucht überwinden und in der Lage sein würden, anderen eine hilfreiche Hand zu bieten. Und manchmal kam dieses Wachstum eben durch solche Schmerzen zu Stande. Ihr Mutterherz wünschte allerdings, es würde andere Wege geben.

*

„Glaubst du, dass unsere Eltern zurechtkommen?“, fragte Christine, sobald sie außer Hörweite des kleinen Hauses waren.

Bevor Henry antwortete, lief er noch einige Schritte, wobei er auf das Knirschen unter seinen schweren Stiefeln lauschte und an Christines Worte von vorhin dachte.

„Sie kommen mir ganz in Ordnung vor“, antwortete er leichthin. „Und dir?“

Als sie sich mit der Antwort Zeit ließ, drehte er sich nach seiner Schwester um. „Ganz gut“, sagte sie schließlich. „Ich finde, Mama sieht ein bisschen müde aus.“

„Sie macht ja auch immer zu viel. Aber so ist sie nun einmal. Kein Wunder, dass sie müde ist.“

Teeko rannte voraus und bellte vergnügt. Ab und zu drehte er sich um und sah nach, ob sie ihm folgten.

„Hat Papa etwas von seinem Bein gesagt?“

Henry zuckte mit den Achseln. „Du weißt doch, er spricht nicht darüber.“ Wynn erwähnte niemals sein verletztes Bein.

„Ich werde immer noch wütend, wenn ich daran denke“, platzte Christine heraus. „Er möchte es mit einem Achselzucken abtun und als Teil seiner Arbeit betrachten, aber so ist es nicht. Wenigstens sollte es nicht so sein. Nur weil er bei der Polizei ist, heißt das doch nicht, dass er ein Bein verlieren muss, damit Gesetz und Ordnung herrschen.“

„Was hätte er denn tun sollen?“

„Er sah, dass der Kerl ein Messer hatte, und er wusste, dass er es benutzen würde.“

„Willst du damit sagen, er hätte den Mann erschießen sollen?“

Jetzt war Christine an der Reihe, mit den Achseln zu zucken. „Ich weiß es nicht. Ich bin damit nie richtig zur Ruhe gekommen. Aber es erscheint mir nicht richtig, dass er sich nicht schützen konnte. Dieser Wahnsinnige hätte ihn in kleine Stücke geschnitten, wäre es ihm möglich gewesen …“

„Er war betrunken.“

„Betrunken oder nüchtern, wo ist da der Unterschied? Papa hat trotzdem ein Bein verloren.“

„Na ja, nicht vollständig. Er sagt immer, wie dankbar er ist, dass er es noch hat.“

Henry dachte zurück an den schrecklichen Tag des Zwischenfalls. Sie waren überzeugt gewesen, dass sie ihren Vater verlieren würden. Als diese Angst endlich begraben war, nahmen sie an, dass er das Bein einbüßen würde. Doch auch das war nicht geschehen. Er wurde aus dem Norden, wo er so gern gearbeitet hatte, versetzt, und man hatte ihm einen Bürojob gegeben. Immerhin konnte er noch laufen, wenn auch nur hinkend. Dafür hatten sie Gott oft gedankt.

„Hasst er es wirklich, dass er hinter einem Schreibtisch eingesperrt ist, statt draußen zu arbeiten?“, überlegte Christine laut.

Henry lachte. „Das letzte Mal, als wir darüber sprachen, hat er nicht gerade neidisch geklungen. Er sagte, er wäre zu alt, um noch Spaß daran zu haben, die Nächte nur mit einer Decke in einer Schneewehe zu verbringen oder meilenweit mit einem Schlittengespann unterwegs zu sein, um die Fallen irgendeines Trappers zu kontrollieren.“

„Ich denke, er tut nur so“, sagte Christine.

In dem Augenblick gelang es Teeko, ein Rebhuhn aufzuscheuchen. Er setzte ihm nach und bellte den Vogel aus, der über seinem Kopf schwirrte.

„Der dumme alte Hund jagt einfach alles“, lachte Henry. „Und er weiß nie, wann er verloren hat.“

Christine lächelte, sagte aber nichts.

„Also … dieser Ben“, sagte Henry unvermittelt, „bist du mit ihm ausgegangen?“

Ruckartig drehte sich Christine so, dass sie ihm ins Gesicht sehen konnte. „Du meinst, ob ich mich mit ihm verabredet habe?“

„Ja.“

Heftig schüttelte sie den Kopf. „Nein, das habe ich nicht. Er flößt mir Angst ein.“

„Angst? Inwiefern?“

Christine sagte schnell: „Na ja … nicht, dass ich mich direkt vor ihm fürchte, aber … ich weiß nicht. Er hat irgendwie eine dunkle Seite. Was es ist, habe ich noch nicht herausgefunden.“

„Ist er wütend? Gewalttätig?"

„Oh nein. Zumindest habe ich nichts Derartiges bemerkt. Ich war aber auch nicht oft in seiner Nähe. Ich habe nur manchmal so ein inneres Gefühl und grüble darüber nach. Ach, ich weiß es einfach nicht."

„Hat er versucht, sich mit dir zu verabreden?"

Christine zögerte. „Nicht direkt."

„Nicht direkt? Hör mal, Christine, was soll denn das heißen?"

Christine trat im Vorbeigehen gegen ein schneebedecktes Grasbüschel. „Nein", sagte sie mit mehr Betonung als nötig war. „Nein, er hat mich nicht gefragt, ob ich mit ihm ausgehen will."

So leicht wollte sich Henry nicht zufrieden geben. „Aber…?", forschte er weiter.

Schon immer hatte er verstanden, ihre Gedanken und Gefühle aus ihr herauszulocken. Doch diesmal hielt sie etwas zurück. „Ich weiß es nicht. Ich … ich habe das Gefühl, er *hätte* mich gefragt … wenn ich ihn auch nur ein bisschen ermutigt hätte." Sie drehte sich um und ging weiter.

„Und du hast ihn nicht ermutigt?"

„Nein", antwortete sie über die Schulter.

„Warum nicht?"

Sie drehte sich um und sah ihn an. „Da bin ich mir nicht sicher", sagte sie. Ihre Stimme klang jetzt offener. „Ich würde ihn gerne einladen, mit zur Kirche zu kommen. Ich mache mir über seine Einstellung Sorgen. Er muss auf den richtigen Weg gebracht werden, so viel ist sicher. Ich weiß aber nicht, ob ich diejenige bin … ob es etwas gibt …" Sie stockte und stieß dann hervor: „Ich wünschte, du könntest ihn kennen lernen. Du würdest wissen, was zu tun ist. Er hat irgendetwas an sich, was mich beunruhigt. Aber ich kann ihm nicht einfach den Rücken kehren. Was, wenn er dann nie Gott kennen lernt?"

Henry griff nach ihr und zog sie an sich. „Ich vertraue dir, Chrissie", flüsterte er weich. „Wenn du seinetwegen Bedenken hast, halte dich da raus. Lass dich nicht auf ihn ein. Lass dich nicht von ihm zum Narren halten …" Er beendete den Gedanken nicht. Er war sicher, seine Schwester verstand, was er meinte.

# Kapitel 4

Christine fiel es schwer, sich wieder an den Rhythmus des Stadtlebens zu gewöhnen. Nachdem sie die wunderschöne Natur genossen, lange Abende mit ihrem Lieblingsbuch vor dem wärmenden Feuer verbracht und sich an der friedlichen Geborgenheit ihrer Familie erfreut hatte, empfand sie die Stadt als furchtbar laut und anstrengend. Die Oberleitungsbusse lärmten, Hupen dröhnten und die Straßen waren nach jedem Schneefall mit Matsch bedeckt. Christine musste sich wieder ganz neu an die städtische Umgebung gewöhnen.

Es half ein bisschen, dass sie jetzt ihre Arbeitskollegen kannte, wenn auch auf andere Weise als die Freunde ihrer Kindheit. Die Mehrzahl von ihnen hätte sie nicht als Freunde bezeichnet. Sie nickte ihnen morgens von ihrem Platz aus zu und wechselte während des Tages höfliche Worte mit ihnen. Am Ende des Tages beobachtete sie, wie sie sich ihre Mäntel anzogen und wieder ihrem Privatleben zuwandten. Sie wusste nicht, in welcher Richtung sie nach Hause gingen und es interessierte sie auch nicht weiter. Es waren einfach Menschen, die ein paar Stunden am Tag ihren Platz in ihrer Umgebung einnahmen.

Doch ein Mädchen gab es im Büro, für das sich Christine über eine gewöhnliche Bekanntschaft hinaus interessierte. Sie waren etwa im gleichen Alter. Obwohl sie sich weder im Aussehen noch im Temperament ähnlich waren, fühlte sich Christine zu dem Mädchen hingezogen. Jane Easton stammte von einem Bauernhof. Christine war überzeugt, dass Jane sich in der Stadt genauso aus ihrem Element gerissen fühlte wie sie selbst. Die junge Frau sah nicht aus wie ein Mauerblümchen, im Gegenteil, ihr flachsblonder Lockenkopf und ihre leuchtend blauen Augen veranlassten manchen Mann, sich nach ihr umzudrehen. Doch Jane schien sich der Aufmerksamkeit, die sie erregte, nicht bewusst zu sein. Sie war still und in sich gekehrt und schien sehr unsicher zu sein. Aus einem Grund, den sie nicht erklären konnte, spürte Christine den Drang, das Mädchen zu beschützen. Sie merkte, dass sie sich Mühe gab, eine Freundschaft mit Jane aufzubauen.

„Wie lange bist du schon in der Stadt?", fragte sie einleitend, als sie gemeinsam im Speisesaal ihre Mittagsbrote aßen.

„Acht Monate, eine Woche und zwei Tage", erwiderte Jane.

Christine lächelte. Sie selbst hatte nicht so genau Buch geführt. „Woher kommst du denn?"

„Aus einem kleinen Ort, etwa siebzig Meilen westlich von hier."

„Hast du Heimweh?"

Die blauen Augen verdunkelten sich. „Du liebe Zeit, ja."

„Warum bist du dann weggegangen?"

Sie senkte den Blick. „Es gab dort keine Arbeit."

Christine meinte ein Beben in Janes Worten gehört zu haben und fühlte, dass das Mädchen einen Moment brauchte, um sich fangen zu können. Sie nahm ihren Apfel und biss hinein.

Schließlich erklärte Jane: „Meine Familie brauchte Hilfe mit den Arztrechnungen. Ich habe einen kleinen Bruder, dem es nicht gut geht. Man wird nicht gerade reich auf einer Farm. Papa sagt immer, es ist ein wunderbarer Platz zum Leben, doch zu mehr reicht es nicht … nur eben zum Leben. Wenn es nicht den großen Garten, die Hühner und all das gäbe, würde es vielleicht nicht einmal dazu reichen."

Christines Herz füllte sich mit Mitgefühl für Jane. „Hast du nur diesen einen kleinen Bruder?"

„Nein, wir sind sieben Geschwister. Die beiden ältesten sind verheiratet, dann komme ich und dann die vier jüngeren."

„Das ist eine große Familie."

Sie nickte.

„Ich habe nur einen Bruder", erklärte Christine unaufgefordert. „Er ist wunderbar. Beinahe zehn Jahre älter als ich."

„Hatte deine Mutter …?"

„Ich wurde adoptiert. Mein Bruder auch." Christines Worte klangen ein wenig schroff. Das hatte sie nicht beabsichtigt, deshalb fuhr sie eilig fort: „Meine Eltern hatten sich immer eine Familie gewünscht, deshalb nahmen sie Kinder an, wenn sich eine Gelegenheit dazu bot. Zuerst nahm Mama Susie für eine Weile … während ihre Mutter krank war. Doch als es der Mutter besser ging, zogen sie woanders hin und nahmen Susie mit. Mama ist trotzdem mit ihr in Verbindung geblieben. Meistens nur noch zu Weihnachten. Susie ist jetzt erwachsen und hat eigene Kinder.

Dann war da Samuel. Als seine Mutter starb und sein Vater ihn zu meinen Eltern brachte, dachten sie, dass sie ihn behalten könnten. Doch der Mann heiratete und kam zurück, um seinen Sohn zu holen. Es brach meiner Mutter fast das Herz. Manchmal weint sie noch jetzt, wenn sie von ihm spricht. Sie hat keine Ahnung, wo er inzwischen ist.

Dann kam Henry. Er war … von seiner Familie verlassen worden. Es dauerte Jahre, ehe mein Vater endlich seine Angehörigen fand und die Papiere für Henrys Adoption unterschreiben lassen konnte. Henry sagt, er hätte jeden Tag Angst gehabt, dass sie zurückkommen und ihn holen würden. Meine Familie hat ein Fest veranstaltet, als die Papiere endlich unterzeichnet waren.

Dann hatten sie ein kleines Baby. Es hieß Louis. Seine Eltern lagen krank in einer Hütte, irgendwo weit im Norden. Als mein Vater sie fand – er ist bei den Mounties, musst du wissen –, war die Mutter schon tot. Der Vater starb kurz danach. Papa wickelte das Baby in Decken, steckte es sich vorn in den Parka und nahm es mit nach Hause. Aber es lebte nur kurze Zeit. Henry kann sich daran noch erinnern.

Ja, und ich war die Nächste. Ich verlor meine Eltern, als unsere Hütte abbrannte. Es war ihnen noch gelungen, mich aus dem Fenster in eine Schneewehe zu werfen. Doch das Fenster war zu klein, als dass sie sich selbst hätten durchzwängen können. Papa nahm mich mit nach Hause. Es dauerte ein paar Monate, ehe er Angehörige von mir fand und die Formalitäten für meine Adoption erledigen konnte. Als das geschehen war, wollte Henry wieder ein Fest feiern. Und das taten wir auch."

Mit erschrockenem Gesichtsausdruck hatte Jane auf jedes

Wort gelauscht. Als Christine schwieg, erschauerte das andere Mädchen. „Das … das ist ja schrecklich."

„Sie waren wunderbare Eltern", sagte Christine verteidigend. „Ich komme mir so …"

„Nein, das nicht. Ich meine all die …Tragödien. Die Krankheiten, das Feuer."

„Das alles ist ein Teil des Lebens im Norden", sagte Christine freimütig.

„Hast du da gelebt?"

„Den größten Teil meines Lebens."

„Wo im Norden?"

„An verschiedenen Orten. Die Mounted Police lässt einen Mann nicht zu lange an derselben Stelle. Für einen Polizisten ist es fast ebenso gefährlich, sich Freunde wie Feinde zu machen."

„Wie meinst du das?"

„Ein Polizist muss dafür sorgen, dass die Gesetze eingehalten und Verbrecher der Justiz übergeben werden. Natürlich ist das viel schwerer, wenn es sich dabei um persönliche Freunde handelt."

„Das könnte stimmen", gab Jane zu.

„Wie ist es im Norden?", erkundigte sich Jane nach einer Weile.

„Meinst du die Indianerdörfer oder unser Blockhaus?"

„Du hast in Indianerdörfern gelebt?" Die Augen des jungen Mädchens weiteten sich.

Christine nickte nur und biss von ihrem Apfel ab.

„Hast du dich nicht halb zu Tode geängstigt?"

„Wovor? Fast jeder Mann war bewaffnet. Außerdem sind Wölfe und Bären selten so dicht an die Wohnhäuser herangekommen, dass sie Schaden anrichten konnten. Hunde wurden hin und wieder weggeschleppt, wenn es wenig zu fressen gab, aber …"

„Ich meinte die Indianer."

„Die Indianer?" Christine verstand die Frage des anderen Mädchens nicht. Als ihr endlich klar wurde, was Jane meinte, schüttelte sie den Kopf. „Die Indianer waren meine Freunde. Alle meine Spielkameraden waren Indianerkinder. Wir waren wie eine große Familie. Oh, da gab es ein paar, die mal außer Rand und Band gerieten, besonders, wenn jemand ihnen Whiskey gegeben hatte. Aber das passiert genauso hier in der Stadt unter weißen Menschen. Meistenteils war ich in jedem Haus des Dorfes willkommen. Sie haben sich alle um mich gekümmert."

„Spricht du die Indianersprache?", fragte Jane, die von Christine sehr beeindruckt zu sein schien.

„Ja, den Cree-Dialekt. Mein Vater kann das besonders gut. Er spricht außerdem noch vier oder fünf andere indianische Sprachen. Mama auch. Hin und wieder sprechen oder singen wir noch jetzt in unserer Familie auf Cree, nur um die Sprache mal wieder zu hören."

„Du meine Güte", sagte Jane, während sie die braune Tüte, die ihre Brote enthalten hatte, zusammenknüllte. „Bist du froh, wieder zurück zu sein?"

„Zurück? Meinst du in der Stadt? Ich bin nicht zurück. Ich bin … *fort.* Erst jetzt wird mir klar, dass ich aus meinem Element, meiner Heimat gerissen bin … weit weg von meinen Menschen."

„Indianerin bist du aber nicht, oder?"

„Nein, nein. Ich bin eine wilde Mischung aus Schotten, Franzosen und Iren. Ich wünschte, ich wäre Indianerin, dann würde ich wirklich zu ihnen gehören!"

„Du meine Güte", sagte Jane wieder. „Ich dachte schon, ich hätte ein hartes Los gezogen. Doch alles, was ich zurückgelassen habe, ist meine Familie und …"

Als Jane nichts weiter sagte, fragte Christine: „Gibt es noch einen besonderen Menschen?"

Jane errötete. „Nicht wirklich", antwortete sie. „Ich …ich hatte nur gehofft, dass da jemand wäre. Aber ich glaube, er hat mich völlig vergessen. Wahrscheinlich interessiert er sich jetzt für Bessie Tellis", endete sie mit leiser Stimme.

Wieder empfand Christine Mitleid mit Jane, doch sie dachte, dass sich jeder Trost, den sie ihr bieten konnte, nur banal anhören würde.

„Ist Henry Indianer?", fragte Jane.

„Hmm", murmelte Christine. „Ich weiß nichts über Henrys Vorfahren, aber Indianer ist er nicht."

„Es muss ganz merkwürdig sein, wenn man seine Familie nicht kennt. Meine ist schwedischer und deutscher Abstammung. Mein Vater macht dauernd Witze darüber. Wenn wir brav sind, sind wir echte Schweden, wenn wir es nicht sind, ist es die Schuld unserer deutschen Mutter." Als Jane lachte, wusste Christine, dass diese Neckereien tatsächlich nur Spaß waren.

Christine sah auf die Uhr an der Wand. Es war Zeit, an ihre Schreibtische zurückzukehren. Sie beendete die Unterhaltung nur ungern. Jane war gar nicht so schüchtern, wenn man erst einmal mit ihr im Gespräch war.

„Hättest du Lust, am Sonntag mit mir in die Kirche zu kommen?", fragte Christine einem Impuls folgend.

„Zu welcher Kirche gehst du denn? Ich bin Lutheranerin."

„Nein. Diese Kirche ist keine lutherische."

„Was ist sie denn?"

„Ich weiß es ehrlich gesagt gar nicht. Einfach … einfach eine kleine Gruppe Christen. Aber die Menschen sind wunderbar."

„Ich gehe zur lutherischen Kirche an der 46. Straße. Die ist auch sehr gut."

Christine war enttäuscht. Es wäre schön gewesen, den Gottesdienst mit einer Freundin besuchen zu können.

„Vielleicht möchtest du irgendwann einmal mit mir mitkommen?", meinte Jane.

„Ja, vielleicht." Doch Christine wusste, dass sie ihre eigene Gemeinde vermissen würde, wenn sie zu einer anderen Kirche ging. Wahrscheinlich erging es Jane ebenso. Sie waren auf dem Weg zu ihren Schreibtischen, als Christine etwas einfiel. „Der Name Easton hört sich aber gar nicht schwedisch an", sagte sie.

Jane nickte zustimmend. „Mein Vater war auch Waise", sagte sie. „Er nahm den Namen der Eltern an, die ihn aufzogen."

„Oh."

Es schien ihr, als hätte der Westen auch seinen Anteil an gespaltenen und wieder zusammengefügten Familien gehabt.

*

Zwischen Christine und Jane entwickelte sich eine Freundschaft. Es war gut, eine richtige Freundin in der Stadt zu haben, stellte Christine fest, obwohl sie Jane selten außerhalb der Arbeitszeit sah. Immerhin verbrachten sie gemeinsam ihre Mittagspausen, in denen sie ihre Erlebnisse und Gedanken austauschten und darüber sprachen, wie sie sich fühlten.

Die langen Abende verbrachte Christine meistens mit Büchern. Wenn es etwas gab, was sie an der Stadt schätzte, dann war es die Leihbücherei. Christine machte regen Gebrauch davon. Jeden Mittwoch nach der Arbeit und jeden Samstagmorgen ging sie den weiten Weg zu dem großen kastenförmigen Gebäude und tauschte ihren Stapel Bücher um. Dann verbrachte sie den Abend in ihrem kleinen Pensionszimmer und verschlang die neuen Schmöker. Es war ihre einzige Fluchtmöglichkeit in eine größere und interessantere Welt. *Es gibt keine Gefängnismauern, wenn man Bücher hat,* hatte sie irgendwo gelesen. Trotzdem fühlte sie sich oft einsam.

Allmählich hatte sie gelernt, Mr. Randolph trotz seiner Grobheit und seiner brummigen Art zu mögen. Sie war überzeugt, dass unter der rauen Schale ein Herz voll wahrer Menschlichkeit schlug. Es kam nur darauf an, es irgendwie freizulegen. Der Mann schien sie bevorzugt zu behandeln. Das passte Miss Stout nicht, die Christines Meinung nach schon lange insgeheim in den Chef verliebt war.

Mr. Randolph schien Miss Stouts Gefühle nicht zu bemerken, sondern sie lediglich als eine tüchtige Bürokraft zu betrachten. Christine konnte sich nicht helfen – sie war der Ansicht, dass Miss Stout eine sehr gute Mrs. Randolph abgegeben hätte. Ihre aufgeräumte, unnachgiebige Art hätte vielleicht ein wenig Ordnung in das chaotische Leben ihres Chefs gebracht. Andererseits hätte seine lässige Einstellung und Flapsigkeit die alte Jungfer vielleicht ein wenig aufgelockert. Christine war nicht die Einzige, der aufgefallen war, dass ihre Empfangsdame mehr als ein vorübergehendes Interesse an ihm hatte.

„Jemand muss etwas tun“, sagte Christine eines Abends zu sich selbst, als sie vom Büro nach Haus ging. Es war später als gewöhnlich. Mr. Randolph hatte sie in sein Büro gerufen, um eine Schreibarbeit mit ihr zu besprechen, während Miss Stout sich in der Nähe der Tür aufgehalten hatte, wobei sie so tat, als wäre sie damit beschäftigt, das Büro abzuschließen.

*Wenn ich eine eigene Wohnung hätte,* überlegte Christine, *würde ich sie beide mal zum Abendessen einladen.* Tja, aber sie hatte nur ein einzelnes Zimmer, deshalb konnte sie nicht viel tun. Plötzlich kam ihr eine neue Idee. *Mr. Randolph hat ja wohl eine Wohnung.* Sie hatte keine Ahnung, wo er lebte oder wie seine Wohnung beschaffen war, doch das konnte sie sicher herausfinden. Wenn sie es geschickt anstellte, würde er ihr vielleicht erlauben, in seiner Küche ein Abendessen zu kochen und Miss Stout dazu einzuladen. Es war einen Versuch wert. Sie beschloss, das Risiko einzugehen und ihn zu fragen.

Gleich am nächsten Morgen nahm sie ihren ganzen Mut zusammen und klopfte an Mr. Randolphs Tür. „Gestern Abend, als ich nach Haus ging, habe ich mir etwas überlegt", begann sie. „Ich würde Sie und Miss Stout gern einmal zum Essen einladen. Sie waren beide so nett zu mir." Sie hielt inne, um Atem zu holen. Er hatte den Kopf gehoben, und sie glaubte, unter seinen buschigen Augenbrauen einen Schimmer von Interesse zu entdecken.

„Ich habe aber leider nur ein kleines Zimmer und keine Kochmöglichkeit." Es schien ihr, als sähe sie Enttäuschung in seinem Blick. „Darum habe ich mir überlegt, ob Sie ... ob wir das Essen vielleicht in Ihrer Wohnung machen könnten. Ich kaufe alle Zutaten und koche für Sie … und …" Sie unterbrach sich. „Natürlich ist das eine ziemliche Zumutung …"

„Nein. Das ist keine Zumutung. Ich habe eine Küche, aber ich esse niemals zu Hause. Ich gehe mal hier, mal da einen Happen essen. Ich weiß nicht einmal, was vorhanden ist. Die Reinemachefrau ist die Einzige, die die Küche betritt, und ich habe keine Ahnung, was sie da treibt. Aber wenn Sie es sich ansehen wollen, ich bin einverstanden. Ja, ja! Das wäre nett. Ich habe schon ewig keine Hausmannskost mehr bekommen. Kochen können Sie also auch?"

Christine wusste nicht, was er mit „auch" meinte, doch sie nickte mit dem Kopf.

„Das ist großartig“, sagte er und rieb sich die Hände. „Wann möchten Sie denn kommen?“

„Sobald es in Ihren und Miss Stouts Zeitplan passt.“

„Wenn es sich ums Essen handelt, kann mein Zeitplan passend gemacht werden. Aber ich habe keine Ahnung, wie es mit Miss Stouts Kalender aussieht.“ Er zögerte und rollte seinen Bleistift zwischen seinen fleischigen Fingern. „Sind Sie sicher, dass Sie Miss Stout dabei haben wollen? Ist sie nicht ein bisschen säuerlich?“

„Oh, ja … nein. Ich meine … sie ist sehr nett zu mir gewesen. Ich dachte, ich könnte ihr auf diese Weise einmal Danke sagen.“

Da nickte er, und Christine fühlte, wie ihr Herz schneller schlug. Ihr Plan schien zu funktionieren. Er schenkte ihr ein schiefes Lächeln und winkte ihr zu gehen. „Besprechen Sie das mit Miss Stout“, sagte er. „Mir ist jeder Abend recht.“

Ein Termin wurde ausgemacht, und am folgenden Freitagabend befand sich Christine auf der Suche nach der 716 East Summit Avenue. Sie hatte den Oberleitungsbus genommen, was recht aufwändig war, wenn man bedachte, dass sie die Taschen mit den Einkäufen bei sich hatte.

Mr. Randolph hatte ihr die Adresse gegeben und beschrieben, wo sich das Haus befand, doch als sie davor stand, hatte sie das Gefühl, ihr wäre ein Fehler unterlaufen. Sie stand auf dem Bürgersteig und starrte auf ein riesiges Anwesen. Das konnte doch unmöglich ein Einfamilienhaus sein. Ungläubig wanderten Christines Augen über das imposante Gebäude. Nachdem sie die Adresse noch einmal geprüft hatte, machte sie sich auf den langen Weg zum Hintereingang.

Mit dem Schlüssel, den ihr Chef ihr gegeben hatte, schloss sie auf und entdeckte, dass das Innere des Hauses sogar noch beeindruckender war. Nie zuvor war Christine in einem solchen Haus gewesen. Selbst das Haus in Calgary, in dem Onkel Jon und Tante Mary wohnten, konnte sich nicht mit diesem vergleichen. Hier gab es Kristall-Leuchter, eine geschwungene Eichentreppe, schwere, polierte Möbel, glänzende Spiegel und Teppiche, die so dick waren, dass sie sich wie Waldmoos anfühlten. Christine atmete langsam aus.

Sie war nicht zum Starren hergekommen, ermahnte sie sich selbst. Schnell fand sie die riesige Küche und begann, die Schränke nach den benötigten Utensilien zu durchsuchen. Sie hatte vor, Huhn mit Quetschkartoffeln und Soße, in Butter gedünstete Karotten und passierte Kohlrüben zu machen. Als Nachtisch sollte es eine Beerentorte geben. Es war kein elegantes Essen, doch sicher würde es allen schmecken. Außer, sie hätte ein Menü gewählt, aus dem sich Mr. Randolph gar nichts machte. Na, wenigstens war es ein Essen, von dem sie sicher war, wie es zubereitet wurde. Also hoffte sie auf das Beste.

Christines anfängliche Nervosität verflog zum größten Teil, als sie sich in die bekannte Routine des Kochens stürzte. Sie lachte beinahe bei dem Gedanken, *wenn Mama mich jetzt sehen könnte …*

Als Miss Stout schließlich an der Eingangstür läutete, durchzogen aromatische Düfte aus der Küche das ganze Haus. Der Tisch in dem gewaltigen Esszimmer war mit dem edlen Porzellan aus dem großen Büffet gedeckt. Christine dachte, dass er recht elegant aussah und sehr anders als der Esstisch der Delaneys zu Hause.

Beim Eintreten war Miss Stout ein wenig steif, doch sie sah in ihrem neuen geblümten Kleid erstaunlich schick aus. Ihre Augen musterten alles um sie herum. Christine vermutete, dass die Frau auch das erste Mal in diesem Haus war.

„Ich bin sicher, Mr. Randolph würde es gern sehen, wenn Sie es sich bequem machen", sagte Christine lächelnd. „Alles ist fertig. Wenn er kommt, brauche ich nur noch aufzutragen."

„Er ist noch nicht da?" Miss Stouts Enttäuschung war offenkundig.

„Bestimmt kommt er gleich. Er sagte mir, er hätte noch etwas zu erledigen."

„Dieser Mann arbeitet einfach zu viel", murmelte Miss Stout.

„Wahrscheinlich arbeitet er lieber, als in dieses große leere Haus zu kommen", bemerkte Christine. Sie entschuldigte sich und eilte zurück in die Küche, um das Essen im Auge zu behalten.

Es dauerte nicht lange und sie hörte Stimmen im Wohnzimmer. Sie lächelte. Mr. Randolph war zu Hause. Endlich würde er merken, dass Miss Stout mehr war als ein Teil der Büroeinrichtung. Sie hörte Miss Stouts nervöses Kichern. *Ich gebe ihnen noch ein paar Minuten, bevor ich das Essen serviere,* dachte Christine. Ihr Plan schien soweit zu funktionieren.

Als sie das Wohnzimmer betrat, um ihre Gäste zum Essen zu bitten, schien Mr. Randolph recht entspannt zu sein. Er saß mit übergeschlagenen Beinen in der Nähe des offenen Kamins in einem riesigen, offensichtlich gern benutzten Polstersessel, trommelte mit den Fingern einen kleinen Rhythmus auf der Sessellehne und lächelte sogar.

„Es tut mir Leid, Sie zu unterbrechen", sagte Christine, „aber das Essen ist aufgetragen."

Mr. Randolph war sofort auf den Beinen. „Ich wusste nicht, wie lange ich es noch aushalten kann", sagte er in seiner lärmenden Art. „Diese Dünste …"

„Dünste", kicherte Miss Stout. „Also wirklich, Mr. Randolph. Man spricht von wunderbaren Speisearomen doch nicht als Dünste."

Er nahm es ihr nicht übel. Gemeinsam und in guter Stimmung gingen sie ins Esszimmer. Christine wartete, bis sie sich gesetzt hatten, ehe sie begann, die Köstlichkeiten zu servieren. Ihre eigene Mahlzeit nahm sie in der Küche ein, doch da sie ziemlich aufgeregt war, aß sie nur wenig. Schmeckte den beiden das Essen? Vertrugen sie sich gut?

Christine wurde für das Essen sehr gelobt, und zwar so sehr, dass es ihr fast peinlich war. Sie war froh, als der Nachtisch gegessen war und ihre Gäste sich vom Tisch erhoben.

„Ich habe noch nie ein so gutes Essen genossen", sagte Mr. Randolph, während er sich den Mund mit der Serviette abwischte. „Hatte schon ganz vergessen, wie Hausmannskost schmeckt." Er schmatzte mit den Lippen und warf seine Serviette neben seinen Teller.

„Warum trinken Sie Ihren Kaffee nicht am Kamin, während ich hier abräume", schlug Christine vor.

„Oh, ich werde Ihnen helfen", bot Miss Stout an.

„Ich kann das sehr gut allein erledigen", sagte Christine

schnell. Miss Stout schien erleichtert zu sein. „Das gehört alles zu dem Dankeschön für Ihre Freundlichkeit."

Miss Stout strahlte. „Also … wenn Sie darauf bestehen. Das ist sehr nett." Sie schenkte Mr. Randolph ein weiteres strahlendes Lächeln.

„Ja, Kaffee wäre prima", sagte Mr. Randolph zu Christine. „Aber Sie leisten uns dabei Gesellschaft. Die Reinemachefrau kann sich um den Abwasch kümmern."

„Oh nein. Es ist nicht meine Art, Unordnung in der Küche zu machen und sie dann von jemand anderem wegräumen zu lassen. Es dauert nur ein paar Minuten."

Sie schenkte den Kaffee ein und zog sich dann zurück. Summend ging sie in die Küche. Das lief sogar besser, als sie zu hoffen gewagt hatte. Mr. Randolph war am Esstisch höchst liebenswürdig gewesen, und Miss Stout hatte geradezu gestrahlt. Mit ein wenig Nachhilfe würden die beiden einsamen Menschen sicherlich merken, dass jeder von ihnen eine Menge zur Zufriedenheit des anderen beitragen konnte.

# Kapitel 5

„*Amors Pfeile fliegen nicht immer gerade.*“ Diese Worte ihres Vaters kamen Christine in den Sinn, als sie am nächsten Morgen das Büro betrat. Miss Stout saß an ihrem Schreibtisch, die Lippen so verdrießlich zusammengekniffen wie immer. Aber da war ein neuer Glanz in ihren Augen und ein neues Spitzentaschentuch in der Brusttasche ihres normalerweise schmucklosen dunkelblauen Schneiderkostüms. Christine konnte ein leichtes Siegesgefühl nicht unterdrücken, als sie ihren Mantel aufhängte und der Empfangsdame zur Begrüßung zulächelte.

„Mr. Randolph möchte Sie sehen“, verkündete Miss Stout. „Er sagte, dass ich Sie sofort hineinschicken soll, wenn Sie eintreffen.“ Das Leuchten ihrer Augen verstärkte sich. Christine nickte und ging, um ihren Stenogrammblock zu holen.

„Oh, ich glaube nicht, dass Sie den brauchen“, sagte Miss Stout leichthin. Erstaunt hob Christine ihre Augenbrauen. „Ich denke, es ist ... mehr persönlicher Natur“, erklärte Miss Stout und errötete.

Christine umklammerte ihren Stenogrammblock und ging langsam auf die Tür zu. So nervös hatte sie sich nicht mehr gefühlt, seit sie den großen Raum das erste Mal betreten hatte. Leise klopfte sie an. „Es ist offen“, kam die barsche Einladung. Sie trat ein.

„Miss Stout sagte …“ Weiter kam sie nicht.

„Setzen Sie sich. Setzen Sie sich“, sagte Mr. Randolph laut und wedelte mit dem Stummel eines Bleistifts. Ein breites Lächeln zog sich über sein Gesicht. Sie war nicht daran gewöhnt, von ihrem Chef so begrüßt zu werden, und setzte sich auf den Stuhl, auf den er gedeutet hatte, den Bleistift zum Diktat bereit.

„Das war gestern Abend ein fabelhaftes Essen.“

Christine brachte es fertig, sein Kompliment mit einem Nicken entgegenzunehmen.

„Ich habe die ganze Nacht darüber nachgedacht. Na ja … *fast* die ganze Nacht.“ Er lachte polternd. Christine hatte noch nie gehört, dass er zu lachen versucht hatte. „Es ist lange her, dass ich eine Mahlzeit wie diese hatte. Ben … er muss so etwas auch vermisst haben. Er sagt, das Futter, das sie in der Universitätskantine zu essen kriegen, sei auch nicht besser als der Fraß in den hiesigen Schnellimbissen.“ Er lachte wieder. Christine entschied, dass sie sein normales derbes Auftreten diesem jovialen, übermäßig familiären vorzog.

Er lehnte sich zurück und sah sie an. Der Stuhl quietschte unter seinem Gewicht. Er lächelte wieder und spielte mit dem Bleistift in seiner Hand. „Tja, schließlich bin ich darauf gekommen. Sie leben in einem kleinen Pensionszimmer, stimmt's?“

Christine war verblüfft. Sie nickte langsam.

„Und ich habe dieses riesige Haus.“

Sie hatte keine Ahnung, worauf diese Unterhaltung hinauslief, und starrte ihn nur an.

„Sie sind eine gute Köchin. Eine großartige Köchin.“

Sie saß stumm da, ihre Wangen vor Verlegenheit gerötet.

„Und ich habe von fettigen Mahlzeiten und schlechtem Kaffee die Nase voll.“ Er pausierte erwartungsvoll. Sie wusste immer noch nicht, was sie sagen oder denken sollte. Wieder lehnte er sich vor, dass der Stuhl in Protest stöhnte. „Sehen Sie es denn nicht? Es ist doch die perfekte Lösung.“

Christine schüttelte den Kopf. „Ich …ich fürchte, ich kann Ihnen nicht ganz folgen, Sir.“

„Na …ich dachte, Sie hätten den *Sir* schon lange beiseite gelegt“, schalt er sie. „Gibt mir das Gefühl, so alt wie Methusalem zu sein.“ Er lehnte sich auf seinem Stuhl zurück und sah sie an. „Es ist ganz einfach. Ich weiß nicht, warum ich nicht früher darauf gekommen bin. Sie ziehen bei mir ein.“

Christine war völlig perplex. Sie war überzeugt, ihn missverstanden zu haben.

Seine fleischige Hand klatschte auf den Schreibtisch. „Als Köchin“, sagte er.

„Aber …“

Seine Worte übertönten ihren Protestversuch. „Ich habe so viel Platz und Sie bezahlen für die Pension. Sie können ein Zimmer im Obergeschoss haben. Irgendeins. Sie können es sich aussuchen. Es gab fünf Zimmer, als ich sie das letzte Mal gezählt habe. Natürlich gehört eins davon Ben. Doch jedes andere können Sie haben. Sie kriegen Ihr Zimmer und Ihr Essen dafür, dass Sie für mich das Abendessen kochen.“

Christine hatte das Gefühl, als würde sich ihr Körper in Eis verwandeln. Was sollte sie nur …

„Ich bezahle natürlich die Rechnungen“, beeilte er sich zu sagen, als wollte er ihr versichern, dass diese Regelung zu ihrem Vorteil wäre. „Alle Rechnungen.“

„Ich …ich …“, stotterte sie. „Es ist …“

„Es ist eine hervorragende Idee“, argumentierte er. Seine Stimme klang frustriert, da sie noch immer zögerte. „Warum sollen Sie unnütz Geld ausgeben? Warum sollen Sie von Rühreiern und Speck leben? Es ist eine perfekte Lösung.“

Christine war froh, dass sie saß. Sie versuchte zu denken. Was konnte sie sagen, ohne ihre Arbeitsstelle aufs Spiel zu setzen? Sie war gerade eingeladen worden, in einem der schönsten und größten Häuser von ganz Edmonton zu wohnen, doch die Umstände … Sie war sicher, dass ihre Mutter und ihr Vater sagen würden: „Auf gar keinen Fall!“

„Ich muss darüber nachdenken.“ Sie verschluckte das „Sir“, das ihr schon auf der Zunge gelegen hatte.

„Was gibt es da groß zu überlegen? Ich kann Jesse heute Abend rüberschicken, damit er Ihre Sachen abholt.“

„Aber … meine Eltern … was werden die denken?“

Er winkte wegwerfend mit dem Bleistift. „Wen kümmert es schon, was die denken.“

„*Mich* kümmert es ... Sir.“

Das Gesicht des Mannes wurde ernst. Es schien, als gäbe er sich zur Abwechslung einmal Mühe, die Sache mit Christines Augen zu betrachten. Aufmerksam sah er sie eine Zeit lang an. „Okay“, sagte er schließlich. Dabei beugte er sich vor und klopfte mit dem Bleistift auf die hölzerne Schreibtischplatte.

„Ich sehe schon, ich bin zu schnell vorgegangen. Lassen Sie uns noch einmal von vorn beginnen. Ich dachte, Sie kochen gern."

Christine nickte. Sie war gern in der Küche.

„Sie bezahlen für Ihr kleines Zimmer."

Wieder nickte sie.

„Aber Sie mögen keine großen Häuser?"

„Ihr Haus ist …" Christine fand keine Worte für dieses wunderbare Haus. „Es ist großartig", sagte sie schließlich lahm.

„So, demnach liegt es also nicht am Haus?"

„Nein, ganz und gar nicht. Es ist nur …"

„Bin ich es?"

„Sir, junge Frauen ziehen nicht einfach bei … bei allein stehenden Herren ein", brachte sie schließlich heraus, wobei ihr Ton mit jedem Wort bestimmter wurde. Als er die Stirn runzelte, fuhr sie eilig fort: „Es wäre anders, wenn Sie eine Frau hätten."

„Wenn ich eine Frau hätte, brauchte ich keine Köchin", knurrte er.

Christine errötete.

„So, worin besteht also die Lösung?", fragte er fordernd.

„Ich … ich habe keine Lösung. Ich habe nicht einmal überlegt …"

„Dann überlegen Sie jetzt."

„Ich muss darüber nachdenken. Und beten. Und mit meinen Eltern sprechen."

„Wenn es nur darum geht, dass ich allein lebe … Ben wird bald nach Haus kommen."

Christine schüttelte den Kopf. „Das ist wenig hilfreich."

„Dann bringen Sie sich jemand mit. Wie wäre es mit diesem Fräulein Easton? Ich habe gesehen, dass Sie sich öfters mit ihr unterhalten." Er schlug mit der Hand auf die Tischplatte. „Bringen Sie die ganze Stenotypistinnengilde mit, wenn Sie wollen."

Christine stand auf. Ihre Beine zitterten. Sie fragte sich, ob sie sie noch aus dem Raum tragen würden. „Ich werde deswegen beten", wiederholte sie durch steife Lippen, dann wandte sie sich zum Gehen.

„Deswegen beten", hörte sie ihren Chef verächtlich vor sich hin murmeln, doch sie drehte sich nicht mehr um.

Als sie die Tür öffnete, sah Miss Stout auf. Christine fühlte ihren Blick auf sich gerichtet, weigerte sich jedoch, in ihre Richtung zu sehen. *Und Sie*, schäumte sie innerlich, *und Sie haben vielleicht geglaubt, dass Sie jeden Tag in der Woche zum Essen eingeladen werden.*

*

Christine betete ehrlich wegen Mr. Randolphs Vorschlag. Auf der einen Seite war ihr klar, dass es angenehm wäre, in einem solchen Haus mit so viel Raum zu leben und noch dazu das Vergnügen zu haben, jeden Abend Zeit in der perfekt eingerichteten Küche verbringen zu können. Sie würde die Mahlzeiten für Mr. Randolph und sich selbst zubereiten und später auch für Ben, wenn er von der Universität zurückkehrte. Miss Stout zog sie als Tischgast nicht einmal mehr in Betracht.

Sie schrieb einen langen Brief an ihre Eltern, in dem sie ihnen von Mr. Randolphs Vorschlag berichtete. Sie erwähnte auch die Tatsache, dass er gesagt hatte, sie könne ihre Freundin, Miss Easton, mitbringen. Das wäre ein Spaß, dachte sie, als sie die Worte niederschrieb. Mit netter Gesellschaft in dem großen Haus. Sie könnten zusammen in der großen Küche arbeiten und vor dem Kamin in der Bibliothek Bücher lesen. Im Empfangszimmer gab es sogar ein Klavier.

Doch jedes Mal, wenn Christines Begeisterung wachsen wollte, fühlte sie eine innere Unruhe. *Von jeder Art von Bösem haltet euch fern!,* ging es ihr durch den Sinn, als sie den Briefumschlag zuklebte. Galt dieser Bibelspruch auch für ihre Situation? Und wie würde sich diese Regelung auf ihre Arbeit auswirken? Mit Fleiß und Umsicht hatte sie sich schließlich einen Platz unter den Stenotypistinnen erobert. Sie wurde jetzt als geschickt und hart arbeitend anerkannt und nicht mehr als der Liebling des Chefs gesehen. Was wäre, wenn sie in sein Haus einzog? Würde sie aufs Neue gemieden werden? Christine wusste mit Sicherheit, dass sie das nicht wollte.

Aber wenn sie das Angebot ablehnte? Wie würde Mr. Randolph ihre Entscheidung aufnehmen? Würde er pikiert oder sogar wütend sein? Würde er sie entlassen? Christine betete weiterhin und schaute ungeduldig nach der Post, bis endlich Antwort von ihren Eltern kam.

„Das sind höchst ungewöhnliche Umstände“, schrieb ihre Mutter. „Wir haben ausführlich darüber gesprochen und viele Male gebetet und sind zu dem Schluss gekommen, da wir den Mann und die näheren Umstände nicht kennen, darauf zu vertrauen, dass Gott dich zu der richtigen Entscheidung führt.“

Für Christine war das wenig hilfreich. Einerseits war sie dankbar, dass ihre Eltern Vertrauen in sie hatten, doch andererseits hätte sie gewünscht, dass sie ihr die Entscheidung abgenommen hätten. Mr. Randolph wartete auf ihre Antwort. Ben sollte bald von der Universität zurückkommen. Sie wusste, sie würde sich so oder so entscheiden müssen. Was aber war das Richtige? Mit Jane hatte sie noch nicht darüber gesprochen. Sie brauchte niemanden, der noch zusätzlich Druck auf sie ausüben und die Sache verkomplizieren würde.

Die Woche schleppte sich dahin. Jedes Mal, wenn sich die Tür von Mr. Randolphs Büro öffnete, blieb ihr Herz fast stehen. Sie wusste, auf die Dauer konnte sie dem Unvermeidlichen nicht aus dem Wege gehen. Als sie am Montagmorgen an ihren Schreibtisch trat, war sie so unentschlossen wie zuvor. Plötzlich bemerkte sie, dass Miss Stout mit grimmigem Gesicht Janes Arbeitsplatz abräumte.

„Was …wo ist Jane?“, fragte sie.

„Das dumme Mädchen“, sagte Miss Stout mit zusammengekniffenen Lippen. „Sie ist übers Wochenende nach Haus gefahren. Heute Morgen hat sie angerufen und gesagt, sie würde nicht zurückkommen. Sie heiratet irgend so einen … Bauerntölpel. Nicht einmal ordentlich gekündigt hat sie.“

*Sie heiratet.* Die Worte klangen in Christines Ohren. Jane würde heiraten. Demnach hatte sich ihr junger Mann schließlich doch nicht mit dieser Bessie getröstet. Jane musste sehr glücklich sein. Christine konnte sich ein Lächeln nicht verkneifen.

Dann fiel ihr ein, dass Jane nicht länger da sein würde, um das große Haus mit ihr zu teilen. Unter den Stenotypistinnen gab es keine andere, die dafür in Frage kam, das ungewöhnliche Arrangement mit ihr zu teilen. Was bedeutete, dass die Frage für sie entschieden worden war. Jetzt durfte sie es nicht länger aufschieben; jetzt musste sie mit Mr. Randolph sprechen. Sie holte tief Luft, straffte ihre Schultern und griff nach ihrem Stenogrammblock. Sie erwartete nicht, ihn benutzen zu müssen, doch sie brauchte etwas, woran sie sich festhalten konnte.

„Herein", rief die brummige Stimme, als sie an die Tür klopfte.

Christine stählte sich und trat ein. „Mr. Randolph?"

Er hob den Kopf. „Ah", sagte er und warf seinen Bleistift zur Seite. „Sind Sie endlich fertig mit Beten?"

Christine nickte.

„Ich dachte nicht mehr, dass Gott noch antworten würde", sagte er mit einem spöttischen Lächeln.

Christine teilte seine Amüsiertheit nicht.

„Setzen Sie sich", lud er sie ein und wies auf einen Stuhl. „Ihrem Gesicht entnehme ich, dass die Antwort ‚Nein' ist."

Sie nickte schweigend.

Er schien einen Augenblick nachzudenken, ehe er sich von seinem Schreibtisch abstieß. „Nur so aus Neugier", sagte er, während er forschend ihr Gesicht betrachtete. „Warum hat Gott etwas dagegen? Ich meine … ich hatte keine Hintergedanken … mit Ausnahme von ein paar anständigen Mahlzeiten. Sie sind jung genug, um meine Tochter zu sein. Er hat doch wohl nicht angenommen, ich hätte üble Absichten mit Ihnen? Wenn ich eine Frau haben wollte, davon laufen genug draußen herum. Warum also nicht?"

„Er hat es nicht gesagt … ich meine … vielleicht doch … in gewisser Weise. Ich fühlte mich einfach nicht ganz wohl bei dem Gedanken. Ich weiß, dass es ein großartiges Haus ist und Sie das Angebot aus Freundlichkeit gemacht haben. Aber … es fühlte sich einfach nicht richtig an. Ich kann mich nicht in eine verfängliche Situation bringen und den Namen meines Gottes oder meiner Eltern gefährden, nur um für mich etwas Besseres zu bekommen."

Er schien darüber nachzudenken und ihre Worte sorgfältig abzuwägen, ehe er wieder nach dem Bleistift griff und begann, ihn zwischen Daumen und Zeigefinger hin und her zu rollen. „So, Sie denken also, dass mein Angebot eine Verbesserung für Sie gewesen wäre?“

„Oh ja!“, antwortete Christine schnell. „Sie haben so ein herrliches Haus, und ich hätte nach Herzenslust kochen können. Es wäre wie …“ Unsicher verstummte sie. Sie wollte nicht, dass er sie falsch verstand. „Es … es tut mir Leid“, stammelte sie schließlich.

„Mir nicht.“ Er begann, mit dem Bleistift zu klopfen. „Ich hatte schon befürchtet, dass Sie mein Angebot nicht zu schätzen wüssten. Dass Sie sich beleidigt fühlten. Das ärgerte mich ein bisschen. Jetzt sehe ich aber, dass Sie … also, dass Sie Ihre Entscheidung aus anderen Gründen getroffen haben. Ich teile Ihre Ansichten über Gott nicht. Aber ich schätze es, dass Sie sich an das halten, was Sie glauben. Natürlich bin ich enttäuscht. Aber …“ Er zuckte mit seinen massiven Schultern und zog den Stuhl dichter an den Schreibtisch.

Sie wusste, dass sie gerade verabschiedet worden war.

„Miss Delaney“, rief er, als sie schon fast die Tür erreicht hatte. „Falls Sie es sich anders überlegen sollten …“ Er ließ den Satz unbeendet. Christine nickte leicht. Sie hatte die Hand schon am Türknopf, als er ihr nachrief: „Und bringen Sie mir einen anderen Bleistift. Diese dummen Dinger halten überhaupt nichts aus.“

# Kapitel 6

Der Standort für die Abteilung war nicht gewählt worden, weil es eine große oder wichtige Präriestadt war. Ihr Anspruch auf eine eigene Polizeistation lag in ihrer zentralen Lage in dem Gebiet begründet, das überwacht werden musste. Der kleine Ort befand sich inmitten kahler Prärie und leeren Hügellands. Die Entfernungen mussten dank des Automobils nicht mehr zu Pferde zurückgelegt werden, doch Henry war überzeugt, dass er sich im Winter an bestimmten Tagen nach einem guten Hundegespann und einem Schlitten sehnen würde. Viele Wege boten selbst bei bestem Wetter Schwierigkeiten für die hochrädrigen Fords. Er grauste sich schon vor den Winterstürmen und dem Frühlingsregen. Also, damit würden sie sich herumschlagen, wenn die Zeit kam. Im Augenblick war es genug, den Ereignissen eines jeden Tages ins Gesicht zu sehen und damit fertig zu werden.

Er rieb einen verkrampften Muskel in seinem Nacken. Obwohl es sich nur um einen Routinetag gehandelt hatte, was für einen Polizisten immer von Vorteil war, hatte er Berichte zu schreiben. Er war hungrig, doch der Gedanke an das Essen in der örtlichen Kneipe lockte ihn nicht. Alles, was es dort gab, war so stark gewürzt, dass sich sein Magen beschwerte. Sein Kollege Roger scherzte: „Entweder es brennt wie Feuer oder es hat überhaupt keinen Geschmack." Es gab aber nur das Kneipenessen oder die unmögliche Aufgabe, sich in seinem Junggesellenquartier selbst etwas zusammenzubrauen.

Drei Wochen war er jetzt auf seinem neuen Posten im Süden. Drei Wochen! Das hörte sich nicht lange an, doch ihm kam es wie eine Ewigkeit vor. Er hatte aufgepasst und seine zwei Kollegen beobachtet, um ein Gefühl dafür zu bekommen, wie das

Leben hier verlief. Trotzdem kam es ihm ständig so vor, als wäre er im Begriff, einen größeren Fehler zu machen. Bis jetzt hatte er sein Zögern und seine Furcht verbergen können, etwas zu tun, was gegen die unausgesprochenen Regeln hier verstieß.

Er würde das Gesetz verteidigen, wie er es geschworen hatte. Doch die Einzelheiten, die Dinge, die der persönlichen Auslegung unterlagen, die waren es, die ihm ein Bein stellen konnten. Die Polizei hatte einen Ruf zu verlieren, ihr Ansehen zu schützen. Henry war sich ständig dieses Umstandes bewusst. Er lebte und atmete in dem Bewusstsein, der Polizei anzugehören.

Wieder rieb er sich seinen Nacken. *Ich weiß nicht, ob ich dafür gemacht bin,* ging es ihm unablässig durch den Kopf. *Ich habe das Gefühl, auf einem Biberdamm zu laufen, der von der Frühlingsflut umspült wird. Ich bin mir nicht sicher, wo ich als Nächstes hintreten soll.*

„Kinder, Kinder“, bemerkte er laut, als er die langen Zotteln an seinem Hinterkopf befühlte. „Ich brauche unbedingt einen Haarschnitt.“

Drei Wochen waren zu lang, um den vorgeschriebenen Kurzhaarschnitt beizubehalten. Doch Henry war mit der Einarbeitung in seinen neuen Posten so beschäftigt gewesen, dass er keine Zeit gehabt hatte, einen Barbier ausfindig zu machen.

Er konnte sich nicht entsinnen, in dem kleinen Kaff einen Barbierladen gesehen zu haben. Also, es musste irgendjemanden geben, der Haare schnitt. Er sah zu dem jungen Polizisten hinüber, der auf der anderen Seite des Raumes damit beschäftigt war, seinen täglichen Report zu schreiben.

„Larry“, fragte er. „Wo kriegt man einen Haarschnitt in diesem Städtchen?“

„Sam“, antwortete Larry, ohne auch nur hochzusehen.

Es bewegte sich etwas an dem anderen Schreibtisch im Raum. Roger wiederholte: „Sam.“ Henry sah, wie die beiden Polizisten einen Blick wechselten und grinsten. *Hier stimmt doch was nicht*, dachte Henry, tat aber so, als hätte er ihren Blickwechsel nicht bemerkt.

„Ist das der Beste in der Stadt?“

„Sam“, wiederholte Roger. „Unbedingt.“

„Der *Einzige* in der Stadt“, warf Larry ein und grinste.

„Selbst wenn es ein Dutzend geben würde, wäre Sam der, wo man hingehen müsste“, sagte Roger. Jetzt lachten beide.

*Glauben diese Kerle, dass ich dumm bin?*, dachte Henry, doch er nickte und wiederholte: „Sam.“

Nachdem seine Kollegen ein letztes Mal gelacht hatten, wandten sich alle drei wieder ihrer Schreibarbeit zu. *Vermutlich wird Sam ebenso „gut“ sein wie Jessies Grill*, überlegte Henry. *Eine Tortur für den Magen, eine Tortur für das Haar*.

Er zuckte mit den Achseln und befasste sich wieder mit seinem Bericht. Je eher er ihn beendet hatte, desto eher würde er zu Jessie kommen, das scharfe Essen hinunterschlingen, als Nachtisch seine Tabletten gegen Sodbrennen einnehmen und dann ins Bett gehen können. Der morgige Tag konnte weitaus weniger routinemäßig verlaufen. Er brauchte seinen Schlaf.

Gemeinsam verließen die drei das Gebäude. Larry schloss hinter ihnen die Tür ab. „Gehen wir zu Jessie?“

„Wohin sonst?“, kam es von Roger.

Larry lachte. „Ja, wohin sonst?“

Sie machten sich auf den Weg.

„Hast du die kleine Kirche gefunden, nach der du dich erkundigt hast?“ Henry wusste, dass die Frage an ihn gerichtet war.

„Das habe ich.“

„Und, wie war es?“

„Gut. Vielleicht wollt ihr mal mitkommen.“

Die beiden anderen Männer lachten nur. „Ich nicht“, sagte Larry. „Ich bin fertig mit der Kirche, seit mein Vater nicht mehr in der Lage war, mich zu verprügeln.“

„Wie ist sie denn?“, erkundigte sich Roger.

„Klein, aber nett. Ich denke, es wird mir dort gefallen. Bin ja erst einmal da gewesen. An den beiden anderen Sonntagen hatte ich Dienst.“

„Mir macht Sonntagsdienst nichts aus. Oft ist es am Sonntag ruhiger.“

„Bis auf die Burschen, die Samstagnacht zu viel feiern“, bemerkte Roger. „Ich werde es langsam müde, mich mit Betrunkenen rumzuärgern und Schlägereien zu beenden.“

Zu diesem Thema hatte Henry seine eigenen Gedanken, doch er behielt sie für sich. Den Rest des Weges legten sie schweigend zurück. Selbst der Geruch, der von Jessies Grill kam, war schon fettig und beißend.

Mit einem Kopfnicken wurden sie von Jessie an einen Tisch dirigiert. Sie kam selbst herüber, um ihre Bestellung aufzunehmen. Ihr Lächeln offenbarte, dass ihr ein Zahn fehlte, doch irgendwie schien das zu Jessies Gesicht zu passen. Sie war … also, sie war eine etwas raue Erscheinung. Ein verschlissenes Band hielt ihr kupferrotes Haar zurück. Der knallrote Lippenstift, der etwas achtlos aufgetragen worden war, passte in der Farbe zu den Rougeflecken auf ihren blassen Wangen, und auch ihre heisere Stimme ergänzte ihr etwas schlampiges Auftreten.

Trotzdem hatte Henry bereits bemerkt, dass die Bewohner der kleinen Stadt viel Respekt für Jessie hatten. Ihr Leben war hart gewesen, doch sie verlangte nicht, dass man ihr irgendwelche Gefallen tat oder etwas schenkte. Sie arbeitete Tag und Nacht, doch sie schaffte es allein. Henry wusste, dass es irgendwo in der Vergangenheit einen „Mr. Jessie“ gegeben haben musste, doch der einzige Beweis dafür war eine Hand voll kleiner Jessies, die Henry hin und wieder begegnet waren. Er hatte sich noch nicht eingehender nach der Familie erkundigt, nahm aber an, dass er früher oder später etwas darüber erfahren würde. Seine Augen forschten in ihrem Gesicht, als sie bei ihnen am Tisch stand. Er empfand Mitleid mit der Frau und ihren offensichtlich schwierigen Umständen.

„Was hast du denn heute zusammengebraut, Jessie?“, fragte Larry gutmütig. Es war wirklich nicht nötig, sich die fleckige Speisekarte anzusehen, die sie ihnen zuschob. Die Stammkunden kannten die Speisenauswahl auswendig.

„Im Angebot ist Gulasch mit Brötchen“, sagte sie, wandte sich ab und hustete.

Das Gulasch würde nicht annähernd so gut sein wie das seiner Mutter, doch Henry bestellte es trotzdem. „Gib uns zwei Portionen.“

„Drei.“

Während Jessie ging, um das Essen aufzutun, streckte Henry

seine Beine aus. „Weiß einer von euch beiden eine billige Wohnung, die ich mieten kann? Ich möchte gern selbst kochen."

„Selbst kochen? Ich hasse das", sagte Larry. „Mein selbst gekochtes Essen ist ungenießbar."

„Ich denke, was du kochst, würde ich auch hassen", scherzte Roger.

Henry machte es nichts aus, selbst zu kochen. Als er im Norden war, hatte es ihm geradezu Spaß gemacht, obwohl er dort herzlich wenig zum Kochen hatte. Der Laden hier in der Nähe würde es wesentlich leichter machen. Außerdem würde das, was er selbst kochte, entschieden leichter verdaulich sein als Jessies Fraß.

„Im Moment fällt mir nichts ein. Wenn ich etwas höre, sage ich dir Bescheid", erwiderte Roger. „Ich kenne einen Makler. Wenn du willst, kann ich den mal fragen."

„Da wäre ich dir dankbar", sagte Henry.

Ihr Essen kam, andere Gäste kamen und gingen. Henry war sich der Augen, die ihre Uniformen musterten, sehr bewusst. Ein grob aussehender Cowboy starrte sie feindselig an. Andere senkten die Köpfe. Ein paar junge Mädchen warfen interessierte Blicke in ihre Richtung. Ältere Frauen und Geschäftsleute aus dem Städtchen nickten ihnen wohlwollend zu. Die Anwesenheit der Polizei brachte Stabilität in eine Stadt wie diese.

Henry war froh, als er mit seinem Gulasch fertig war. Nachdem er eine Tasse bitteren Kaffee getrunken hatte, erhob er sich. „Kann sein, dass ich morgen früh ein bisschen später komme", sagte er und fuhr sich durchs Haar. „Muss mir unbedingt die Haare schneiden lassen. Wo finde ich diesen Sam?"

„Direkt an der Hauptstraße, Ecke Vierte, das zweite Gebäude in Richtung Süden."

„Wann macht er auf?"

Henry entging nicht der Blick, den sich die beiden Polizisten zuwarfen. „Halb neun."

„Danke", sagte Henry und nickte. Er hatte sich bereits vorgenommen, der Erste zu sein, wenn Sam das Zeichen „Geöffnet" an seine Tür hängen würde.

Doch als Henry um halb neun eintraf, saß dort bereits ein sehr kleiner Junge auf dem Barbierstuhl. Bedauernd nahm Henry seinen breitrandigen Filzhut vom Kopf und hängte ihn an den Haken. Er hoffte, das Warten würde sich lohnen. Aus irgendeinem Grund mussten die anderen ja so hintergründig gelacht haben.

„Setzen Sie sich. Ich kümmere mich gleich um Sie“, rief eine Frau. Er hatte noch nie einen Barbierladen gesehen, der eine Empfangsdame hatte.

Er setzte sich und griff nach der Zeitung des vergangenen Tages. Die Überschriften berichteten von Konflikten auf der anderen Seite des Atlantiks, von Schlangen vor Lebensmittelgeschäften und von immer mehr Farmen und Geschäften, die um ihr Überleben kämpften. Henry seufzte und ließ die Zeitung mit den schlechten Nachrichten sinken.

Er hörte Schritte und wieder die Stimme. „Hier. Gib das Mrs. Crane. Sie geht zum Fleischer und hat versprochen, für Mami ein paar Würstchen mitzubringen.“

Der Junge sprang von seinem Hochsitz und verschwand durch die Hintertür. „Und geh direkt nach Hause.“

Henry hörte sein Kichern. „Ich gehe nicht nach Haus, Mama. Ich gehe zu Mrs. Crane. Hast du das vergessen?“

Die Stimme, die darauf antwortete, war von Lachen erfüllt. „Ich meinte, zum Haus von Mrs. Crane. Komm, gib mir zum Abschied einen Kuss.“ Er hörte einen kleinen Schmatzlaut. „Lauf jetzt.“

Henry griff wieder nach der Zeitung. Er wollte diesen privaten Augenblick nicht stören.

„Auf Wiedersehen, Mama“, rief das Kind, als es aus der Tür sprang.

Henry hatte sich auf die Zeitung konzentriert, als die Frau den Raum betrat. Er müsste als Nächster dran sein, vorausgesetzt, dass Sam, wahrscheinlich der Ehemann, anwesend war. Die Frau legte einige Geräte auf einem Tischchen neben dem Barbierstuhl zurecht. Aus den Augenwinkeln sah er, wie sie einen schwarzen Frisierumhang nahm.

„Sie sind der Nächste“, verkündete sie.

„Ich … ich wollte eigentlich zu Sam“, stammelte er, als er die Zeitung weggelegt hatte und aufstand.

„Ich *bin* Sam“, hörte er die Stimme hinter dem bereit gehaltenen Cape.

Er war völlig verblüfft. „Sie schneiden Haare?“

„Das steht doch wohl draußen auf dem Schild.“ Ihr Ton war kühl.

Unbehaglich ging er zum Stuhl hinüber. „Nur den gewöhnlichen, vorgeschriebenen Kurzhaarschnitt“, hörte er sich sagen, als er Platz nahm.

„Ich verstehe“, erwiderte sie, ihre Stimme noch immer kühl. „Ich habe schon ziemlich vielen Polizisten die Haare geschnitten.“

Natürlich. Wenn sie in der Stadt die Einzige war, die Haare schnitt, hatte sie wohl sämtlichen Männern die Haare geschnitten. „Bestimmt haben Sie das“, murmelte er, „wenn Sie der einzige Barbier hier sind.“

„Hören Sie mal“, erwiderte sie frostig. „Wenn Ihnen mein Laden nicht passt, können Sie ja rüber nach Fort Macleod fahren.“

Er schaute in den großen Spiegel, in dem sich das Geschehen im Laden widerspiegelte. Sie stand direkt hinter ihm. Ihre Hände hielten das Cape und ihrem Ausdruck sah man an, dass sie überlegte, ob sie ihn wegschicken sollte.

„Nein. Es tut mir Leid. So habe ich es nicht gemeint. Bitte, fangen Sie an.“

Ihre Hände schwangen das Cape über seine Schultern, und die Frau beugte sich vor, um es zuzubinden. Zum ersten Mal gelang es ihm jetzt, ihr ganzes Gesicht zu sehen. Eine Wolke brauner Locken umrahmte ein ovales Gesicht mit Grübchen auf den glatten Wangen und den schönsten, fast veilchenblauen Augen. Es waren diese Augen, die die Erinnerung zurückbrachten. Er wusste mit einer Sicherheit, die seinen Verstand und sein Herz zum Wirbeln brachten, dass sie es war. Dies war die junge Frau, zu der er vor fast fünf Jahren geschickt worden war. Die junge Witwe des schwedischen Holzfällers.

Henry kämpfte, um seine aufwallenden Gefühle unter Kontrolle zu bringen. Er war auf dieses plötzliche Wiedersehen völlig unvorbereitet gewesen.

# Kapitel 7

Christine freute sich, als sie die ersten Zeichen des Frühlings bemerkte. Obwohl dort, wo die Sonnenstrahlen nicht hinkamen, noch immer schmutziger Schnee den Gehweg säumte, hörte sich das Tröpfeln des Wassers in den Regenrinnen fast wie das Murmeln der Bäche in ihrem geliebten Nordland an. Einen Moment lang schloss sie ihre Augen, um die schöne Erinnerung zu genießen. *Na ja*, sagte sich Christine, während sie ihre Augen wieder öffnete, *fließendes Wasser ist fließendes Wasser. Selbst hier in dieser Straße macht es eine wunderbare Musik.* Sie überlegte, ob von den anderen Menschen, die mit ihr zur Arbeit hasteten, einer den Ton vernommen hatte.

Sie hielt an ihrer leichten Stimmung fest, als sie schon fast schlafwandlerisch das große Bürogebäude betrat, die Stufen hinaufstieg und sich nach rechts wandte. Die gleiche Routine, die gleichen Pflichten, die gleiche Miss Stout warteten auf sie, als sie die Bürotür öffnete. Die ältere Frau hatte wieder aufgehört, spitzenbesetzte Taschentücher und hübsche Broschen an ihrem Jackett zu tragen. Offensichtlich hatte sie Mr. Randolph wieder aufgegeben. Christine dachte, dass die Empfangsdame ihren eigenen kleinen Heiligenschein mit sich herumtrug, aber keinen aus Licht, sondern aus Wolken. Er schwebte über ihrem Kopf und drückte ihre Schultern nieder. *Ich bin eine einsame alte Jungfer*, schien er zu sagen. *Keiner dankt mir. Keiner liebt mich.*

Christine hatte nicht einmal Zeit gehabt, ihren Mantel anzuhängen, als Miss Stout erklärte: „Mr. Randolph wünscht Sie zu sprechen.“ Ihre Worte waren knapp.

„Vielen Dank, Miss Stout“, antwortete sie heiter, in der Hoffnung, ihr ein wenig von ihrer Frühlingslaune abzugeben. Sie machte sich nicht die Mühe, ihren Stenogrammblock zu holen.

Sollte sie ihn brauchen, würde sie zurückkommen. Keins der anderen Mädchen war bis jetzt eingetroffen, also würde es für diese frühe Morgenvisite im Büro des Chefs keine Beobachter geben.

Sie klopfte an die Tür und öffnete sie. „Guten Morgen. Sie wollten mich sehen?"

Der Kopf mit der graumelierten Mähne schwang herum. „Sie sind schon hier?"

Christine war der Meinung, dass diese Frage keine Antwort erforderte.

„Setzen Sie sich", sagte der Mann. Christine setzte sich. Er stieß seinen Stuhl zurück, änderte dann aber seine Meinung und beugte sich vor. „Ich weiß, dass Ihre Antwort ‚Nein' war, und ich habe nicht die Absicht, Sie zu beschwatzen. – Trotzdem." Er zögerte. „Ich habe überlegt, ob Sie etwas dagegen hätten, noch einmal ein Essen für mich zu kochen. Nur eins."

Christine überlegte einen Augenblick und nickte dann schweigend. „Gut."

Er atmete laut aus und stieß sich wieder vom Schreibtisch ab. Seinem Gesicht sah man die Freude an. Sofort gingen Christines Gedanken zu Miss Stout. Die verhärmte Frau würde begeistert sein.

„Wann?", fragte sie einfach.

„Freitag. Diesen Freitag. Ich werde die Einkäufe besorgen. Geben Sie mir nur eine Liste."

„Freitag", nickte sie. „Gut. Gibt es irgendetwas Besonderes, was ich kochen soll? Ich habe allerdings keine Erfahrung mit ausgefallenen Gerichten."

„Ausgefallene Gerichte brauchen wir nicht. Nur wieder das Hühnchen, das Sie zuvor gemacht haben. Das war wunderbar."

„Aber … denken Sie nicht, Ihr Gast würde gern etwas … etwas anderes essen?"

„Nein. Er wird es mögen, das weiß ich genau."

*Er*? Wen meinte ihr Chef?

„Es soll eine Überraschung werden. Ich habe ihm noch nichts davon verraten."

Was immer er plante und wer immer der Gast war, Mr. Randolph war ungeheuer aufgeregt. „Wie viele Personen kommen denn zum Essen?“, fragte Christine.

„Nur wir. Wir zwei. Und Sie natürlich. Ich möchte, dass Sie diesmal mit uns essen.“

„Ich?“

„Ich möchte, dass es wie ein Familienessen wird. Nicht, dass Sie wie ein Dienstmädchen servieren.“

Christine schluckte und nickte wieder. „Wie Sie wünschen.“

Er strahlte. „Dann ist es also abgemacht. Geben Sie mir nur noch die Liste.“

„Wie wäre es, wenn ich alles einkaufe und Sie geben mir dann das Geld zurück?“

„Das ist gut. Das ist großartig. Ich habe noch nie gerne eingekauft.“ Er hörte sich erleichtert an.

Christine stand auf. „Freitag also“, sagte sie, als sie sich zur Tür wandte.

„Freitag“, bestätigte ihr Chef, offensichtlich sehr zufrieden mit sich. „Oh“, rief er ihr nach. „Sie können sich mit dem Essen auf neunzehn Uhr einrichten. Früher ist Ben nicht zu Haus.“

Christine erstarrte und wäre fast stehen geblieben. Ben? Sie würde also ein Essen für den Sohn des Chefs kochen. Aus irgendeinem Grund begann ihr Herz plötzlich schneller zu schlagen.

⁕

Als Ben eintraf, war Christine in der großen Küche und traf nervös die letzten Vorbereitungen für das Essen. Sie konnte Mr. Randolphs dröhnende Stimme hören, als er seinen Sohn zu Hause willkommen hieß. Das steigerte nur noch ihre Aufregung. Sie war nicht sicher, ob ihre Hände zittern würden, wenn sie das Essen auftrug.

„Junge, das ist vielleicht eine Weltreise …“ Den Rest von Bens Worten konnte Christine nicht verstehen. Sie hörte, wie beide Männer lachten, und fragte sich, worin der Witz bestanden hatte. Sie nahm mit einem letzten Flattern ihrer Nerven zwei gefüllte Servierschüsseln und ging in das Speisezimmer.

Schnell überflogen ihre Augen den Tisch. Sie hatte sich große Mühe gegeben, den Tisch hübsch zu decken, ohne dass es zu feminin aussah. Jetzt fragte sie sich, ob sie übertrieben hatte und es für zwei Junggesellen zu überladen war. Schnell entfernte sie die zwei kristallenen Kerzenständer, doch sicher war sie sich noch immer nicht. Die gefächerten Servietten waren als Nächstes an der Reihe. Sie schüttelte sie und legte sie dann gefaltet neben die Teller. Das half, doch ihre Tante Mary wäre sicherlich enttäuscht gewesen.

Sie hatte bei Tante Mary und Onkel Jon in Calgary gelebt, als sie ihren Sekretärinnenkursus absolvierte. Während dieser Zeit hatte sie darum gebeten, in die Feinheiten des Stadtlebens eingeführt zu werden. Obwohl ihre Mutter ihr die in einer vornehmen Gesellschaft anerkannten Verhaltensregeln beigebracht hatte, wollte sie sichergehen. Tante Mary hatte ihr gern die Pflichten einer städtischen Gastgeberin erklärt und sie über die dekorativen Beigaben unterrichtet, die zu einem eindrucksvollen Mahl gehörten. Christine war unter die Vormundschaft der Köchin in der Küche unterwiesen worden, was ihr riesigen Spaß gemacht hatte. An einem Punkt hatte sie sogar erwogen, Köchin zu werden, statt ihre Ausbildung als Sekretärin zu beenden. Doch ihr praktischer Sinn hatte sie bei der Stange gehalten. Es gab wesentlich mehr Arbeitsplätze für Sekretärinnen als für Köchinnen.

Jetzt machte sie sich an den Bestecken zu schaffen und stellte die Wassergläser um. War das Kristall zu viel?

Sie hörte die Stimmen näher kommen und nahm an, dass Mr. Randolph seinen Sohn zum Esszimmer dirigierte. Es war keine Zeit mehr, noch weiter herumzuprobieren. Sie strich sich eine Locke aus dem Gesicht und schon standen sie im Türrahmen. Mr. Randolph schob seinen hoch gewachsenen Sohn vor sich her und lachte vergnügt.

„Meine kleine Überraschung“, rief er aufgeräumt. „Ich habe uns eine Köchin besorgt.“

Christine fühlte, wie ihre Wangen zu brennen begannen. Der junge Mann sah noch besser aus, als sie ihn in Erinnerung hatte. Er sah sie ungeniert an. Seine Augen funkelten anerkennend.

„Erinnerst du dich noch an Miss Delaney?“

Mr. Randolph war seit Minuten dabei, seinem Sohn auf den Rücken zu klopfen, was noch schlimmer war als sein ständiges Klopfen mit dem Bleistift.

Ben nickte. Christine bemerkte das Zwinkern seiner Augen. „Wer könnte sie je vergessen?“

Wieder klopfte Mr. Randolph dem Sohn auf den Rücken. „Also, eins kann ich dir versichern, nie wirst du das Hühnchen vergessen, das sie kocht, mein Junge.“

„Entschuldigen Sie mich bitte“, sagte Christine mit rotem Gesicht und ein wenig unsicher. „Ich muss noch den Rest auftragen.“

„Darf ich Ihnen helfen?“

Bens Frage überraschte sie. „Nein. Nein, danke. Ich will …ich muss nur … “ Sie gab es auf und hastete aus dem Zimmer.

„Komm, setzen wir uns“, hörte sie Mr. Randolph sagen. „Sie wird gleich wieder hier sein.“

Es gelang Christine, das restliche Essen in die Servierschüsseln zu tun, ohne etwas zu verschütten oder fallen zu lassen. Nachdem sie sich schließlich selbst gesetzt hatte, sah sie zu Mr. Randolph hinüber. Würde er anbieten, das Tischgebet zu sprechen? Doch er sagte nur: „Worauf warten wir? Lasst uns essen“, ehe er nach der nächststehenden Schüssel griff.

Es war eine ziemlich laute Mahlzeit, obwohl Christine sehr wenig zur Unterhaltung beizutragen hatte. Sie wünschte, sie hätte in der Küche essen können, wie sie es zuvor getan hatte. Es wurden viele Geschichten über das Universitätsleben erzählt, doch sie merkte bald, dass diese Geschichten wenig mit Vorlesungen und Studieren zu tun hatten. Die meisten handelten von Sportveranstaltungen und Unfug, den die Jungen im Studentenwohnheim getrieben hatten.

„So, wie steht es mit deinen Vorlesungen?“, fragte Mr. Randolph schließlich. „Glaubst du noch immer, dass dir Jura zusagt?“

„Habe ich dir nicht erzählt, dass ich das Fach aufgegeben habe?“

Mr. Randolph hob den Kopf. „Nein“, sagte er. „Nein, ich glaube nicht, dass du mir das erzählt hast.“

„Tut mir Leid. Ich denke, ich hatte einfach zu viel um die Ohren." Es war jedoch kein echtes Bedauern in seiner Stimme.

„Wann hast du gewechselt?"

„Anfang des Semesters."

„Und was machst du jetzt stattdessen?"

„Ich weiß es noch nicht. Ich habe mich noch nicht entschieden. Ich denke, Journalismus könnte interessant sein."

Mr. Randolph nickte. Seine Augen hatten einen fragenden Ausdruck, doch seine Stimme blieb gleichmäßig. Sie klang sogar interessiert, als er sagte: „Journalismus?" Er nickte. „Warum nicht? Hört sich gut an."

Ben wandte sich an Christine und machte ihr ein Kompliment bezüglich des Huhns.

Mr. Randolph unterbrach ihn. „Das Mädchen ist ein Wunder in der Küche."

„Auf jeden Fall schlägt sie die zweitrangigen Restaurants, zu denen du mich gewöhnlich schleppst, um Längen", scherzte Ben.

Christine errötete wieder.

„Hast du schon Kurse in Journalismus gehabt?", nahm Mr. Randolph das vorige Thema wieder auf.

„Noch nicht. Wollte nicht mitten im Semester anfangen."

„Aber du hast Vorlesungen besucht, nicht wahr?"

„Oh … ja, doch. Ich habe ein paar Kunstvorlesungen gehört."

„Kunst?"

„Nur ganz allgemein. Die helfen mir bei fast allem, wofür ich mich entscheide."

„Du hast also nur ein paar Vorlesungen besucht? Ich dachte, du hättest so ein volles Programm gehabt?"

„Ja … am Anfang hatte ich jede Menge Vorlesungen und Seminare. Ein paar davon waren … einfach nutzlos. Die habe ich fallen lassen. Am Schluss war wirklich nur wenig übrig, was ich gebrauchen konnte."

Christine fühlte sich sehr ungemütlich. Sie wünschte, sie hätte bei dieser Befragung nicht dabei sein müssen. Trotzdem schienen die beiden recht wohl gelaunt zu sein. Es gab keine Kritik von Seiten des Vaters. Keine Entschuldigung oder Peinlichkeit seitens des Sohnes.

„Es dauert eine Weile, ehe man sich an das Universitätsleben gewöhnt“, fuhr Ben fort. „Man muss sich erst einmal zurechtfinden.“

Mr. Randolph stimmte ihm zu, offensichtlich gern gewillt, seinem Sohn Glauben zu schenken. „Na, im nächsten Jahr weißt du ja, was du zu erwarten hast. Dann kannst du dir aussuchen, was du willst.“

Ben nickte und bat um die Platte mit dem Hühnchen.

„Lass dir noch Platz für den Nachtisch. Ich habe Miss Delaney gebeten, deine Lieblingsspeise zu machen. Schokoladentorte. Die habe ich vorhin schon gerochen. Ich bin sicher, du wirst mehr als nur ein Stück davon essen wollen.“

Nach dem Essen streckten die Männer ihre Beine im Salon vor dem prasselnden Feuer aus, während Christine hinauseilte, um die Küche aufzuräumen. An sich hatte sie nichts dagegen, mit öffentlichen Verkehrsmitteln zu fahren, doch sie fühlte sich nicht wohl dabei, so spät noch allein unterwegs zu sein. Wäre sie noch immer im Norden gewesen, hätte sie sich über die späte Stunde keine Sorgen gemacht. Doch zu Hause war alles anders als in dieser unbekannten Stadt.

„Kommen Sie, setzen Sie sich hin und leisten Sie uns Gesellschaft“, lud Mr. Randolph sie mit ausgestreckter Hand ein, als sie den Raum betrat, um ihnen Gute Nacht zu wünschen.

„Nein, danke. Ich muss nach Hause. Ich weiß nicht einmal genau, wann der Bus fährt.“

„Bus? Kein Bus. Ben kann Sie mit seinem Auto nach Haus fahren. Kommen Sie und setzen Sie sich ein Weile.“

Christine hatte das Gefühl, dass ihr keine andere Wahl blieb. Widerstrebend legte sie ihren Mantel ab und gesellte sich zu ihnen. Der junge Mann auf der Couch rutschte zur Seite und klopfte auf den Platz neben sich. Mit roten Wangen nahm Christine die Einladung an.

„Na, hat mein Vater sie gut behandelt?“, neckte sie der junge Mann. Mr. Randolph lachte herzlich. Christine machte keinen Versuch zu antworten. Sie hatte das Gefühl, dass auch keine Antwort von ihr erwartet wurde.

„Ich habe versucht, sie zu überreden, dass sie hier einzieht“, sagte Mr. Randolph. „Unterkunft und Essen für eine Mahlzeit hier und da."

Als Ben sie forschend ansah, trat ihr wieder die Röte ins Gesicht.„Hört sich an wie ein guter Plan."

„Tja, für sie hörte es sich nicht wie ein guter Plan an. Sie hat es abgelehnt."

Christine merkte, wie sich zwei Augenpaare auf sie richteten. Sie fühlte sich äußerst unbehaglich. „Ich dachte nur, das es nicht ... richtig aussehen würde", brachte sie hervor.

„Ich sagte ihr, dass sie noch eine andere Frau mitbringen kann", erklärte der Vater.

„Es gibt leider keine andere Frau, die ich mitbringen könnte", verteidigte sich Christine.

„Sie hätten ja das alte Gestell mitbringen können", warf Ben ein. Als Christine fragend die Stirn runzelte, berichtigte er sich schnell. „Hups, ich hätte Miss Stout sagen sollen."

Miss Stout? *Das alte Gestell*? Christine war entsetzt über den Mangel an Respekt bei dem jungen Mann, doch sein Vater lachte.

„Ich glaube nicht, dass Miss Stout umziehen würde, nur um mir einen Gefallen zu tun", sagte Christine, bemüht, einen sachlichen Ton beizubehalten.

Ben lächelte. Er bewegte sich und streckte seine langen Beine auf dem Teppich aus. „Oh …ich glaube, Miss Stout wäre jede Begründung recht, um hier einziehen zu können", bemerkte er und zog sarkastisch eine Augenbraue in die Höhe.

„Ich muss jetzt wirklich gehen", sagte Christine und stand auf.

Mr. Randolph nickte. „Ich nehme an, der Junge ist heute Abend auch ein bisschen müde. Er war den ganzen Tag unterwegs."

Bald waren die beiden draußen in der kühlen Nachtluft und gingen auf Bens Auto zu. Christine holte tief Luft. Sie empfand es als wohltuend, sich in der Dunkelheit einigermaßen verbergen zu können.

Ben öffnete die Tür und half ihr beim Einsteigen. „Wie viele Male in der Woche beehren Sie uns mit einem Essen?", fragte er, als er den Motor anließ.

„Oh, nein … das war nur eine einmalige Sache. Ihr Vater wollte Sie an Ihrem ersten Abend zu Hause mit einem Essen überraschen."

„Da bin ich aber enttäuscht", sagte er, und es hörte sich aufrichtig an. „Es war eine schöne Überraschung. Ich hatte schon gehofft, dass es sich wiederholen würde … und zwar regelmäßig. Sind Sie sicher, dass wir Sie nicht überreden können?"

Christine stammelte eine Erwiderung. Sie fand nicht viele Gegenargumente. Er war so gewandt, so selbstbewusst, so glatt. Sie kam sich neben ihm wie eine Landpomeranze vor.

Der Wagen schnurrte mühelos durch die leeren Straßen. Er fragte: „Was tun Sie nur in diesem Kuhkaff? Was machen Sie zum Zeitvertreib?"

„Zeitvertreib?"

„Sagen Sie nur nicht, dass mein Vater Ihnen keine Zeit lässt, sich auch mal zu amüsieren. Er lässt Sie doch wohl nicht die ganze Zeit arbeiten?"

„Oh nein. Ich habe jeden Abend frei."

„Und dann…?", ermunterte er sie.

„Ich lese."

„*Lesen*?" So, wie er das Wort aussprach, hörte es sich an, als gäbe es nichts Langweiligeres als Lesen.

„Ich lese leidenschaftlich gern", verteidigte sie sich.

„Wissen Sie", sagte er mit einem Lachen, „wenn Sie es mir erlauben, kann ich Ihnen garantiert etwas wesentlich Aufregenderes zeigen als Lesen."

Christine antwortete nicht.

Sie hielten vor ihrer Pension, doch bevor sie sich bedanken und die Tür öffnen konnte, griff er nach ihrer Hand. „Na, wie steht es?", forschte er.

„Ich …ich muss wirklich los."

Er hatte ihre Hand nicht losgelassen. Sie fühlte, wie ihr Herz wild klopfte. „Sie haben meine Frage nicht beantwortet."

„Na ja … es würde … würde davon abhängen", sagte sie. „Ich würde nicht … ich weiß ja nicht, was Ihnen vorschwebt."

Sein Lachen unterbrach ihre Worte. „Also kein direktes ‚Nein'. Das tröstet mich." Er drückte ihre Hand. „Dann nehme ich an, dass es von mir abhängt, eine Unternehmung zu finden, mit der Sie einverstanden sind. Stimmt das?“

Sie nickte, doch dann fiel ihr ein, dass er es nicht sehen konnte, weil es zu dunkel im Auto war. „Das stimmt“, brachte sie hervor.

Er hob ihre Hand und küsste zart ihre Finger. „Ich nehme Ihre Herausforderung an.“

Eilig entzog Christine ihm ihre Hand und stieg aus dem Auto. Sie hoffte nur, dass ihr niemand im Flur oder auf dem Weg zu ihrem Zimmer begegnen würde.

# Kapitel 8

Henry war überzeugt, dass seine Fassungslosigkeit von seinem Gesicht abzulesen war. Schnell sah er in den Spiegel in der Erwartung, in ihrem Spiegelbild das gleiche geschockte Wiedererkennen zu entdecken. Doch stattdessen sah er eine völlig gefasste Frau, die ihrer Aufgabe nachging und ihm die Haare schnitt. Nichts in ihrem Gesicht deutete darauf hin, dass sie sich an ihre frühere Begegnung erinnerte.

*Irre ich mich?*, fragte sich Henry nach einem weiteren Blick. *Nein, ganz bestimmt nicht. Es sei denn, sie hat eine Zwillingsschwester.*

Nur das Klappern der Schere unterbrach die Stille. Hin und wieder warf Henry einen Blick in den Spiegel. Geschickt arbeitete sie weiter. Ihr Blick verriet nichts.

„Das ist das erste Mal, dass mir jemand die Haare schneidet, ohne dabei pausenlos zu reden“, sagte Henry. Er wollte noch einmal ihre Stimme hören, um sicher zu sein, dass es die war, an die er sich erinnerte.

Im Spiegel sah er, wie sie mit den Achseln zuckte. „Tut mir Leid, ich mache mir nichts aus Geschwätz. Besonders nicht über Männerthemen. Ich rede nicht gern über Jagen oder Fischen oder Ballspiele oder Autos.“

Eine Minute lang ließ er Stille herrschen, ehe er sagte: „Es wird nicht allzu lange dauern, und Sie werden sich für einiges davon interessieren müssen, wenn Ihr Sohn in das entsprechende Alter kommt.“

Er sah, wie sich ihre Schultern strafften, und überlegte, ob er etwas Falsches gesagt hatte. Als sie wieder zu sprechen begann, war ihre Stimme distanziert. „Wenn Sie einen Haarschnitt haben wollen, den kann ich Ihnen geben. Wenn Sie sich unterhalten wollen, dann gehen Sie zu Jessies Grill. Da gehen Dutzende von Leuten ein und aus, die gewillt sind, bei einer Tasse Kaffee den Morgen mit Geschwätz herumzubringen."

Ja, ihre Stimme klang genau so, selbst mit der jetzigen Schärfe. Er hatte das Gefühl, sich entschuldigen zu müssen, war aber nicht sicher wofür. Also sagte er nichts. Ganz bestimmt hatte er nicht neugierig sein wollen. Oder etwa doch? *Ja*, gab er im Stillen zu. *Ich bin neugierig. Ich würde sie gerne fragen, wie es ihr geht. Ob sie den Tod ihres Mannes verwunden hat. Ob ihr kleiner Junge seinen Vater vermisst. Ob sie allein zurechtkommt. Warum sie in einem Barbierladen mit dem Namen ‚Sam' Männern die Haare schneidet.* Mit zunehmendem Herzklopfen wurde ihm klar, dass er sie auch gern gefragt hätte, ob sie wieder geheiratet hatte.

Doch er stellte keine dieser Fragen. Schweigend sah er im Spiegel zu, wie sie die letzten paar Schnitte tat. Sie machte tatsächlich einen hervorragenden Haarschnitt. Und leider war es auch einer der schnellsten, die er je gehabt hatte. Er wartete, während sie das Cape entfernte und mit einem Pinsel seinen Nacken abbürstete. Als er aufstand, griff er in seine Tasche nach dem Geld. Er war versucht, ein wenig mehr als den genannten Preis zu bezahlen, doch er hielt sich zurück. Er war sicher, sie würde es als Almosen betrachten und nicht annehmen.

Als er ihr die Münzen gab, berührten sich ihre Hände ganz leicht. Etwas tief in seinem Inneren reagierte darauf, als hätte er ein seltsames Recht auf diese Frau, eine Verbindung mit ihr. Und war es nicht so?

Aber nein. Ganz sicher nicht. Er hatte nur als Vertreter des Rechts seine Pflicht getan. Er hatte sie gehalten und weinen lassen. Hatte ihr die Tränen abgewischt und sogar angeboten, Tee zu machen, was sie prompt abgelehnt hatte. Aber er hatte sich keine Rechte an ihr erworben. Er hatte keinen Anspruch auf diese attraktive, verletzliche, junge Frau, deren Gesicht er so oft vor Augen gehabt hatte. Unter dem eiskalten Sternenhimmel hatte sie so manchen seiner Träume ausgefüllt. Nein, er hatte keinen Anspruch.

Und der kleine Junge? Henry hatte ihn damals im Arm gehalten. Die Mutter hatte ihm das Kind gegeben, als sie ins andere Zimmer ging, um eine trockene Windel zu holen. Es war eins der wenigen Male in seinem Leben gewesen, dass er ein Baby gehalten hatte. In den Indianerdörfern waren die Babys meistens in ihren Tragekörben, sicher auf dem Rücken der Mutter, der älteren Schwester oder der Großmutter festgebunden. Und als er das Kind gehalten hatte – daran erinnerte er sich jetzt –, hatte sie es Danny genannt. Als Henry in die Augen des Kindes gesehen hatte, wusste er, dass Danny nie eigene Erinnerungen an den Vater haben würde, den er gerade verloren hatte. Das hatte Henry in einer tiefen Weise ergriffen. Selbst jetzt noch fühlte er das seltsame Verlangen, dieses Kind irgendwie zu erreichen. Aber wie? Er war überzeugt, dass alles, was er tun konnte, völlig falsch aufgefasst werden würde.

Er setzte seinen breitkrempigen Diensthut auf und nickte der jungen Frau zu. „Ein guter Haarschnitt", sagte er. Dabei wagte er nicht einmal, das kleine Kompliment mit einem Lächeln zu begleiten.

„Danke", sagte sie einfach. Und auch sie lächelte nicht.

Er hatte sie noch nie lächeln sehen. Nur weinen. Ja, sie hatte ihrem Baby liebevolle Worte zugeflüstert, doch selbst dabei waren ihr Tränen die Wangen hinuntergelaufen. Er sehnte sich danach, sie lächeln zu sehen, zu wissen, dass ihre Welt jetzt in Ordnung war. Doch ohne ein weiteres Wort drehte er sich um und verließ den kleinen Laden.

Seine zwei jungen Mitarbeiter hoben die Köpfe und sahen ihn an, als er das kleine Gebäude betrat, in der sich die Polizeistation befand. Larry war es, der als Erster sprach.

„Na, siehst du, du hast ja deinen Haarschnitt bekommen."

Henry ging, um seinen breitkrempigen Hut auf die Ablage zu legen. Er strich sich über das gut geschnittene Haar. „Ja", sagte er nur, während er an seinem Schreibtisch Platz nahm und nach einigen Papieren griff.

„Und, was hältst du von Sam?", setzte Roger die einseitige Unterhaltung fort.

Henry studierte das Formular vor sich, obwohl sein Verstand keins der Worte aufnahm. Die beiden Männer hatten keine

Ahnung, was in seinem Innern vor sich ging, welche intensiven Gefühle bei diesem zufälligen Zusammentreffen aufgewühlt worden waren. Und er wollte ihnen seine Gedanken und Gefühle ganz sicher nicht mitteilen. Deshalb kämpfte er darum, sich seine Erregung nicht anmerken zu lassen. Mit einem Finger zeichnete er die Kontur seines Bärtchens nach.

Sie hieß nicht Sam. Das wusste er. Er hatte die Formulare ausgefüllt, als ihr Mann den Unfall hatte. Er kannte ihren Namen gut. Er hatte ihn im Lauf der Jahre viele Male in seinen Gebeten geflüstert. Doch er sagte nichts. „Sie leistet gute Arbeit", antwortete er leichthin.

Henry fühlte, dass seine Kollegen Blicke austauschten. Die Jungs erwarteten etwas mehr.

„Also komm, Chef", sagte Larry. „Meilenweit im Umkreis lässt sich jeder Mann das Haar mindestens zweimal so oft von ihr schneiden, wie es nötig wäre, ich eingeschlossen." Er lachte.

„Er hat versucht, mehr als nur einen Haarschnitt zu bekommen", warf Roger ein. „Aber bis jetzt hat er nicht einmal die erste Sprosse erreicht."

„Sie ist bildhübsch, aber so kalt wie ein Eiskeller im Schneesturm", bemerkte Larry. Er lachte jetzt nicht mehr. Wahrscheinlich war er es nicht gewohnt, von einer Frau die kalte Schulter gezeigt zu bekommen, dachte Henry.

„Selbst die Uniform erweicht nicht ihr Herz", fuhr Roger fort.

„Ich habe sie einmal eingeladen, mit mir auszugehen. Ich habe ganz höflich gefragt. Da hat sie mir kühl geantwortet, dass es sich bei ihrem Laden um ein Geschäft handelt. Punktum. ‚*Gesellschaftliche Verabredungen werden hier nicht getroffen.*'" Bei dem letzten Satz machte Larry eine weibliche Stimme nach.

Henry merkte, wie Ärger in ihm aufstieg. Was musste sich diese junge Frau in ihrem Geschäft alles gefallen lassen? Beleidigendes, plumpes Flirten? Kein Wunder, dass sie so zurückhaltend war und sich nicht auf Gespräche einließ. Er biss sich auf die Zunge. Fast hätte er die beiden Männer zurechtgewiesen, sie sollten sich beherrschen und die junge Frau behandeln, wie es sich für eine Dame gehört.

„Wenn ich das nächste Mal zu ihr gehe, werde ich mich auch von ihr rasieren lassen", sagte Larry, wobei er sich Wangen und Kinn rieb.

Henry konnte seinen Ärger nicht länger bezähmen. „Hör mal", sagte er zu scharf. „Behandle diese Frau gefälligst mit Respekt oder halte dich von ihrem Laden fern!"

Ruckartig wandten sich ihre Köpfe in seine Richtung. Henry sah beide Augenpaare fragend auf sich gerichtet. Das bisschen Flirten schadete doch wohl niemandem.

Henry lehnte sich in seinem Stuhl zurück. „Sie ist eine Bürgerin dieser Stadt, mit denselben Rechten wie alle – kein Freiwild!", fuhr Henry beherrschter fort. „Besonders wir als Gesetzeshüter sollten uns also zurückhalten, meint ihr nicht?"

Die beiden Gesichter vor ihm sahen ziemlich ernüchtert aus. Beide nickten betreten und Roger wurde sogar rot.

„Ich glaube, sie ist daran gewöhnt", verteidigte sich Larry, aber er schien nicht länger übermütig zu sein. „Die Burschen reden dauern darüber, wie sie das eine oder andere bei ihr versucht haben."

„Also … ich will nicht, dass derartiges Gerede von dieser Dienststelle kommt", sagte Henry streng. Er war hier der Vorgesetzte und man erwartete von ihm, dass er das Heft in die Hand nahm. Die zwei Untergebenen nickten, die Blicke auf ihre Schreibtische gerichtet.

„Was mir nicht klar ist", ließ sich Larry nach einigen Minuten vernehmen. „Wo ist der Unterschied zwischen einem Mädchen den Hof machen und dem Überschreiten der ... der Grenzen?"

„Also", sagte Henry, der Larry in sein ehrlich besorgtes Gesicht blickte. „Ich gebe zu, dass es manchmal schwer zu sagen ist. Vielleicht muss ich darauf zurückkommen, was mir meine Mutter beigebracht hat. Sie sagte, es kommt auf das Motiv, auf die innere Haltung und auf die Reaktion des Gegenübers an."

„Das hört sich ja fast an wie in der Schule", protestierte Larry.

„Also, was für ein Motiv hast du?", fuhr Henry fort, ohne Larrys Protest zu beachten. „Geht es dir nur darum, deinen Spaß zu haben, oder empfindest du aufrichtigen Respekt für die andere Person?"

Larry schien darüber nachzudenken. „Okay", sagte er schließlich. „Ich verstehe."

„Dann deine Haltung", sagte Henry. „Verhältst du dich in einer gesellschaftlich annehmbaren Weise?"

Wieder nickte Larry. Roger hatte sich auf seinen Ellenbogen gestützt und hörte zu.

„Die Reaktion", fuhr Henry fort. „Wenn deine Annäherungsversuche offensichtlich nicht willkommen sind, dann zieh dich zurück."

„Warum heißt es dann aber: ‚Ein zaghaftes Herz hat noch nie eine schöne Frau errungen'?", erkundigte sich Roger.

Henry griff in seinen Papierkorb, zerknüllte ein Stück Papier und warf es nach Roger. „Hör auf", scherzte er. „Ich bin doch kein Psychologe. Woher soll ich das wissen?" Er stand auf und nahm seinen breitkrempigen Hut. „Ich werde meine Mutter fragen, wenn ich sie das nächste Mal sehe." Die drei Männer lachten und Henry sagte: „Ihr habt eure Aufgaben …also an die Arbeit!"

Diesem Gespräch folgte ein Tag mit viel Arbeit und Aufregung. Auf einer Farm hatte es einen Unfall gegeben und der verletzte Farmer musste in die Stadt ins Krankenhaus gefahren werden. Eine eheliche Auseinandersetzung in einem der verfallenen Häuser am Ortsrand musste geschlichtet werden. Dann hatten zwei halbwüchsige Jungen hinter einem alten Heuschober ein Feuer gelegt. Eine Frau war von einem Hund gebissen worden, bei dem Tollwutverdacht bestand. Ein Viehzüchter erstattete Anzeige, dass einige seiner Tiere verschwunden wären.

Am Ende des Tages, als die drei Polizeibeamten damit beschäftigt waren, ausführliche Berichte zu verfassen, blieb kaum noch Zeit für eine Unterhaltung. Ihre Mägen knurrten dabei um die Wette. Heute würde sogar Jessies Essen willkommen sein. Und alle sehnten sich nach ihren Betten.

*

Henry war froh, als der Sonntag kam. Die Woche war sehr voll, ermüdend und erschöpfend gewesen. Das Wiedersehen mit der jungen Frau, der er vor fast fünf Jahren unter so schwierigen Umständen begegnet war, hatte viele Gefühle und Fragen in ihm aufgewühlt, die er bereits für bewältigt gehalten hatte. Jetzt merkte er, dass er nach ihr Ausschau hielt, wenn er durch die Straßen der kleinen Stadt ging. Er konnte es nicht lassen, jede Kinderschar, die er auf Spielplätzen oder in Gärten sah, genau zu studieren. Doch weder Danny noch seine Mutter hatte er wieder gesehen. Es kam ihm wie eine Ironie vor, dass sie so nah waren und es ihm doch versagt blieb, ihnen zu helfen, was er so gern getan hätte.

Er zog sich für die Kirche an und wünschte, er hätte sich einen Zivilanzug gekauft. Nach dem Rasieren musterte er sich im Spiegel. *Sie hat mein Haar sehr gut geschnitten*, dachte er, als er mit der Hand über seinen Kopf fuhr. Eilig trat er beiseite, überrascht, wie nahe sie ihm in Gedanken war.

Kräftig bearbeitete er seine bereits glänzenden Schaftstiefel, ehe er den breitkrempigen Hut aufsetzte und sich auf den Weg zu Jessie machte, um ein zeitiges Frühstück einzunehmen. Wenigstens waren die Eier in Ordnung. Er würde sich Rühreier mit Toast und eine Tasse starken Kaffee bestellen.

Nachdem er sein Frühstück verzehrt hatte, blieb ihm noch immer viel Zeit. Er saß über einer zweiten Tasse Kaffee, während rund um ihn Gespräche geführt wurden und Gelächter erklang. Er war noch nicht lange genug in der Stadt, um als dazugehörig betrachtet zu werden. Die Leute mussten sich über diesen neuen Ordnungshüter erst einmal eine Meinung bilden. Zu diesem Zeitpunkt konnte er sich glücklich schätzen, wenn ihm gelegentlich zugenickt oder ein „Guten Morgen" zugerufen wurde.

Er hatte keine Ahnung, wie er nach dem Gottesdienst den Rest des Tages verbringen sollte. Frustriert starrte er in seine Kaffeetasse. Plötzlich befiel ihn ein Gefühl großer Einsamkeit. Er beneidete Roger, der in ein paar Wochen seine Frau und die Kinder herbringen würde, nachdem er endlich eine Unterkunft für sie gefunden hatte. Kein Wunder, dass Roger mit beschwingterem Schritt umherlief.

Henrys Gedanken wanderten wieder nach Haus. Er hatte es als Kind nicht richtig zu würdigen gewusst, wie glücklich, wie gesegnet er gewesen war. Oh, er konnte sich noch gut an den enormen Unterschied zwischen den zwei Haushalten seiner biologischen Eltern und den Delaneys erinnern. Von ständiger Unruhe, Streit und Handgreiflichkeiten war er plötzlich in eine Familie gekommen, die ihn liebte, sich um ihn sorgte und in der er als Persönlichkeit anerkannt wurde. Von der Zeit an hatte es bei ihm keine Zweifel gegeben, was er werden wollte, wenn er erwachsen war. Er würde Polizist werden wie sein Vater. Er würde aufrecht und ehrlich sein und anderen Menschen helfen.

Er sah an seiner Uniform herunter. Er war noch immer stolz darauf, Polizist zu sein. Doch unter der roten Uniformjacke schlug ein menschliches Herz. Eins, das sich nach Nähe sehnte. Eins, das sich eine Beziehung und nicht nur Pflichten wünschte. Er seufzte tief. Vielleicht würde ihm das nie vergönnt sein. Vielleicht würde er einer von denen sein, die mit dem Polizeidienst verheiratet waren. Nein, er hoffte, dass es nicht so kommen würde. Sein Vater und seine Mutter waren ja lebende Beispiele dafür, wie gut eine Ehe sein konnte.

Er stellte seine Tasse hin und stand auf. Es war Zeit, zur Kirche zu gehen. Er brauchte heute Morgen diese Zeit der Andacht. Obwohl die Gemeindemitglieder aus Ehrfurcht vor seiner Stellung und seiner Uniform noch sehr zurückhaltend waren, war er dort mit freundlichem Lächeln willkommen geheißen. Er fand Trost in den bekannten Liedern und den vertrauten Worten der Bibel. Sie bewirkten, dass er sich wieder vollständig fühlte. Die Welt wurde wieder in die richtige Perspektive gerückt.

Die Kirche war klein und die Bänke fast völlig besetzt, als er eintrat und seinen Hut abnahm. Ein Kirchendiener hieß ihn willkommen und zeigte auf einen Platz. Obwohl er so unauffällig wie möglich dorthin ging, merkte er, wie sich die Köpfe drehten.

Der Gottesdienst begann. Er teilte sich das Gesangbuch mit einem Jungen, der neben ihm saß. Die Frau am Klavier spielte sehr gut. Seine Gedanken wanderten zu seiner Mutter. Er hatte es immer geliebt, ihr beim Klavierspielen zuzusehen, hatte sich an den geschmeidigen Bewegungen ihrer schlanken Hände fast ebenso erfreut wie an der Musik. Es erfüllte ihn mit Bewunderung, dass sich Finger so sehr im Einklang bewegen konnten, obwohl jeder von ihnen eine andere Taste anschlagen musste, um den gewünschten Ton hervorzubringen. Jetzt beobachtete er die Hände der anderen Frau mit der gleichen Ehrfurcht für ihre Kunst.

Sie sangen drei Lieder hintereinander. Als das dritte ausklang, fühlte er, dass sich sein Herz wirklich Gott zugewandt hatte. Er wurde über sich selbst, seine Arbeitswelt, seine Isolierung hinausgehoben, und fühlte sich als Teil der Familie Gottes.

Der Prediger war jung. Obwohl er noch kein tief schürfender Theologe war, hatte er doch einige zum Nachdenken anregende Erkenntnisse mitzuteilen, Herausforderungen an die Gemeinde, die einer neuen Woche entgegensah. Henry bedauerte es, als das letzte Amen gesprochen wurde. Jetzt wurde er zurück in die Welt geworfen, in der er die Stunden dieses langen Tages irgendwie ausfüllen musste.

Er war bereits auf die breite Eingangstreppe hinausgetreten, als er den Jungen sah. Das Kind schaukelte am Geländer, während es sich angeregt mit einigen anderen Kindern unterhielt. Henry war schon im Begriff, hinüberzugehen und mit dem Jungen zu sprechen, als er dicht neben sich eine Stimme hörte: „Danny, sei vorsichtig, du fällst sonst noch runter."

Danny stellte sich auf die Stufen, ohne seinen spannenden Bericht zu unterbrechen. Aufgeregt erzählte er von einem Wurf Hundewelpen in der Nachbarschaft, und dass es sechs waren und er so gern einen davon haben würde und …

Henry wagte nicht, sich umzudrehen. Er war sicher, er würde etwas sagen oder tun, was ihr missfallen würde. Vielleicht würde sie sogar an seinen Motiven zweifeln, warum er in die Kirche kam. Ein Kind, das ihm in die Quere lief, zwang ihn, abrupt stehen zu bleiben. Er spürte einen leichten Stoß im Rücken und hörte ein leises „Entschuldigung".

Als er sich umdrehte, um der Person zu versichern, dass nichts geschehen sei, sah er direkt in ihre tiefblauen Augen. Er brachte keinen Ton heraus, konnte nicht einmal lächeln. Sie war ihm sehr nah, fast so, als hielte er sie wieder in den Armen.

„Entschuldigung", sagte sie noch einmal, mit einer Stimme, die nur noch ein Flüstern war. Ihr Gesicht rötete sich. Sie schien sich ebenso unbehaglich zu fühlen wie er. Er brachte ein Nicken zu Stande. Das war alles.

Die kurze Begegnung beunruhigte ihn. Er ging nicht nach Haus, um seine Sonntagsuniform auszuziehen. Er ging auch nicht zu Jessie, um sich das grausige Mittagsmenü anzutun. Stattdessen fand er sich auf der staubigen Straße wieder, die hinaus aus der Stadt führte. Er wollte sich bewegen. Es war schon eine Weile her, dass er richtig gelaufen war. Das war auch etwas, was er vermisste. Er wünschte, er hätte einen Hund, der ihn begleiten konnte. Dann hätte er wenigstens etwas Gesellschaft. Vielleicht sollte er einen dieser jungen Hunde … Er schob den Gedanken beiseite und schritt kräftig aus. Vielleicht konnte er sich nach einigen Kilometern von seiner trüben Stimmung befreien.

# Kapitel 9

Christine wusste noch immer nicht, ob sie das Richtige tat. Ben war jetzt seit drei Wochen zu Hause. Drei Wochen mit charmanten Telefonanrufen und Rosensträußen. Drei Wochen mit Flirts im Büro und Einladungen zum Essen, die sie immer zögernder abgelehnt hatte. Und hier war sie also; endlich hatte sie zugestimmt, mit einigen seiner Freunde an einem Picknick im Park teilzunehmen. Sie gestand sich ein, dass sie ihn ungeheuer anziehend fand. Sie gab auch zu, dass sie sich ein wenig über den Neid der andern Büromädchen freute. Doch sie erkannte auch, dass ihr noch immer unbehaglich zu Mute war.

„Ich kann es gar nicht erwarten, mit Ihnen anzugeben", sagte Ben, als er das Automobil scharf um die Ecke lenkte, wobei er die Augen nicht auf die Straße, sondern auf ihr Gesicht gerichtet hielt.

Trotz ihres Herzklopfens brachte Christine ein Lächeln zu Stande. Sie war nicht sicher, ob sie zu Bens Freunden passen würde. Sie wusste kaum etwas über sie, nur so viel, dass sie nicht gerade wie die jungen Leute waren, die ihre Kirche besuchten.

Er griff nach ihrer Hand und fuhr, nur mit einer Hand am Steuer und ohne seine Geschwindigkeit zu verringern, die Straße hinunter. Christine gab ihm einen kleinen Händedruck und zog ihre Hand wieder zurück, in der Hoffnung, dass er wieder vernünftig fahren würde.

„Sind Sie nervös?", fragte er mit einem spitzbübischen Lächeln.

Sie nickte und musste lachen. Er schaffte es jedes Mal, sie aus der Reserve zu locken.

„Das brauchen Sie nicht“, sagte er. „Ich habe den anderen alles über Sie erzählt.“

Ach nein! Sie überlegte, was er über sie gesagt haben mochten, und fühlte sich keineswegs erleichtert. Sie suchte einen Halt, als Ben den Wagen scharf nach links riss und unter einer Pappelgruppe hielt. Ein wenig unsicher stieg sie aus dem Auto. Weit und breit konnte sie niemand anderen sehen.

„Wo sind denn alle?“, fragte sie, als Ben den Picknickkorb aus dem Wagen hob.

„Genau genommen“, erwiderte er und schmunzelte wieder, „kommt niemand anders. Ich habe die Geschichte mit meinen Freunden nur erfunden, damit Sie mit mir mitkommen. Ich wollte Sie ganz für mich allein haben.“

Ihre Knie fühlten sich plötzlich weich an. Er beobachtete ihre Reaktion genau und fing an zu lachen. Mit der ausgestreckten Hand gab er ihr einen kleinen Stoß.

„Das war nur ein Scherz, kleine Miss Tugendhaft. Alle werden kommen, von denen ich Ihnen erzählt habe. Trudie verspätet sich immer und hält dadurch alle anderen auf. Aber es lohnt sich. Sie ist ein sehr lustiges Mädchen.“

Ben breitete die Decke aus, stellte den Picknickkorb neben einen Baumstamm und streckte die Hand aus. „Kommen Sie, sehen wir uns den Fluss an.“

Christine ging mit ihm. Der Fluss war ein wenig enttäuschend. Er war nicht klar und schimmernd wie die Flüsse im Norden. Und er floss auch nicht mit der gleichen lebendigen Geschwindigkeit. Doch immerhin war es fließendes Wasser. Sie hätte sich gern ans Ufer gesetzt und seinem Lied gelauscht.

Ben ging weiter. „Also, was halten Sie von meinem alten Herrn?“

Überrascht von seiner Frage, erwiderte sie: „Er … er ist ein guter Chef.“ Darüber hinaus hatte sie sich über Mr. Randolph ehrlich gesagt wenig Gedanken gemacht.

„Das alte Gestell ist schon jahrelang in ihn verliebt.“

Christine fühlte sich sehr unbehaglich bei seiner Respektlosigkeit einer Frau gegenüber, die alt genug war, um seine Mutter zu sein.

„Ich war nie sehr begeistert von der Aussicht, dass diese säuerliche alte Frau vielleicht meine Stiefmutter wird“, fuhr er fort, als hätte er ihre Gedanken erraten.

„Miss Stout war sehr nett zu mir“, sagte Christine mit beharrlicher Loyalität.

Er drehte sich um und zog sie dichter an sich heran. Zu dicht, fand sie, als er ihr ins Ohr flüsterte: „Na ja, wer würde nicht nett zu Ihnen sein?“

Sanft, doch mit Bestimmtheit, schob sie ihn von sich.

„Okay. Okay“, lachte er. „Ich verstehe schon. Ich verspreche Ihnen, nicht zu schnell vorzugehen.“

Eine Autohupe über ihnen verkündete, dass die anderen eingetroffen waren. Ben griff nach Christines Hand, um ihr die Uferböschung hinaufzuhelfen. „Ich nehme an, Trudie hat endlich ihre Haare fertig toupiert und ihre Nägel lackiert“, lachte er, als sie den steilen Pfad hinaufstiegen.

Unter dröhnendem Gelächter quollen fünf junge Leute aus dem voll besetzten Auto, drei Männer und zwei Frauen. Christine überlegte, welche von ihnen wohl Trudie war. Noch ehe Ben sie vorstellen konnte, hatte sie es herausgefunden. Die junge Frau hatte feuerrote Haare, die ein leicht sommersprossiges Gesicht umrahmten. Christine war an so dramatisches Make-up wie ihres nicht gewöhnt und fand, dass es übertrieben aussah. Doch schon bald wurde ihr klar, dass sich Trudie ständig auf einer großen Bühne befand. Vom Augenblick ihrer Ankunft an bog sich die Gruppe vor Lachen. Obwohl ihre Worte und ihr Gebaren sehr auffallend und laut waren, schienen ihre Freunde großen Spaß an ihrem Humor zu haben.

Ein schlaksiger junger Mann mit einem breiten Grinsen und einem schwarzen Haarschopf, der ihm ständig ins Gesicht fiel, schien der Begleiter der Rothaarigen zu sein. Sie waren so verschieden wie Schnee und Regen, dachte Christine. Der Junge öffnete kaum den Mund, außer, wenn er ihn mit Dingen aus den verschiedenen Picknickkörben voll stopfen konnte. Noch nie hatte sie einen so riesigen Appetit gesehen, nicht einmal bei ihrem Bruder Henry, als er noch ein Teenager war.

Christine fühlte sich unbehaglich, als man zu essen begann,

ohne zuerst dem Herrn für das Essen zu danken. Es gelang ihr, den Kopf für ein kurzes Gebet zu senken, bevor sie in ihr Brot biss, doch das Geschnatter um sie her hatte nicht nachgelassen, so dass es ihr schwer fiel, sich zu konzentrieren. Selbst als alle herzhaft zulangten und aßen, verstummte das Lachen und Reden nicht.

„Was ist mit Margaret?“, fragte Ben über ein Hühnerbein hinweg.

„Sie hatte Zahnschmerzen“, antwortete ein junger Mann in einem gestreiften Oberhemd. Christine glaubte, dass er Jared hieß.

„Könnt ihr euch das vorstellen?“, juchzte Trudie, während sie sich mit gespieltem Mitleid das Kinn hielt. „Wegen Zahnschmerzen bleibt sie zu Haus. Von solch einer Kleinigkeit würde ich mich doch nicht von einer Party abhalten lassen.“

„Da wir gerade von Party reden. Wo sind die Getränke?“, fragte Stephen, ein kleiner Bursche mit Brille.

Ben sprang auf, ging zum Auto und öffnete den Kofferraum. „Bedient euch!“, rief er. Alle, bis auf Christine, liefen hinüber, um das zu tun.

„Christine, was möchten Sie trinken?“, rief er ihr zu. „Bier oder Wein?“

„Ich … nein, vielen Dank“, stammelte sie, worauf sich mehrere Augenpaare auf sie richteten. Es war ihr peinlich, und sie war schrecklich enttäuscht. Sie hatte angenommen, Ben wüsste, dass sie keinen Alkohol trinken würde.

„Christines Vater ist bei der Polizei“, erklärte er lachend. Alle fünf stimmten laut in sein Lachen ein. Christine verstand nicht, was daran so komisch war.

„So, was *möchten* Sie denn gerne trinken?“, fragte Ben, als er sich neben sie auf die Decke fallen ließ.

„Ich …ich möchte nichts“, sagte sie schnell.

„Das nächste Mal bringen wir Limonade für sie mit“, sagte Trudie mit affektierter Stimme und erntete einen weiteren Lacherfolg damit.

„Apfelsaft“, schlug jemand anders vor, und sie lachten noch lauter.

„Hört mal, ihr. Jetzt ist es aber genug“, warnte Ben. Das Lachen verstummte.

Eigentlich war Christine durstig. Wäre sie im Norden gewesen, wäre sie zum Fluss gegangen und hätte sich einen erfrischenden Trunk geholt. Doch das trübe Wasser hier war wenig verlockend.

Der Nachmittag schleppte sich dahin, ohne dass etwas unternommen wurde. Sie lümmelten nur auf den Decken herum, erzählten und lachten, was sich manchmal etwas gewöhnlich anhörte. Ein paar Mal wurden sie von Ben mit einem Blick oder Wort verwarnt. Sie leerten weiterhin die Flaschen und je mehr sie tranken, desto lauter und gröber wurden sie. Christine sehnte sich danach zu gehen.

Eine Regenwolke brachte endlich die Erlösung. Eilig griffen sie die Körbe, Decken und ihre Sachen und rannten zu den Autos. Christine flüsterte ein kleines Dankgebet.

„Sie haben sich heute nicht sonderlich amüsiert, stimmt's?“, fragte Ben sie auf dem Heimweg ernsthaft. Er fuhr jetzt viel langsamer, mit beiden Händen am Steuer. Der Regen fiel weiterhin, doch das moderne Wunder eines Scheibenwischers sorgte für klare Sicht.

„Es tut mir Leid“, sagte Christine. „Wahrscheinlich passe ich einfach nicht zu Ihren … Ihren Freunden.“

Er nickte, als gäbe er ihr Recht.

*Tja, damit wären wir wohl am Ende*, dachte Christine. Sie fühlte eine seltsame Mischung aus Bedauern und Erleichterung.

„Ich werde Sie nicht wieder zu etwas Derartigem einladen“, fuhr Ben fort. Er nahm jetzt die Hand vom Steuer, um nach ihrer zu greifen. „Kommen Sie ein bisschen näher.“ Er lächelte. „Bitte.“

Langsam rutschte sie näher an ihn heran. Er legte den Arm um sie und zog sie noch dichter zu sich. „Das nächste Mal werden wir allein etwas unternehmen.“

Christine konnte ihr Erstaunen nicht verbergen.

„Sie brauchen nur zu sagen, was“, fuhr er fort.

Sie drehte sich zu ihm. „Meinen Sie das ernst?“

„Natürlich.“

Plötzlich schien der Tag wieder heiter zu sein. Er hatte nicht vor, sie nie wieder einzuladen, und verlangte auch nicht, dass sie sich mit seinen Freunden abgab. Sie konnte es kaum glauben.

„Na, wo sollen wir hingehen?“, fragte er.

„Das muss ich mir erst noch überlegen.“

„Okay.“ Der Arm um ihre Schultern hielt sie noch fester. „Ich gebe Ihnen Zeit, bis wir zu Hause sind.“

Jetzt konnte sie plötzlich lachen. Bei den groben Späßen während des Picknicks auf der Decke hatte sie dazu wenig Lust verspürt. Doch jetzt lachte sie aus reiner Freude.

Schon bald hielten sie vor Christines Pension. „Müssen Sie wirklich schon gehen?“, fragte er nüchtern.

„Ja, wirklich. Ich muss noch einiges für morgen erledigen.“

Er drückte sie. „Haben Sie es sich überlegt?“

„Ja, das habe ich.“

„Und …?“, drängte er, als sie nicht weitersprach.

„Wie wäre es mit morgen früh?“

„Morgen früh? Das ist schneller, als ich zu hoffen wagte.“ Sein Arm zog sie dichter an seine Seite. „Und wohin gehen wir morgen früh?“

„In die Kirche“, sagte sie, ohne zu zögern.

„In die Kirche?“ Seiner Stimme merkte sie an, wie geschockt er war. Sie war zutiefst enttäuscht.

„Sie brauchen nicht mitzugehen, wenn Sie nicht wollen“, lenkte sie schnell ein.

Zu ihrer Überraschung nahm er sie in seine Arme. „Nein“, sagte er, als hätte er sich von seinem Schock erholt. „Ein Versprechen ist ein Versprechen. Sie müssen mir nur sagen, was ich tun muss und wann ich Sie abholen soll.“

*

Ben hielt Wort und holte Christine pünktlich um viertel vor zehn zur Kirche ab. Es war überdeutlich, dass ein Gottesdienst etwas ganz Neues, sehr Fremdes für ihn war, und sie fühlte, wie er sie beobachtete, um zu sehen, wie er sich verhalten musste. Hin und wieder lächelte sie ihm ermutigend zu.

Nach dem Gottesdienst wurde er von mehreren Menschen begrüßt, und sie stellte ihn denen vor, deren Namen sie kannte. Doch sie merkte wohl, dass er die kleine Gemeinde so schnell wie möglich verlassen wollte. Er dirigierte sie langsam auf das Auto zu, und sobald es möglich war, ohne unhöflich zu sein, erlaubte sie ihm, sie dorthin zu führen.

„Na ja", sagte er, als er hinter dem Steuer saß. „Das war mal eine ganz neue Erfahrung."

„Danke", sagte Christine. „Ich meine, dass sie mitgekommen sind."

Er nickte nur.

„Sind Sie wirklich noch nie in einer Kirche gewesen?", wagte sie zu fragen.

„Nie."

„Das ist schade. Sie haben eine Menge verpasst."

Er erwiderte nichts.

„Ging … ging Ihre Mutter zur Kirche?" Christine wusste, dass sie vielleicht eine zu persönliche Frage stellte, wollte es jedoch wissen.

„Ich erinnere mich nicht an meine *Mutter*", erwiderte er scharf.

„Entschuldigen Sie", sagte sie schnell.

„Hören Sie mal", sagte er ärgerlich und wandte sich ihr zu. „Was meine Mutter betrifft, gibt es nichts, was Sie getan haben oder tun könnten. Deshalb brauchen Sie auch keine Entschuldigungen. Das bringt die Sache nicht wieder in Ordnung. Es ist besser, wir sprechen nicht weiter darüber, okay?"

Christine war über seinen offensichtlich unbewältigten Schmerz schockiert. Sie hätte ihm gerne ihr Mitgefühl ausgedrückt, wagte es jedoch nicht und nickte deshalb nur.

Der stürmische Wortwechsel war so schnell beendet, wie er entstanden war. Er sah sie an und lächelte und griff sogar nach ihrer Hand. „Wohin sollen wir Essen gehen?", sagte er, als wäre nichts gewesen.

Sie hatten nicht verabredet, Essen zu gehen. Christines Wirtin würde sie am Mittagstisch in der Pension erwarten.

„Mrs. Green erwartet mich …"

„Vergessen Sie Mrs. Green“, sagte er wegwerfend. „Sie würde nicht einmal merken, dass Sie nicht anwesend sind. Der kommt es doch nur auf das Geld an. So lange sie ihr Geld bekommt, wird sie froh sein, wenn sie Sie nicht zu füttern braucht.“

„Da kennen Sie Mrs. Green aber schlecht. Sie trägt nicht einmal das Essen auf, so lange wir nicht alle am Tisch sitzen.“

„Ich könnte ihr den Hals umdrehen. Sie hört sich wie eine richtige Spielverderberin an.“

Christine brachte ein leises Lachen zu Stande. „Vielleicht das nächste Mal.“

Als sie bei ihrem Haus anlangten, hielt er direkt am Gehsteig. Noch bevor sie ihm danken oder die Tür öffnen konnte, griff er nach ihrem Arm und hielt sie fest. Mit der anderen Hand fuhr er sich durch sein dichtes Haar.

„Sehen Sie, Christine“, sagte er. „Ich möchte nicht, dass Sie wegen heute auf falsche Gedanken kommen.“

Sie schluckte nervös.

„Ich glaube, ich … ich kann nicht noch einmal mit zu Ihrer Kirche kommen. Es ist mir unheimlich. All das Gesinge und Gerede über einen Kerl, der schon seit fast zweitausend Jahren tot ist. Das macht doch wirklich keinen Sinn.“

Sie hätte protestieren können, dass der „Kerl“, von dem er sprach, nicht tot war, dass er lebte. Doch sie nickte nur und fühlte wieder, wie diese schmerzhafte Traurigkeit an ihrem Herzen zerrte. Es hatte nicht funktioniert. Ihre Welten waren zu weit voneinander entfernt. Sie hätte es wissen sollen. Sie nickte noch einmal und wandte sich zum Gehen.

„Trotzdem möchte ich Sie wieder sehen“, versuchte er, sie aufzuhalten.

Langsam schüttelte sie den Kopf. „Es würde nicht funktionieren, das wissen Sie. Ich …ich passe nicht in Ihre Welt und Sie nicht in meine.“

„Es muss aber doch … eine weitere Welt geben“, protestierte er.

Sie starrte ihn an. Was meinte er nur?

„Wir können uns doch eine schaffen. Bitte. Ich werde Sie auch nicht mehr bitten, mit meinen Freunden auszugehen. Wir gehen nur noch dahin, wo es uns beiden gefällt, tun Dinge, die wir beide mögen."

Obwohl ihr Verstand sie warnte, sich nicht umstimmen zu lassen, sehnte sich ihr Herz danach, wenigstens zuzuhören.

„Wir könnten Picknicks nur für uns beide veranstalten", fuhr er eilig fort. „Wir gehen an den Strand. Fahren aufs Land. Gehen Essen. Wir werden viele Dinge finden", endete er voller Enthusiasmus.

„Ich glaube nicht …"

„Bitte, Christine, lassen Sie es uns versuchen. Wenn Sie sich noch immer unbehaglich fühlen …"

Er beendete den Satz nicht, doch er besiegte ihren Widerstand, riss die Mauer nieder, die Christine sorgfältig errichtet hatte.

„Ich werde darüber nachdenken."

Er beugte sich zu ihr und küsste sie ganz leicht auf die Wange. „Und ich werde an nichts anderes denken", murmelte er in ihr Haar, bevor er sich aufrichtete.

Sie stand auf dem Bürgersteig und sah ihm nach, als er davonfuhr. Alles in ihr war aufgewühlt. Sie wäre so gern wieder mit ihm ausgegangen. Tatsächlich wusste sie tief in ihrem Herzen, dass sie eine Einladung annehmen würde, obwohl sie gleichzeitig einen inneren Konflikt verspürte, der es ihr unmöglich machen würde, in Frieden zuzustimmen.

# Kapitel 10

Obwohl es in der Polizeistation viel zu tun gab, hatte Henry das Gefühl, dass der Sommer nur so dahinschlich.

Er war also lange genug in der Gegend, um einige Bekannte zu haben, die er mit Vornamen anredete. Nichts, was man wahre Freundschaft nennen konnte, doch wenigstens gab es einige Menschen in der Stadt, die nicht mehr den Atem anhielten, wenn er auf der Bildfläche erschien.

Die meisten davon gehörten zu seiner Kirche. Besonders der Pastor war Henry gegenüber sehr warmherzig und offen. Er war dankbar, jemanden zu haben, der seinen Glauben teilte und gelegentlich bei Jessie eine Tasse Kaffee mit ihm trank.

Mit der jungen Frau und ihrem Sohn hatte sich jedoch nichts geändert. Henry ließ sich noch immer regelmäßig die Haare bei ihr schneiden und wurde jedes Mal höflich empfangen. Doch obwohl sie der gleichen Kirche angehörten, blieb sie zurückhaltend und unzugänglich.

In der Kirche, hatte er bemerkt, schien sie ein völlig anderer Mensch zu sein als in ihrem Laden. Sie war lebhaft, mit einem wunderbaren, freundlichen Lächeln und einem köstlichen Sinn für Humor. Ihren Sohn liebte sie abgöttisch. Allmählich erfuhr Henry einiges über sie, indem er seine Augen und Ohren offen hielt. Ihre Mutter besuchte ebenfalls die Kirche. Sie war eine winzige Dame, die für alle ein warmherziges Lächeln und eine Umarmung hatte. Sie war der erste Mensch, den Henry als *rührig* bezeichnet hätte. Ihm fiel auch auf, dass Mrs. Martin ständig irgendein Päckchen in der Hand zu haben schien. Ein Glas selbst gemachte Marmelade für ein älteres Ehepaar, ein Paar gehäkelte Babyschuhe für eine werdende Mutter oder ein selbst gebackenes Brot für einen allein stehenden

Farmer. Wohin sie auch ging, brachte sie ihre kleinen Liebesgaben mit.

Henry war nicht erstaunt, sie eines Morgens nach dem Gottesdienst auf sich zukommen zu sehen. „Ich habe das Gefühl, Sie vernachlässigt zu haben“, entschuldigte sie sich. „Ist es zu spät, Sie zum Essen einzuladen? Ich weiß nie, an welchen Sonntagen Sie Dienst haben und an welchen Sie frei sind, deshalb fürchte ich, ist es mir bisher nicht gelungen, vorauszuplanen.“

Er lächelte. „Ein Sonntagsessen? Das hört sich großartig an“, versicherte er ihr eilig.

„Ich werde schnell nach Haus gehen, und Sie können dann nachkommen, sobald Sie hier fertig sind. Mein Haus ist direkt an der Ecke fünfte und siebte Straße. Das Haus mit dem weißen Lattenzaun davor. Sie können es gar nicht verpassen.“

Er dankte ihr und wandte sich wieder einem Rancher zu, um das Gespräch über einen marodierenden Bären mit ihm zu Ende zu führen.

„Ich habe ein paar gesunde Kälber verloren“, fuhr der Rancher fort, als Mrs. Martin davoneilte. „Ich denke mir, dass dieser Bursche wahrscheinlich schuld daran ist. Ein paar Mal habe ich ihn gesehen und öfters seine Spuren entdeckt. Es ist ein großer Bär, aber irgendwie ist er ein bisschen wackelig, als hätte er nicht genug zu fressen gehabt. Jetzt, wo es Herbst wird, wird er alles fressen, was er kriegen kann. Er weiß, dass er das Fett braucht, um durch den Winter zu kommen.“

Henry nickte, obwohl seine Gedanken ganz woanders gewesen waren, nämlich bei der Möglichkeit, etwas mehr über „Sam“ und ihren Sohn zu erfahren. Sicherlich würde Mrs. Martin – wie alle Mütter – nichts dagegen haben, von ihrer Tochter zu sprechen.

„Ich werde einen meiner Mitarbeiter beauftragen, der Sache nachzugehen“, hörte er sich zu dem Rancher sagen. „Kommen Sie auf der Wache vorbei und geben Sie uns genaue Angaben über den Ort.“

Der Mann dankte ihm, setzte seinen Hut auf und ging zu seinem Pferd hinüber.

Da er beabsichtigte, Mrs. Martin nicht zu sehr zu hetzen, ging

Henry zu Fuß zu dem Haus mit dem weißen Gartenzaun. Als er ankam, empfing sie ihn an der Tür und geleitete ihn ins Wohnzimmer. Zu seiner Überraschung saß in einer Ecke des Raumes ein Mann mit einer Bibel in der Hand in einem dick gepolsterten Sessel. Er lächelte breit, und noch bevor die Frau etwas sagen konnte, begann er zu sprechen. „Entschuldigen Sie, dass ich nicht aufstehe. Ich habe scheußliche Arthritis in meinem rechten Knie." Als er seine Hand ausstreckte, bemerkte Henry, dass auch sie von Arthritis gezeichnet war. Behutsam ergriff er die ausgestreckte Hand.

„Mein Mann, Sam", stellte die Frau ihn vor und deutete auf einen Stuhl. „Setzen Sie sich. Sie können sich ja ein wenig unterhalten, während ich das Essen fertig mache."

Henry nahm Platz.

„Meine Frau hat mir von Ihnen erzählt", begann der Mann. „Es ist nett, dass Sie zur Kirche kommen. Bin früher selbst gegangen, bis das hier – meine Arthritis – mich nicht mehr gehen ließ."

„Das tut mir Leid", sagte Henry aufrichtig. „Haben Sie schon lange Probleme damit?"

„So an die zwei Jahre. Oh, Schwierigkeiten hatte ich schon früher damit, doch erst in den letzten zwei Jahren musste ich deswegen zu Haus bleiben." Er hielt seine rechte Hand hoch und betrachtete sie. „Es wurde so schlimm, dass ich nicht mehr die Schere halten und Haare schneiden konnte. Ich musste Angst haben, jemandem das Ohr abzuschneiden." Er lachte. „Da habe ich meine Tochter überredet, einen Kurs zu besuchen und den Laden zu übernehmen. Sie brauchte sowieso etwas zu tun." Er schwieg und winkte mit der verkrüppelten Hand. „Aber ich sollte Sie nicht damit belästigen. Das interessiert Sie ja doch nicht."

*Wenn er nur wüsste*, dachte Henry, während er sich in seinem Stuhl vorbeugte. „Nein, bitte … erzählen Sie weiter", sagte er, wobei er sich Mühe gab, seine Stimme nicht zu interessiert klingen zu lassen. Als der Mann ihn neugierig musterte, sagte Henry: „Ich … ich habe Ihre Tochter schon kennen gelernt, sie hat mir die Haare geschnitten ... und ich habe sie auch in der Kirche gesehen“, fügte er schnell hinzu, wobei er hoffte, sein Interesse dadurch weniger auffällig erscheinen zu lassen.

„Na ja, sie ist ein recht verschlossener Mensch. Ich weiß nicht, ob sie möchte, dass ich über sie spreche“, beendete Sam die Unterhaltung.

Doch es war noch nicht alles verloren. Henry bemerkte mehrere Bilder im Zimmer, auf der die junge Frau von ihrer frühen Kindheit bis zu ihren Teenagerjahren zu sehen war. Eins fiel ihm besonders auf. Es war das Hochzeitsbild der wunderschönen Braut mit dem schwedischen Holzfäller. Etwas in seinem Inneren zog sich zusammen, als er ihre strahlenden Gesichter betrachtete. Was für ein tragisches Ende zu einem so glücklichen Anfang.

Das letzte Bild zeigte die Frau und Danny. Henry konnte sehen, dass es erst kürzlich aufgenommen worden war. Henry konnte sich kaum davon losreißen und seine Aufmerksamkeit darauf konzentrieren, was der Mann sagte.

„... sagte meine Frau. ‚In all den Jahren hat Gott für uns gesorgt. Er wird uns auch jetzt nicht verlassen.‘ Und dann ging sie los und bekam Arbeit im Lebensmittelladen. Also, zwischen Gott und Martha“, er hielt inne und lachte, „wird alles geregelt, was wir brauchen. Dann kauft uns meine Tochter den Laden ab. Jeden Monat bezahlt sie ein bisschen. Sie hat wirklich Erfolg. Muss wohl ein besserer Barbier sein als ich. Das Geschäft geht jetzt viel besser.“

*Also deshalb verbringt Danny die Tage bei Mrs. Crane*, dachte Henry. Er hatte sich schon gewundert, warum die Großmutter nicht nach dem Jungen sah.

„Aber eins geht mir sehr an die Nieren“, fuhr der Mann fort. „Das ist der kleine Danny. Nicht nur, dass der arme kleine Bursche seinen Papa verloren hat, jetzt hat er auch noch einen verkrüppelten Großvater, der nichts mit ihm unternehmen kann. Ich hatte mich so sehr darauf gefreut, mit ihm Angeln zu gehen, ihm zu zeigen, wie man einen Ball wirft und all solche Sachen. Und jetzt lassen diese alten Hände und das Knie hier nichts dergleichen zu.“

„Ich habe Zeit übrig“, bot Henry vorsichtig an. Seine Kehle war dabei ganz trocken. „Ich würde mich gern ein bisschen um den Jungen kümmern“, sagte er, bemüht, seinen Eifer zu bezähmen. „Natürlich nur, wenn seine Mutter nichts dagegen hat.“

„Sie ist ziemlich vorsichtig mit ihm“, sagte Sam mit einem Kopfschütteln. „Und das darf man ihr wohl nicht übel nehmen.“

Die Düfte, die aus der Küche kamen, ließen Henry hoffen, dass sie bald zu Tisch gerufen würden. Er hatte gar nicht gemerkt, wie hungrig er war und – ohne Jessie beleidigen zu wollen – wie sehr er sich auf ein richtiges Essen freute. Als er sah, wie der Mann ihm gegenüber sein krankes Knie rieb, überlegte Henry, ob sich Mr. Martin überhaupt bewusst war, dass er das tat.

„Wissen Sie“, sagte er zögernd. „Ich habe meine Kindheit unter den Indianern im Norden verbracht. Die erreichen wunderbare Sachen mit ihren Wurzeln und Kräutern. Nur ganz selten sieht man einen Indianer, der unter Arthritis leidet. Sie haben eine bittere Wurzel, die sie zerstampfen und aus der sie Tee machen. Wären Sie daran interessiert, den Tee mal zu versuchen, wenn ich welchen schicken lassen kann?“

Sams Augen leuchteten voller Interesse auf. „Wenn die es trinken, ohne dass es sie umbringt, wird es mich auch nicht umbringen“, lachte er.

„Ich werde mit meinem Vater sprechen. Er ist jetzt in Athabasca, aber er hat oft Kontakt mit Leuten, die bei den Indianern ein und aus gehen. Vielleicht kann er ihn besorgen.“

„Was macht Ihr Vater?“

„Er ist bei der Polizei.“

„Sind Sie deshalb Polizist geworden?“

Henry nickte.

„Es ist schön, wenn man einen Sohn hat, der in die eigenen Fußstapfen tritt. Ich hatte gehofft, dass mein Junge …“ Er schwieg.

„Sie haben einen Sohn?“

„Ich *hatte* einen Sohn“, korrigierte er. „Habe ihn im Weltkrieg verloren. Irgendwo in Italien.“

„Das tut mir sehr Leid“, sagte Henry mit aufrichtigem Bedauern in seinem Herzen.

Der Mann sah sich im Zimmer um. „Martha hat alle Bilder abgenommen und sie in unserem Schlafzimmer aufgehängt. Sagte, sie wollte ihn am Morgen als Erstes und am Abend als Letztes sehen. Sein Tod hat Martha mächtig mitgenommen. Es war schwer für uns beide.“

Henry hörte eine Bewegung an der Tür und sah Mrs. Martin hereinkommen, ihr übliches Lächeln im Gesicht. *Wenn man sie ansieht, könnte man denken, sie hätte in ihrem ganzen Leben noch keinen Kummer gehabt*, dachte Henry.

„Komm, Sam“, sagte sie, während sie ihm den Arm bot. „Ich helfe dir. Hier ist dein Stock. So … schön vorsichtig.“

Sie gingen ins Esszimmer, wo dampfende Schüsseln auf sie warteten. Es gab sogar kleine frisch gebackene Brötchen. Henrys Magen knurrte vor Erwartung.

Das Essen war sogar noch besser als es roch. Obwohl es Henry peinlich war, ließ er sich zu einer zweiten Portion überreden. Mrs. Martin freute sich, dass ihm ihr Essen schmeckte. „Ein herzhafter Appetit ist das beste Kompliment für eine Köchin“, versicherte sie ihm.

Henry fand es angenehm, einfach nur dazusitzen und über alltägliche Ereignisse und Leute aus dem Ort zu plaudern. Es war eine nette Abwechslung vom Anfertigen der Berichte über Unglücksfälle in der kleinen Stadt ... und Schlimmerem.

Mrs. Martin servierte Kuchen und füllte die Kaffeetassen. Als sie sich wieder gesetzt hatte, wandte sie sich an Henry.

„Warum erzählen Sie uns nicht ein wenig von sich selbst“, ermunterte sie ihn. „Wie lange sind Sie schon bei der Polizei?“

„Es sind jetzt über fünf Jahre“, antwortete Henry.

„Sein Vater ist auch Polizist“, warf Mr. Martin ein.

„Tatsächlich? Demnach sind Sie mit der Polizei aufgewachsen.“

Henry nickte.

„Wo war Ihr Vater stationiert?“

„Hauptsächlich im Norden.“

„Sind Sie im Norden aufgewachsen?“

Henry nickte wieder.

„Er sagt, die Indianer haben eine Wurzelmedizin, und er meint, die könnte meiner Arthritis helfen“, bemerkte Mr. Martin.

„Tatsächlich?“ Ihre Augen weiteten sich interessiert. „Ich habe von den Heilkräutern der Indianer gehört. Unsere Tochter und ihr Mann haben eine Weile im Norden gelebt.“

Henry nahm an, er hätte mit Fragen oder einem Kommentar darauf eingehen sollen, doch es fiel ihm nichts ein. Deshalb sagte er nur: „Das ist ja interessant.“

„Es gefiel ihr dort … zu Anfang …“ Traurig verloren sich die Worte der Frau.

„Danny wurde da oben in Peace River geboren“, erklärte Mr. Martin.

„Er kann sich an nichts mehr erinnern, tut aber so, als könnte er es“, lachte Mrs. Martin. „Er erzählt von ‚seinem Norden‘, als hätte er ein Anrecht drauf. Immer wieder fragt er seine Mutter: ‚Wann gehen wir zurück in meinen Norden?‘ Es ist wirklich drollig.“

Henry zwang sich zu einem Lächeln. „Hat Ihre Tochter die Absicht, wieder dorthin zurückzukehren?“, fragte er schließlich, wobei er hoffte, dass seine Stimme wie immer klang.

„Nein … Ich glaube nicht. Jedenfalls jetzt nicht. Ich denke …“ Mrs. Martin beendete den Satz nicht.

„Da gibt es jetzt nichts mehr für sie“, warf Mr. Martin schnell ein. „In den Holzfällerlagern und bei den Trappern sind Barbiere nicht so sehr gefragt“, sagte er scherzend, um die schwere Atmosphäre aufzulockern.

Sie waren mit dem Kaffeetrinken fast fertig, als die Hintertür aufging und Danny hereingesprungen kam. Er rannte direkt zu seinem Großvater. „Guten Tag, wie fühlst du dich heute, Papa Sam?“

Mr. Martin streckte seine knotige Hand nach ihm aus und zog den Jungen an seine Seite. Er küsste den Wuschelkopf, bevor er erwiderte: „Jetzt geht es mir gut.“

„Wir wollten dich besuchen.“

„Das sehe ich. Frag mal deine Großmutter, vielleicht hat sie noch ein oder zwei Stückchen Kuchen für dich.“

Hinter ihnen erklang ein leichter Schritt. Ohne sich umzudrehen, wusste Henry, dass die Mutter des Jungen eingetreten war. Er konnte förmlich fühlen, wie sie zögerte, ehe sie weiterging.

„Wie geht es dir, Papa?“, fragte sie, als sie auf den älteren Mann zuging, sich über ihn beugte und ihm einen Kuss auf die Stirn gab.

Mrs. Martin war von ihrem Stuhl aufgesprungen. „Hier ist ein Platz für dich, mein Herz. Und zieh für Danny den Stuhl dort heran. Ich hole noch mehr Kaffee und Kuchen.“

„Mama, wir haben schon gegessen.“

„Also, Danny hat immer Platz für ein Stück Kuchen“, antwortete sie mit großmütterlicher Sicherheit.

„Dann aber nur ein kleines Stück.“

„Kennst du Mr. Delaney schon?“, fragte Sam Martin.

Henry stand auf, als er vorgestellt wurde. Er nickte schweigend und überlegte, ob er die Hand ausstrecken oder es ihr überlassen sollte, den ersten Schritt zu machen.

Sie nickte nur. „Guten Tag“, war alles, was sie sagte. Dann wies sie mit der Hand zum Tisch. „Bitte, lassen Sie sich nicht bei Ihrem Kuchen stören.“

Henry setzte sich wieder. Danny war in die Küche gerannt, um seine Großmutter beim Auftun des Kuchens zu überwachen. Henry konnte sie hören.

„Was ist das für ein Mann?“

„Er ist unser Gast.“

„Er hat eine rote Jacke an. Heißt das, dass er ein Mountie ist?“

„Ja, er ist ein Polizist.“

„Tommy sagt, Polizisten sperren einen in große Eisenkäfige.“

„Tommy hat Unrecht. Wir sprechen später darüber.“

Mr. Martin wandte sich mit einer Frage an seine Tochter, wahrscheinlich, um die Unterhaltung in der Küche zu übertönen. „Wie war deine Woche?“

„Eigentlich ganz gut“, sagte sie lächelnd.

„Mr. Delaney hat uns eben vom Norden erzählt. Er ist dort aufgewachsen und hat auch dort gearbeitet. Er sagt, es kann sein, dass die Indianer einen Tee haben, der meiner Arthritis hilft.“

Henry fragte sich, ob die junge Frau den Worten ihres Vaters überhaupt folgte. Er fühlte, dass sie ihre Augen auf ihn gerichtet hatte und forschend sein Gesicht betrachtete.

Mrs. Martin und Danny kamen zurück. Danny trug sein eigenes Stück Kuchen. Mrs. Martin hatte ein weiteres Stück für ihre Tochter und eine Tasse Kaffee in der Hand.

„Also wirklich, Mutter. Das kann ich unmöglich essen. Gib mir nur den Kaffee. Vielen Dank. Danny … du liebe Güte. Das Stück ist viel zu groß."

„Ist doch mein Lieblingskuchen", erklärte Danny, während er sich den ersten Happen in den Mund schob.

„Lieblingskuchen oder nicht. Du wirst Bauchschmerzen kriegen."

„Nein, Mama. Bestimmt nicht. Von Großmamas Kuchen kriegt man keine Bauchschmerzen."

Alle lachten, nur Danny nicht. Er war damit beschäftigt, seinen Kuchen zu genießen.

„Tut mir Leid, dass wir einfach so hereingeplatzt sind", sagte seine Mutter. „Ich hatte keine Ahnung, dass ihr Besuch habt, und dachte, dass ihr längst mit dem Essen fertig wärt."

„Wir haben uns beim Nachtisch unterhalten", erwiderte ihre Mutter.

„Sobald Danny seinen Kuchen aufgegessen hat, gehen wir, damit ihr euch weiter eurem Besuch widmen könnt."

Henry beeilte sich, den ersten Kommentar seit ihrem Eintreffen von sich zu geben. „Bitte denken Sie nicht, dass Sie gehen müssten. Ich war gerade im Begriff, mich zu verabschieden. Ich habe das Essen und die Gesellschaft so sehr genossen, dass ich länger geblieben bin, als ich vorhatte."

Mr. Martin wandte sich an seine Tochter. „Mr. Delaney hat freundlicherweise angeboten, Danny ein wenig unter seine Fittiche zu nehmen …" Er unterbrach sich. „Vielleicht sollten wir erst einmal darüber sprechen, wenn wir allein sind." Er nickte dem Jungen zu. „Wir wollen lieber keine Hoffnungen wecken, ehe wir uns einig sind", fügte er mit einem viel sagenden Unterton hinzu.

Henry glaubte bereits zu wissen, wie ihre Antwort ausfallen

würde. Er warf einen schnellen Blick auf ihr Gesicht. „Ich habe ziemlich viel mit Jungen zu tun gehabt“, sagte er in dem Versuch, sie zu beruhigen. „Camping, Angeln, Schneeschuhwandern, Hundeschlitten fahren. Jungs lieben es, in der Natur zu sein. Ich dachte, ich könnte mich in der Kirche einbringen, indem ich mich um die Jungen kümmere. Mein Vater ... auf diese Weise hat mich mein Vater zuerst dazu überredet, zur Sonntagsschule zu kommen.“ Als er die Neugier in den Gesichtern bemerkte, fügte er hinzu: „Ich bin adoptiert worden. Mein Adoptivvater unterrichtete damals die Jungenklasse in der Sonntagsschule in Athabasca. Hätte es ihn nicht gegeben, hätte ich mich wahrscheinlich nie für die Kirche interessiert.“

Sie sagte ohne jede Begeisterung: „Eine großartige Idee … für ältere Jungen.“

Henry nickte und stand auf, um sich zu verabschieden. Er war so enttäuscht, dass es ihm schwer fiel, den Gastgebern seinen aufrichtigen Dank auszusprechen. Es war offenkundig, die jüngere Frau war jeglichen Freundschaftsdiensten abgeneigt.

# Kapitel 11

Ben fand interessante Dinge für sie zu tun. Am Anfang stimmte Christine nur zögernd zu, mit ihm auszugehen. Als Erstes machten sie eine Ausfahrt aufs Land, dann ein Picknick am Fluss. Danach besuchten sie ein Konzert und als Nächstes gingen sie Essen. Bald war es selbstverständlich, dass sie sich an jedem Wochenende sahen. Anfänglich hatte Christine viel deswegen gebetet, doch nach und nach schob sie ihre Bedenken beiseite und begann, die Tage zu zählen und nur noch für die Wochenenden mit Ben zu leben. Schließlich sahen sie sich zweimal in der Woche, dann dreimal.

Über Gott wurde nicht mehr gesprochen, obwohl Christine weiter dafür betete, dass Ben seine Meinung über Gott änderte. Gelegentlich erwähnte er seine Freunde. „Meine Freunde geben eine Party. Hast du Lust hinzugehen?“, oder: „Sie treffen sich am Samstag am Strand. Wollen wir hingehen?“ Jedes Mal schüttelte Christine den Kopf. Sie hatte kein Verlangen danach, sich diesen Menschen anzupassen. „Aber wenn du hinmöchtest, geh ruhig“, sagte sie dann.

Manchmal war er dann beleidigt, kalt oder ärgerlich. Christine sank das Herz, wenn er in solchen Stimmungen war. Doch jedes Mal hatte er sich beim Ende ihres Beisammenseins wieder in den aufmerksamen Gentleman verwandelt, den sie so schätzte. Meistens hatten sie tatsächlich eine prima Zeit miteinander.

Sie hatte keine Ahnung, was er während der Sommersemesterferien tagsüber trieb. Sie wusste, dass er keine Arbeitsstelle hatte. Gelegentlichen Bemerkungen entnahm sie, dass er nicht gerade ein Frühaufsteher war. Sein Vater machte manchmal Späße darüber, doch immer waren sie gutmütiger Art. „Ben ruht sich für die Universität aus." Oder: „Ben muss noch wachsen. Er braucht seinen Schlaf."

Immerhin werkelte er an seinem Auto herum. Tatsache war, er hatte jetzt zwei Autos. Warum, konnte Christine sich nicht vorstellen, doch er hatte Spaß daran, seine Zeit mit Schraubenschlüsseln und Ölkannen zu verbringen. „Ich glaube, Ben könnte alles zum Laufen bringen", bemerkte Mr. Randolph stolz. „Hört nur, wie das Baby schnurrt. Sanft wie ein Kätzchen."

Christine lächelte. Sie war durchaus gewillt, den schnurrenden Motor als eine Leistung zu betrachten. Trotzdem hatte Christine während der herrlichen, doch beunruhigenden Monate ihres kurzen Sommers das unbehagliche Gefühl, dass etwas nicht ganz in Ordnung war. Sie wurde zu tief hineingezogen. Die Veränderungen, die sich aus ihrer Beziehung zu Ben ergaben, waren nicht zum Guten. Statt dass er ihrem Glauben gegenüber offener wurde, schien Ben sie mehr und mehr in seine Welt zu ziehen. Sie hatte ihm widerstanden, hatte sich eingeredet, konsequent und stark zu sein. Doch war sie das wirklich? Sie betete noch intensiver. „Bitte, lieber Gott, hilf ihm, sich zu ändern", schrie ihr Herz ständig, da ihr bereits klar geworden war, dass sie ihn nicht mehr verlieren wollte.

Als sich der Sommer dem Ende zuneigte, musste Ben wieder zum College zurückgehen. „Warum kannst du nicht hier studieren?", fragte sie ihn, als er sie nach ihrem letzten gemeinsamen Essen nach Haus fuhr. Sie merkte, dass ihre Stimme bittend klang.

„Ich habe in Toronto begonnen und möchte auch bis zum Schluss dort bleiben."

Christine wollte nichts sagen. Doch nach allem, was sie gehört hatte, war sein Beginn nicht überwältigend gewesen.

„Ich komme zu Weihnachten nach Hause", sagte er zuversichtlich. „Das sind nur ein paar Monate."

Christine war überzeugt, dass es sehr lange Monate werden würden. Dummerweise hatte sie den Kontakt mit den jungen Leuten in ihrer Kirche so ziemlich verloren. Ihre Besuche der sonntäglichen Gottesdienste hatte sie zwar nicht eingestellt, doch weiter ging ihr Engagement nicht mehr.

Ben lenkte den Wagen an den Straßenrand und schaltete den Leerlauf ein. „Du wirst mir fehlen“, sagte er mit warmer, aufrichtiger Stimme. Er zog sie an sich und küsste sie. Sie wusste, dass auch sie ihn von ganzem Herzen vermissen würde.

Sie wollte ihm sagen, dass sie für ihn beten würde, doch sie verschluckte die Worte und die Tränen, die ihr zu kommen drohten. „Wirst du mir schreiben?“, fragte sie leise.

Er lachte. „Ich bin kein großer Schreiber. Ich werde dich anrufen.“

Christine dachte an das gemeinsame Telefon in der Halle der Pension. Sie wusste, dass die Telefonate unter diesen Umständen nicht sehr befriedigend ausfallen würden.

„Ich darf das Telefon immer nur fünf Minuten lang benutzen“, erklärte sie ihm traurig. „Und auch nur für einen Anruf am Abend.“

„Hör mal, warum nimmst du nicht meinen Vater beim Wort und ziehst bei ihm ein? Es gibt keinen Grund, warum du immer noch hier sitzen und dir von dieser Mrs. Blue vorschreiben lassen sollst, was du tun darfst.“

Obwohl ihr das Herz wehtat, musste Christine lachen. „Mrs. Green.“

„Ich habe noch nie etwas für deine Mrs. Green übrig gehabt“, fuhr er fort. „Sie ist eine eingebildete Diktatorin.“

„Du kennst doch Mrs. Green gar nicht.“

„Ich habe sie ein paar Mal gesehen, wenn ich dich abgeholt habe. Sie ist immer streng und säuerlich und sieht mich an, als wollte ich ihr Familiensilber stehlen. Schlimmer als das alte Knochengerüst Stout.“

„Das ist sie nicht. Sie ist immer sehr nett zu mir“, sagte Christine und rückte ein wenig von ihm ab.

Sein Arm hielt sie fester. „Komm, lass uns nicht streiten“, flüsterte er in ihr Haar. „Das ist unser letzter gemeinsamer Abend.“ Er hätte sie nicht daran zu erinnern brauchen. „Also, warum nicht?“, fragte er wieder, während er mit den Lippen über ihr Haar streifte.

„Ich …ich weiß es nicht. Es kommt mir immer noch verkehrt vor.“

„Ist es, weil du kochen sollst? Hör mal … wenn du nicht kochen willst, dann koch eben nicht. Dann wohnst du einfach nur dort. Es wird dem alten Burschen gut tun, etwas Gesellschaft zu haben. Und er mag dich. Er mag dich wirklich."

„Es ist nicht das Kochen. Ich koche gern. Es ist nur … es ist nicht … nicht in Ordnung für ein Mädchen … so zu leben."

„Nicht in Ordnung? Für wen? Warum solltest du dich darum kümmern, was andere denken? Wenn du bei uns im Haus wohnst, könnte ich dich jederzeit anrufen und so lange mit dir sprechen, wie wir wollen."

Es war verlockend.

„Also sag schon Ja", beschwor er sie weiter. „Denk mal – wenn ich Weihnachten nach Haus komme, würdest du da sein und auf mich warten."

Das hätte sie gern gehabt. Das hätte sie wirklich gern gehabt. „Ich … ich werde darüber nachdenken." Sie schluckte schwer. Schon bei dem Gedanke allein wusste sie, dass es nicht richtig war. Also … sie würde deswegen beten. So viel konnte sie ihm versichern. Wagte sie ihm das aber zu sagen?

Sie bewegte sich unruhig. „Mrs. Green schließt um neun Uhr die Haustür ab."

„Siehst du, was ich meine? Sie ist eine Tyrannin. Du kannst nicht einmal dein eigenes Leben haben. Zieh bei meinem Vater ein."

„Ich muss jetzt wirklich gehen."

„Noch nicht."

„Doch, ich muss. Ich will nicht vor der verschlossenen Tür stehen."

„Dann nehme ich dich jetzt mit nach Hause. Deine Sachen holen wir später und sagen Mrs. Green, dass sie sich den Schlüssel ins Ohr stecken kann. Dann bist du da raus."

„Nein, bitte. Nicht heute Abend. Ich brauche Zeit, um darüber nachzudenken. Ich muss beten …"

„Ich dachte, du hättest ausgebetet." Jetzt war er ärgerlich. Sie hatte nicht gewollt, dass er wütend wurde, dass ihr letzter Abend so endete. Sie hatte den Wunsch, ihren Kopf an seine Schulter zu legen und zu weinen. Dabei fühlte sie instinktiv, dass er sie festhalten und trösten würde. Doch es blieb keine Zeit für Trost. Jeden Augenblick musste Mrs. Green mit dem Schlüssel in der Hand an der Tür erscheinen. Christine hob einen Finger an seine Lippen. „Bitte“, flüsterte sie. „Ich muss jetzt gehen.“

Er ließ sie nicht nur los, er stieß sie förmlich von sich und griff bereits nach dem Schaltknüppel, bevor sie noch die Autotür öffnen konnte.

Sie erreichte die Haustür, als Mrs. Green bereits durch die Halle kam und mit dem Schlüsselbund klapperte. Unter Aufbietung ihrer ganzen Willenskraft brachte sie ein Lächeln und ein „Gute Nacht“ zu Stande. Sie wollte nichts anderes als sich auf ihr Bett werfen und weinen. Ben fuhr am Morgen ab, und sie hatten sich im Streit getrennt.

*

Als sich Christine am nächsten Morgen ins Büro schleppte, zierte ein herrlicher Rosenstrauß ihren Schreibtisch. Auf der Karte stand nur „*In Liebe, Ben*“.

Sie überlegte, ob er die Blumen vor oder nach seiner verärgerten Abfahrt bestellt hatte. Doch dann schob sie den Gedanken beiseite und begrub ihr Gesicht in den Blüten, während sie tief den Duft einatmete. Wieder drohten die Tränen zu fließen, sie unterdrückte sie jedoch.

„Mr. Randolph möchte Sie sprechen“, sagte Miss Stout wieder einmal.

Christine riss sich von den Blumen los und wandte sich der massiven Tür zu, die in das Büro führte. Sie fürchtete das bevorstehende Gespräch. Hatte Ben seinem Vater gesagt, dass sie sich im Streit getrennt hatten? Hatte er ihm mitgeteilt, dass er mit ihr fertig war?

Sie stählte sich, atmete tief durch und trat ein. Der bekannte Wuschelkopf hob sich und begrüßte sie mit einem breiten Lächeln.

„Also …“, sagte er. „Ich habe Ben heute Morgen auf den Weg zur Universität gebracht.“

Er wies mit dem Kopf auf einen Stuhl vor seinem Schreibtisch. Christine nahm Platz. Sie überlegte, worum es sich wohl diesmal handeln mochte. Er hatte sie doch bestimmt nicht nur in sein Büro gerufen, um ihr zu sagen, was sie bereits wusste.

„Sie haben einen guten Einfluss auf meinen Jungen." Diese Behauptung überraschte sie. „Er hat sich etwas gefangen. Ist nicht mehr so rastlos, wie er zu sein pflegte. Dafür bin ich dankbar", fuhr er fort, offensichtlich bemüht, seine Stimme zu kontrollieren. Christine hätte bei seinem ungewohnten Gefühlsausbruch am liebsten geweint. „Bevor er heute Morgen losfuhr, hat er mit mir gesprochen. Er sagte, dass Sie ihm fehlen werden."

Christines Herz begann zu singen. Er war nicht mehr wütend auf sie.

„Ben ist der Ansicht", fuhr er fort, „dass es für uns beide viel besser wäre, wenn Sie einfach in unser Haus mit einziehen würden."

Das war es also. Ben hatte Druck auf seinen Vater ausgeübt.

„Es ist doch Unsinn, da drüben für eine Vollpension zu bezahlen und ganz allein zu sein. Außerdem könnte er Sie öfter anrufen, mit Ihnen in Verbindung bleiben. Ich nehme an, er fühlt sich manchmal einsam da an der Universität. Das ist nur natürlich. Er schreibt nicht gern Briefe, aber mir geht es genau so. Wir benutzen lieber das Telefon."

Christine sagte nichts. Ihre augenblickliche Erleichterung, dass Ben sich noch immer etwas aus ihr machte, wich einer anderen Enttäuschung.

„Es würde mir viel bedeuten, wenn Sie mit ihm in Verbindung bleiben würden", sagte Mr. Randolph. „Das will ich nicht verhehlen. Ich fürchte, er ist … also … es geht manchmal etwas wild zu in diesen Studentenwohnheimen. Sie trinken zu viel, feiern zu viele Partys. Das ist ganz natürlich. Junge Leute müssen sich austoben und so weiter. Aber wenn er jeden Abend mit Ihnen telefonieren könnte … würde er mehr auf seine Studien achten."

*Aha*, ging es Christine durch den Sinn. *Ich soll also für Ihren Sohn den Polizisten spielen. Soll ihn übers Telefon bei der Stange halten.* Mit schwerem Herzen schüttelte sie den Kopf.

„Nein. Lehnen Sie nicht ab, bevor Sie darüber nachgedacht haben. So weit ich sehen kann, ist es kein schlechter Plan.“

„Ich habe Ben gesagt, dass ich deswegen beten werde“, sagte sie schließlich, in der Hoffnung, der Unterhaltung ein Ende zu bereiten und sich weiteres Argumentieren zu ersparen.

„Das sagte er.“

Christine hatte das Gefühl, Mr. Randolph glaubte genau wie sein Sohn, dass Beten absolute Zeitverschwendung sei und die Entscheidung nur hinauszögern würde.

„Warten Sie nicht zu lange“, sagte er.

Christine nickte und stand auf. Sie hoffte, gehen zu dürfen. Die Unterhaltung war ihr äußerst unangenehm gewesen. Mr. Randolph rückte seinen Stuhl wieder nach vorn und gab Christine zu verstehen, dass die Unterredung beendet war. Schnell ging sie auf die Tür zu.

Als sie die Tür öffnete, rief er ihr nach: „Waren die Rosen in Ordnung?“

Sie blieb stehen, sah zurück und überlegte, was seine Worte bedeuten mochten. „Die Rosen sind wundervoll.“

„Ben verlangte heute Morgen, dass ich den Blumenhändler aus dem Bett hole. Er wollte sicher sein, dass sie gleich morgens auf Ihrem Schreibtisch stehen.“

„Sie sind wundervoll“, sagte Christine noch einmal und schloss leise die Tür.

*

Christine zog nicht zu Mr. Randolph. Zwar betete sie deswegen, doch sie wusste eigentlich schon, als sie die Worte aussprach, dass ihr Gebet unnötig war. Tief innerlich war sie überzeugt, dass es nicht richtig war. Besonders klar wurde ihr das, als sie sich vorstellte, wie sie dieses Vorhaben ihren Eltern erklären würde.

Weder Mr. Randolph noch Ben waren über ihre Entscheidung glücklich. Dafür begann sie ihre Monate der Trennung, indem sie jeden Tag an Ben schrieb. Nur weil Ben kein guter Briefschreiber war, hieß das ja noch lange nicht, dass *sie* ihm nicht schreiben konnte. Er dagegen rief sie an. Zu Anfang zwei- oder dreimal in der Woche, was bedeutete, dass Christine seltener zu Hause anrufen konnte. Sie wollte die kostbare Zeit, die ihr zustand, nicht damit verbringen, dass sie sich mit ihrer Familie unterhielt. Zwar fehlten ihr die Gespräche, doch das schien ihr ein kleiner Preis zu sein. Ihre Eltern würde sie immer haben.

Doch dann kamen die Anrufe von der Universität immer unregelmäßiger. Ben sagte ihr, die Vorlesungen hielten ihn so auf Trab, und Christine hoffte, dass es stimmte. Er hatte festgestellt, dass ihm Journalismus doch nicht lag, und hatte stattdessen Soziologievorlesungen belegt.

*

Christine, die sich gewöhnlich über den ersten Schneefall freute, ging mit hängenden Schultern nach Haus. Schnee in der Stadt war etwas Kaltes, das zu Matsch wurde und nicht willkommen war. Aber wenigstens vergingen die Monate. Schnee bedeutete, dass bald Weihnachten war. Ihre Familie erwartete sie zu den Feiertagen. Sie hatte überlegt, wie viel Spaß es machen würde, Ben mit zu ihnen nach Hause zu bringen, ihm einmal zu zeigen, wie ein richtiges Familienleben aussah. Aber dann wäre Mr. Randolph allein geblieben. Das konnte sie nicht übers Herz bringen, deshalb gab sie die Idee wieder auf.

Ihre Briefe wurden auch weniger. Bald schickte sie nur noch zwei in der Woche, dann nur noch einen. Es gab wirklich nicht so viel zu berichten, und dadurch, dass Ben nicht auf ihre Briefe einging, gab es schließlich nichts weiter, worauf sie Bezug nehmen konnte. Sie wusste nur sehr wenig über sein Leben an der Universität. Und wenn sie telefonierten, mussten sie sich beeilen. Er fragte sie, wie ihr Tag verlaufen wäre. Dann sagte er, dass er sie vermisse und hoffe, dass es ihr gut ginge. Es dauerte nicht lange, und die fünf Minuten waren aufgebraucht.

Gelegentlich hatten sie Meinungsverschiedenheiten. Ben verstand nicht, warum sie sich weigerte, bei seinem Vater einzuziehen, und nannte es Dickköpfigkeit. Er war auch noch immer verärgert, wenn er sonntags anrief und ihm gesagt wurde, sie sei in der Kirche. Christines Meinung nach hätte er langsam wissen müssen, wo sie war, doch dann erinnerte sie sich an den Zeitunterschied. Vielleicht hatte Ben vergessen, das zu berücksichtigen.

Christine kam zu dem Schluss, dass es sehr unbefriedigend war, eine Beziehung über solch eine Entfernung zu führen. *Eine Beziehung zu führen*? Taten sie das wirklich? Wenn ja, würde sie ernsthaft darüber nachdenken und die Dinge aussortieren müssen. Ben hatte noch nicht den kleinsten Schritt getan, ihrem Glauben näher zu kommen. Konnte sie ihn wirklich als eventuellen Lebenspartner in Betracht ziehen? Sie nahm sich vor, noch heftiger zu beten.

# Kapitel 12

Elizabeth ertappte sich dabei, wie sie aufgeregt hin und her lief, während sie auf Wynns Heimkehr wartete. Er war nicht später dran als sonst, und gewöhnlich konnte sie ihre Gefühle recht gut beherrschen. Doch ihr letztes Telefongespräch mit Christine hatte sie erregt. Selbst Teeko wurde von ihrer Rastlosigkeit angesteckt und winselte.

Elizabeth hörte, wie Wynn die Tür aufschloss. Sie und Teeko sahen ihm entgegen, als er das Zimmer betrat. Wynns Augen gingen von dem Gesicht seiner Frau zu dem winselnden Hund.

„Fehlt ihm was?“, fragte er, als er sich den Mantel auszog.

Elizabeth warf einen schnellen Blick auf den Husky. „Ich glaube nicht, warum?“

„Normalerweise liegt er nicht nur so da. Sonst kommt Teeko zur Tür und rennt mich beinahe um.“

Als Teeko seinen Namen hörte, sprang er auf die Füße und seinem Herrn entgegen, wobei sein Schwanz von einer Seite zur anderen schwang. Ihm schien nichts zu fehlen. Als Wynn nach ihm griff, den seidigen Kopf zwischen beide Hände nahm und ihn sanft hin und her beutelte, knurrte der Hund vor Vergnügen.

„Das Essen ist fertig“, sagte Elizabeth. Sie ging voran in die kleine Küche, in der das Abendessen wartete.

„Ich komme, sobald ich mir die Hände gewaschen habe“, erwiderte Wynn und ging ins Badezimmer. Als er zurückkam, knöpfte er sich die Hemdmanschetten zu. „Uff“, sagte er. „Ich wünschte, man könnte auch den geistigen Schmutz so einfach abwaschen.“

„Geistigen Schmutz?“ Elizabeth stellte die Schüssel mit den Quetschkartoffeln und den Teller mit gebratenen Rehkoteletts auf den Tisch. Als sie zurückging, um die Karotten zu holen, fuhr Wynn erklärend fort.

„An manchen Tagen bleibt einem nichts weiter übrig, als sich mit dem Schmutz der Gesellschaft zu befassen."

„Und war heute so ein Tag?", fragte sie über die Schulter.

Er nickte. „Unsere Welt wird weder besser noch sauberer, Elizabeth. Ich verstehe nicht, dass sich Menschen gegenseitig oder sich selbst derartig behandeln können."

Sie stellte keine Fragen, da sie nicht sicher war, ob sie die Antwort hören wollte. „Ich habe mit Chrissie gesprochen", sagte sie stattdessen.

Es war offensichtlich, dass sie sofort seine volle Aufmerksamkeit hatte.

„Wie geht es ihr?"

„Ich habe den Eindruck, dass ihr dieser junge Mann noch immer im Kopf herumspukt, obwohl sie es nicht direkt gesagt hat."

„Ich dachte, er wäre zur Universität zurückgegangen?"

„Oh ja. Das ist er. Aber sie korrespondieren. Das heißt, sie schreibt ihm. Er ruft sie an. Sie ist jedes Mal ganz kribblig, wenn sie mit mir spricht, weil sie denkt, dass er anrufen könnte. Heute hat sie mich beinahe abgehängt. Dann entschuldigte sie sich und sagte, er hätte in dieser Woche noch nicht angerufen, und sie warte auf seinen Anruf."

Er setzte sich auf seinen Platz am Tisch. „Ist es das, was dich so beunruhigt?", fragte er leise.

„Ich habe nicht gesagt, dass ich beunruhigt bin."

Er lächelte. „Nein, aber wenn du ehrlich bist, wirst du auch nicht behaupten, dass du es nicht bist."

„Also ja, vielleicht ein bisschen", gab sie zu. „Ich glaube aber nicht, dass es das war. Wenigstens nicht nur." Sie sah ihren Mann an, der geduldig darauf wartete, dass sie weitersprechen würde. „Ich weiß nicht recht und könnte es nicht mit Bestimmtheit sagen. Aber irgendwie kommt sie mir verändert vor. Fremd. Sie weicht mir aus, ist beinahe gereizt. Das ist so gar nicht Chrissies Art", endete sie lahm.

„Ich wünschte, wir könnten den Burschen herholen und ihn in

Augenschein nehmen“, murmelte Wynn, als Elizabeth sich zu ihm an den Tisch setzte. „Ich habe das Gefühl, es würde viele unserer Fragen beantworten.“

„Also, es wird helfen, wenn wir sie über Weihnachten zu Hause haben. Zumindest sind wir dann besser in der Lage, herauszufinden, wie es um sie steht, wie sie sich fühlt. Es sind zum Glück ja nur noch ein paar Wochen bis dahin.“

„Was ist mit Henry? Hat er schon seinen Dienstplan festgelegt?“

„Ich habe noch nichts von ihm gehört. Er hatte Schwierigkeiten, für jeden Mountie etwas Freizeit einzuplanen. Es ist schwer, wenn man so wenige Männer hat. Aber das weißt du natürlich selbst. Ich erinnere mich noch an einige Weihnachtsfeste, wo du hinausmusstest …“ Elizabeth schüttelte den Kopf und beendete ihren Satz nicht.

„Ich erwarte fast, dass er dort bleiben wird“, sagte Wynn langsam. „Einer seiner Männer ist verheiratet. Der braucht Zeit mit seiner Familie. Der andere junge Mann kann nicht den ganzen Dienst allein übernehmen. Leider ist Weihnachten oft eine angespannte Zeit. Viele Leute feiern zu sehr.“

„Nicht *zu sehr*, sondern auf falsche Weise“, korrigierte Elizabeth ihn sachlich.

Sie reichten sich die Hände und Wynn sprach das Tischgebet. Als Elizabeth ihm den Fleischteller hinschob, entschlüpfte ihr ein Seufzer. „Weißt du, früher war es so einfach, als sie noch klein waren und wir nur darauf achten mussten, dass sie etwas zum Anziehen haben und gut essen und glücklich sind.“

„Du machst dir zu viele Sorgen.“

„Das habe ich mir selbst mindestens ein Dutzend Mal gesagt. Es ist nur, weil sie so weit weg sind. Ich habe das Gefühl, den Kontakt verloren zu haben.“

„Denkst du, es wäre leichter, wenn sie in der Nähe wären und du mehr an ihrem Leben beteiligt wärst?“

„Das weiß ich wirklich nicht. Ich weiß nur, dass es mir vorkommt, als hätte ich die Verbindung zu ihnen verloren, und das macht mir Angst.“

Sein Lächeln war voller Anteilnahme. „Du hast sie gut erzogen, Elizabeth. Und du hast einen Gott, dem du vertrauen kannst."

„Ich weiß. Ich sollte mir keine Sorgen machen."

„Was hat Christine genau gesagt?", fragte Wynn, als er den leeren Teller zurückschob.

Elizabeth wollte aufstehen, um den Tee zu holen. „Nicht sehr viel. Es war mehr das, was sie *nicht* sagte. Mr. Randolph und sein Sohn haben sie beide wieder unter Druck gesetzt, dass sie in die Randolph-Villa zieht."

„Sie denkt doch nicht etwa daran, oder doch?" Jetzt hörte sie ehrliche Besorgnis in seiner Stimme.

„Sie hat ihnen wieder abgesagt. Aber ich fürchte, wenn sie weiter bearbeitet wird, gibt sie womöglich irgendwann nach. Ich wäre sehr dagegen, dass sie es tut. Ich denke, es wäre ein schrecklicher Fehler."

Er nickte zustimmend. „Vielleicht sollte ich sie anrufen."

„Vielleicht solltest du mal mit diesem Randolph-Burschen sprechen."

„Das tue ich lieber nicht", antwortete er schnell. „Christine könnte es als Einmischung betrachten, so als würden wir ihr nicht vertrauen."

„Und, vertrauen wir ihr denn?" Sie sah ihm forschend ins Gesicht, ehe sie fortfuhr. „Oh ja, wir vertrauen Christine. Sie ist immer fest für das eingetreten, was sie als richtig erkannt hat. Doch wenn die beiden sie weiterhin unter Druck setzen ... welches allein stehende Mädchen kann sich auf die Dauer dagegen behaupten? Besonders, wenn einer davon ihr Chef ist und der andere ihr Herz besitzt! Sie sagt, Mr. Randolph sei der Meinung, dass sie einen guten Einfluss auf seinen Sohn ausübt. Also frage ich dich, warum braucht dieser Sohn einen guten Einfluss? Was für ein junger Mann ist das? Christine sagt nicht viel. Nur, dass sie sicher ist, ihn sehr gern zu haben. Dann erzählt sie von den herrlichen Rosen, die er ihr schickt, und dass sie in feinen Restaurants Essen gehen. Als wenn das einen Mann ausmachen würde. Die ganze Sache gefällt mir einfach nicht."

„Wird er zu Weihnachten nach Hause kommen?"

Elizabeth nickte und bemühte sich, ihren Gesichtsausdruck zu entspannen.

„Ich werde mit ihr sprechen." Wynns zuversichtlicher Ton tröstete sie.

„Sie sagte, sie würde heute Abend für ihren Chef ein Essen kochen. Das tut sie hin und wieder. Ich glaube, sie versucht ihn zu besänftigen, weil sie das Angebot, in sein Haus zu ziehen, wieder abgelehnt hat. Sie sagte, sie hätten heute ein anderes Paar zu Gast, wohl seinen Bruder und dessen Frau, die in der Stadt zu Besuch sind."

„So sehr spät sollte sie damit nicht fertig sein. Ich rufe an und hinterlasse eine Nachricht, dass sie mich anrufen soll, wenn sie nach Hause kommt."

„Sie hatte bereits ihren Anruf für heute, als sie mit mir sprach. Die Pensionswirtin erlaubt jedem Gast nur einen Anruf pro Tag."

„Selbst wenn wir sie anrufen?"

„Ja, so habe ich es wenigstens verstanden."

„Junge, Junge. Das ist ganz schön streng. Na, wahrscheinlich sind die Vorschriften notwendig. Manche Gäste würden sonst vermutlich den ganzen Tag am Telefon hängen. Ich werde es trotzdem versuchen. Die Dame heißt Mrs. Green, nicht wahr?"

Elizabeth nickte. Sie war außerordentlich frustriert, derartig von ihren Kindern abgeschnitten zu sein.

*

Neun Uhr war schon eine Weile vorbei, als der Rückruf von Christine kam. Sie hörte sich nervös an. „Ist etwas passiert?", war ihre erste Frage an Wynn.

„Passiert? Nein. Ich wollte nur …"

„Oh, Gott sei Dank!", rief sie aus. „Ich hatte schon Angst, dass etwas Schlimmes geschehen wäre. Wo ich doch vorhin schon mit Mama telefoniert hatte."

„Das tut mir wirklich Leid. Ich wollte dir keine Angst einjagen. Ich hatte auch nicht angenommen, dass du heute Abend zurückrufen würdest. Deine Mutter sagte, dass du heute deinen Anruf schon bekommen hast."

„Ich dachte, es wäre vielleicht ein Notfall, deshalb hat Mrs. Green …“

„Das tut mir Leid“, sagte Wynn noch einmal.

„Es ist nur … sonst ruft ihr nie zweimal an einem Tag an.“

„Ich habe nicht mit dir gesprochen, als deine Mutter anrief. Ich dachte, jetzt bin ich an der Reihe.“ Wynn beschloss, das Thema zu wechseln. „Deine Mutter sagt, du hast heute wieder Köchin gespielt. Wie ging es denn?“

„Gut“, antwortete Christine. Ihre Stimme klang noch immer unsicher.

Es tat ihm wirklich Leid, sie so in Angst versetzt zu haben. Gleichzeitig wurde ihm bewusst, dass dieses Gespräch wenig dazu beitragen würde, ihre elterlichen Sorgen zu beseitigen. Sie war viel zu aufgewühlt, um über ihre anderen Gefühle zu sprechen.

„Erzähl mir doch ein bisschen davon.“

„Ich habe nur fünf Minuten.“

„Du hast Recht. Reden wir nicht von der Kocherei, sondern lieber von dir. Wie geht es dir?“

„Gut.“

„Gefällt dir deine Arbeit noch?“

„Meistens ja.“

„Und an den unschönen Tagen?“

„Es geht manchmal etwas hektisch zu. Besonders am Monatsende, wenn jeder alles sofort haben will. Dann schaffen wir es nicht mit der Ablage und manche werden kribbelig, wenn wir versuchen, die Berge aufzuarbeiten.“

„Ich wünschte, ich hätte jemand, der meine Ablage macht“, lachte er.

„Papa, du hast keine Ahnung, was Ablage ist. Bei acht Stenotypistinnen, die ständig neue Briefe ausspucken, ist der Schreibtisch an einem Tag begraben.“

Er lachte herzlich. Sie hörte sich wieder wie sie selbst an. „Musst du denn alles allein machen?“

„Nein, jeder macht seine eigenen Sachen.“

„Warum dann diese Aufregung?“

„Weil jeder gleichzeitig am Aktenschrank ist. Wir drängeln

uns praktisch ständig, um ranzukommen, wie Elche an einem Schlammloch.“

Wieder lachte er. *Sie hört sich gar nicht schlecht an*, überlegte er im Stillen. *Ich glaube, Elizabeth ist überängstlich.*

„Wie geht es denn dem jungen Mann?“

„Meinst du Ben?“

„Ja … Ben.“

„Gut.“ Jetzt hatte ihre Stimme einen anderen Ton.

„Mutter sagte, dass du auf einen Anruf von ihm gewartet hast. Hat er sich gemeldet?“

„Wir haben ihn von Mr. Randolph aus angerufen.“

„Und wie geht es für ihn an der Universität?“

„Gut.“

„Das ist schön.“

„Meine Zeit ist gleich um.“

„Ich weiß. Es geht immer viel zu schnell. Wenigstens können wir über alles sprechen, wenn du Weihnachten nach Hause kommst.“

Es entstand eine Pause. Einen Augenblick lang dachte Wynn, Mrs. Green hätte sie unterbrochen. „Ja … ich meine …darüber müssen wir noch reden“, hörte er ihre Stimme endlich wieder. „Vielleicht komme ich doch nicht nach Hause. Ben hat mich gebeten, hier zu bleiben. Und ich habe daran gedacht … den beiden ein Weihnachtsfestessen zu bereiten. Ich meine, ein richtiges. Weißt du, sie hatten keins mehr, seit seine Mutter gestorben ist. Und er kann sich nicht einmal daran erinnern. Es ist traurig. Jetzt muss ich aber auflegen. Wir … wir sprechen noch darüber, ja? Ich hab dich lieb, Papa. Auf Wiedersehen.“

Es gelang ihm noch „Ich liebe dich auch“ zu sagen, bevor es in der Leitung knackte und der Summton kam. Stumm stand er da mit dem Hörer in der Hand. Er wünschte, er hätte nicht angerufen. Wie sollte er Elizabeth beibringen, dass womöglich auch ihre Tochter Weihnachten nicht nach Hause kommen würde?

*

Am nächsten Tag brachte der Briefträger einen Brief von Henry. Obwohl es Elizabeth schwer fiel, legte sie ihn auf das Regal neben das Radio, bis Wynn zum Mittagessen nach Haus kam. Er war noch nicht ganz eingetreten, als sie es ihm bereits mitteilte.

„Was schreibt er denn? Kommt er nach Hause?"

„Ich habe mit dem Lesen auf dich gewartet."

„Du hättest ihn ruhig aufmachen können."

„Wir kriegen nicht viele Briefe von unseren Kindern, da dachte ich, wir sollten sie gemeinsam lesen."

Wynn nickte lächelnd und umarmte sie. „Sollen wir warten, bis wir gegessen haben?", fragte er neckend. Doch sie war bereits gegangen, um den Brief zu holen.

Vorsichtig schnitt Elizabeth den Umschlag auf und begann, laut vorzulesen:

*Lieber Papa, liebe Mama,*

*ich habe mit dem Schreiben gewartet, bis ich die Dinge hier im Griff hatte. Es tut mir sehr Leid, doch ich werde nicht in der Lage sein, zum Weihnachtsfest nach Hause zu kommen. Es ist zu weit für einen kurzen Besuch. Wir sind hier nur zu dritt. Roger braucht etwas Zeit mit seiner Familie, und Larry hat noch nicht genug Erfahrung. Deshalb glaube ich, dass es besser ist, wenn ich hier bleibe. Aber ich werde euch sehr vermissen.*

*Ansonsten geht es recht gut hier. Ich beginne, mich in unserer Kirche heimisch zu fühlen. Ich wünschte nur, es wäre mir möglich, jeden Sonntag zum Gottesdienst zu gehen. Es ist schwierig, richtigen Anschluss zu finden, wenn man nur hin und wieder einmal dort ist.*

*Immerhin habe ich eine Art Jugendclub gegründet für Jungen im Alter von 8 bis 12 Jahren. Wir tun nichts Großartiges, machen nur manchmal Wanderungen, gehen Angeln oder Ähnliches. Die Jungen sind jedenfalls begeistert. Es erinnert mich an deine Sonntagsschulgruppe, Papa. Die Jungen wünschen sich, dass wir im Frühling einen richtigen Campingausflug unternehmen. Ich habe ihnen versprochen, darüber nachzudenken.*

*Roger hat mich mit einem Wohnungsmakler bekannt gemacht, dem es endlich gelungen ist, eine kleine Wohnung für mich zu finden. Großartig ist sie nicht. Nur ein paar kleine Räume, aber wenigstens gibt es einen Herd, so dass ich mir mein Essen selbst kochen kann. Hin und wieder gehe ich mit meinen Kollegen noch zu Jessie, aber mein armer Magen kann sich wenigstens zwischendurch erholen.*

*Ich hatte noch einige weitere Einladungen zu Sonntagsessen, und ihr dürft mir glauben, dass ich sehr dankbar dafür war. Wenigstens für die meisten. In einigen Häusern waren die Kochkünste der Damen nicht sehr berühmt und in einigen anderen die Töchter etwas zu ... direkt. Doch im Großen und Ganzen begrüße ich jede Abwechslung von dem, was Jessie auftischt oder was ich selbst zusammenbraue.*

*Ich frage mich, Papa, ob es dir gelungen ist, etwas von dem Wurzeltee gegen Arthritis aufzutreiben. Jedes Mal, wenn ich den armen Mr. Martin sehe, scheint er ein bisschen schlechter dran zu sein. Das ist traurig, denn er ist noch gar nicht so alt.*

*Hoffentlich geht es euch beiden gut. Ich bete täglich für euch.*

*In Liebe*
*Henry*

Langsam faltete Elizabeth den Brief zusammen. Sie hatte geglaubt, darauf vorbereitet zu sein, dass Henry nicht nach Hause kommen würde, doch das schien die tiefe Enttäuschung, die sie jetzt spürte, nicht zu mildern.

„Kein Wort von der jungen Frau“, bemerkte Wynn.

„Welche junge Frau?“ Elizabeths Aufmerksamkeit kam wieder in die Gegenwart zurück.

„Die junge Witwe und ihr Sohn.“

„Ich nehme an, dass es nichts darüber zu sagen gibt“, erwiderte Elizabeth mit einem Seufzer. Sie hatte keine Ahnung, warum Wynn sie überhaupt erwähnte. Was hatte sie mit Henry zu tun? Der längst vergangene Unfall im Norden hatte doch jetzt keinen Einfluss mehr auf ihn. Oder doch?

Sie wandte sich zu ihrem Mann um. „Was hat er damals eigentlich über die junge Witwe gesagt?“

„Nicht sehr viel.“

„Warum fragst du dann nach ihr?“

„Ich hatte dir doch damals gesagt, dass Henry von der Sache tief betroffen war. Er ist monate-, nein jahrelang nicht darüber hinweggekommen.“

„Bei so einem Tod, kein Wunder.“

„Es war nicht nur der Tod, es waren die Umstände. Die junge Frau. Das Baby. Es ist schwer zu erklären, Beth, aber wenn du derjenige bist, der die Nachricht überbringt, dann … dann betrifft der Schmerz auch dich. Doch es ist dir nicht erlaubt, mit der Familie zu trauern. Es verbindet dich sozusagen auf unerklärliche Weise mit ihnen, doch es trennt dich auch ab. Es ist eine merkwürdige Mischung aus Verantwortung und dem Wunsch zu helfen. Sie wieder zu finden …“

„Er hat sie wieder gefunden?“, unterbrach ihn Elizabeth. „Wie denn das? Und wo?“

„Hm. Ich … ich dachte, ich hätte es dir erzählt.“ Wynns Stimme klang unsicher. Er schwieg und überlegte. „Sie lebt in der gleichen Stadt! Henry hat es mir mal am Telefon gesagt.“ Wieder machte er eine Pause. „Es kommt nicht oft vor, dass sich die Wege im Leben derartig kreuzen. Ich habe den Eindruck, dass Henry noch immer das Gefühl hat, ihr und dem Jungen etwas schuldig zu sein. Er möchte ihr irgendwie helfen.“

Elizabeth nickte. „Man muss als Überbringer einer Todesnachricht in eine schreckliche Position geraten. Ich hatte nicht begriffen, wie persönlich es einen betreffen kann.“

„Vielleicht erleichtert es die Situation, dass sie eine Familie hat. Wenigstens ist sie nicht ganz auf sich selbst gestellt.“

Elizabeth stimmte mit ihm überein, doch als sie ging, um die Suppe aufzutun, war sie noch immer bekümmert. Als sie zurückkam, sagte sie: „Ich wäre dir dankbar, Wynn Delaney“, sagte sie, „wenn du in Zukunft nicht vergisst, mir wichtige Dinge, die unsere Kinder betreffen, mitzuteilen.“

Er duckte sich in gespielter Angst und beide lachten.

*

Endlich wurde durch einen Boten aus dem Norden die Wurzelmedizin überbracht. Der Indianerhäuptling, an den Wynn sich gewandt hatte, schien sehr stolz zu sein, dass jemand von Wynns Stellung und mit seiner Erfahrung um Medizin von seinem Stamm bat. Er schickte einen ordentlichen Vorrat. Wynn verpackte ihn sofort und schickte ihn an Henry weiter.

*„Leider haben sie keine Gebrauchsanweisung mitgeschickt"*, schrieb Wynn, *„doch wenn ich mich recht entsinne, haben sie den Tee mit kochendem Wasser aufgebrüht und morgens und abends getrunken. Sie haben eine gute Prise pro Becher genommen. Manchmal sah ich, dass sie mehr als einen Becher voll tranken, doch meistens war es nur einer. Ich hoffe sehr, dass der Tee deinem Freund helfen wird. Joe Biberschwanz sagt, es wird drei volle Monde dauern (und du weißt, wie lange das ist), bevor der Mann merkt, ob es hilft. Doch selbst dann darf er nicht aufhören, den Tee zu trinken. Es heißt nicht, dass die Arthritis geheilt ist, sondern nur, dass die Medizin die Arthritis unter Kontrolle hat. Wenn es ihm hilft, sind sie bereit, ihm mehr zu schicken. Wir werden beten, dass es hilft.*

*In Liebe, Papa*

# Kapitel 13

Ein Schneesturm heulte über die Prärie, als der Anruf die Polizeistation erreichte. Aufgrund der schlechten Sicht war es auf einer der örtlichen Landstraßen zu einem Autounfall gekommen. Die Frau am Telefon konnte nur wenige Informationen geben.

„Jemand hat an meine Tür gehämmert und mir aufgetragen, die Polizei anzurufen“, sagte sie mit bebender Stimme. Henry griff nach dem Bleistift und schrieb alle Informationen, die er kriegen konnte, in sein Notizbuch. Als er aufgehängt hatte, drehte er sich zu seinen zwei jungen Mitarbeitern um, die nur die Hälfte des Gesprächs mitbekommen hatten. „Ein Unfall, draußen in der Nähe der Double Bar Ranch.“

„Ist jemand verletzt?“

„Die Frau wusste es nicht.“

Beide Männer waren aufgesprungen. „Das ist offenes Land. Es wäre ein Wunder, wenn wir in diesem Sturm dahin finden.“

„Wir müssen es versuchen.“

Alle drei griffen nach ihren Winterjacken und Pelzmützen. Henry war dankbar, dass beide Männer sofort reagierten, obwohl es ein riskanter Einsatz war.

„Einer muss hier bleiben, falls wir anderswo gebraucht werden“, sagte er jetzt. „Larry, es ist dein Revier. Du kommst mit.“

Es war stockdunkel und der Schnee peitschte ihnen entgegen. Als sie die Stadt hinter sich ließen, konnten sie nur noch raten, wo sich die Straße befand. Noch schlimmer wurde es, als sie offenes Land erreichten.

„Bei solchen Gelegenheiten denke ich immer, dass die

Mounties niemals ihre Pferde hätten aufgeben sollen“, bemerkte Larry.

Henry musste ihm zustimmen. „Was wir jetzt wirklich bräuchten, wäre mein Hundegespann“, erwiderte er.

„Hundegespann? Ja. Das wäre gut. Was hast du mit deinem gemacht?“

„Niemand sagte mir, dass ich die Hunde hier brauchen würde. Ich habe die Tiere dem Leiter der Hudson Bay-Handelsniederlassung gegeben, wo ich zuletzt stationiert war.“

Sie unterhielten sich, um etwas von der Spannung abzubauen, die sie empfanden. Irgendwo in diesem Sturm war jemand, der ihre Hilfe brauchte. Würden sie ihn finden?

„Das haut nicht hin“, sagte Larry, der angestrengt in das Schneetreiben spähte. „Ich kann nicht einmal die Bäume am Straßenrand erkennen.“

Henry kämpfte verbissen, um das Auto auf der Fahrbahn zu halten. Er kam sich wie blind und orientierungslos vor. Der wirbelnde Schnee peitschte mit erstaunlicher Gewalt gegen die Windschutzscheibe.

„Woran kannst du dich bei dieser Straße noch erinnern, Larry? Irgendwelche Merkmale?“

„Es sind etwa elf Meilen bis zur Ranch. Etwa eineinviertel Meilen hinter der Stadt musst du rechts abbiegen. Ungefähr eine halbe Meile danach ist ein trockenes Bachbett mit einer Holzbrücke darüber. Danach stehen ein paar verkrüppelte Weiden am Wegrand, etwa eine halbe Meile weit. Dann gibt es nur noch Felder. Der Wind fegt darüber hin, als könnte ihn nichts aufhalten.“

„Irgendwelche Zäune?“

„Ja, ein paar. Die Lazy Eight Farm hat einige Zäune und ebenso die kleine Farm am Hügel. Die Double Bar hat ihr Gebiet nur teilweise eingezäunt. Ich glaube, sie halten nur auf drei Landstücken Vieh.“

„Gibt es irgendwelche steilen Böschungen oder Gräben?“

„Ein paar Bodenwellen gibt es. Eine ist an der Seite sehr abschüssig. Der solltest du nicht zu nahe kommen.“

„Wie weit?“

„Ein paar Meilen von der Farm entfernt.“

„Irgendwelche Gebäude, von denen wir ein Licht sehen könnten? Fenster? Irgendetwas?“

„Gewöhnlich schon. Aber bei diesem Schneesturm? Ich weiß es nicht. Es wäre ein Wunder, wenn wir etwas entdecken könnten. Ich werde das Fenster runterkurbeln und meinen Kopf rausstecken. Mal sehen, ob ich den Graben entdecke. Werde nach allem Ausschau halten, was uns einen Hinweis geben könnte, wo wir sind.“

Larry lehnte sich so weit wie möglich hinaus.

Das angestrengte Arbeiten des Scheibenwischers, der gegen den Schnee ankämpfte, und das Heulen des Windes von Larrys offenem Fenster beendete ihre Unterhaltung.

„Bist du sicher, dass wir nicht besser zu Fuß gehen sollten?“, fragte Larry nach einer Weile. „Ich kann nicht das Geringste sehen.“

„Schneeschuhe. Ich wünschte, ich hätte meine Schneeschuhe dabei.“

„Auch Schneeschuhe würden dir nicht zeigen, wo es lang geht.“

Henry biss die Zähne zusammen und steuerte den Wagen gegen den Wind.

„Langsam, fahr mal langsam. Das hier könnte unsere Ecke sein.“

Henry fragte sich, ob es überhaupt noch langsamer ging.

„Sie ist es. Ich sehe den Straßenpfahl. Du musst nach links abbiegen. Aber langsam. Ganz langsam. Noch nicht. Noch nicht. So, jetzt. Aber nur ganz leicht einschlagen. Ein bisschen mehr. Ich glaube, wir haben es geschafft.“

Larry zog den Kopf wieder herein. „Das war die erste Hürde“, sagte er erfreut. „Wenn wir jetzt nur dieser Straße folgen können.“

Sie schlichen vorwärts, Meile um Meile. Der Sturm ließ nicht nach und der Schnee auf der Straße wurde tiefer. Henry fühlte, wie der Wagen seitwärts rutschte, und bemühte sich, ihn in die Gewalt zu bekommen. Der schlimmste Teil des Weges lag noch vor ihnen, und sie mussten schon jetzt darum kämpfen, auf der Straße zu bleiben.

„Larry“, sagte Henry. „Hast du schon mal gebetet?“

„Nicht mehr, seit ich ein Kind war. Seitdem habe ich meine Mutter für mich beten lassen, Sir.“

„Ich glaube, es wäre weise, wenn wir jetzt beide ein wenig beten würden“, sagte er, und es war nicht als Spaß gemeint.

Sie merkten, dass sie zu dicht an die Böschung geraten waren. „Oh, jetzt haben wir es geschafft“, rief Larry. „Wir sind gegen einige Zaunpfähle gerutscht.“ Er stieg aus dem Auto und stemmte seine Schulter gegen die Rückseite des Wagens, während sich Henry bemühte, den Wagen zurück auf die Straße zu bringen. Beide atmeten erleichtert auf, als die Räder wieder gehorchten.

„Siehst du irgendetwas, was dir bekannt vorkommt?“, fragte Henry, als Larry wieder ins Auto kletterte.

„Ich weiß nicht einmal, wonach ich Ausschau halten soll. Man verliert in diesem Schneegestöber jedes Gefühl für Entfernungen“, antwortete er, während er sich den Schnee vom Gesicht wischte. „Würde es schneller gehen, wenn ich vorneweg gehe?“

„Vielen Dank für dein Angebot. Aber so lange es geht, wollen wir lieber fahren. Man kann diesem Wind nur schwer widerstehen. Ich möchte auch nicht das Risiko eingehen, dich aus den Augen zu verlieren.“

„Wir dürfen auf keinen Fall über die Kante geraten“, warnte Larry.

„Sind wir schon in der Nähe?“

„Ich habe völlig die Orientierung verloren“, sagte Larry und fluchte leise. „Entschuldige, dass ich fluche, Chef. Aber ich habe keine Ahnung, wo wir sind.“

Es war wie ein Wunder, doch während sie weiter gegen den Sturm ankämpften, blieb der Wagen auf der Fahrbahn. Mehr als einmal sandte Henry ein von Herzen kommendes Gebet zum Himmel. Sie würden den Opfern des Unfalls nicht helfen können, wenn sie selbst einen hätten. Er war dankbar, dass er Eltern hatte, die für ihn beteten. Und Larry hatte gesagt, dass er seiner Mutter das Beten überließ. Vielleicht waren sie von mehr Gebeten umgeben, als er wusste.

Larry war im Begriff, sich wieder aus dem Fenster zu lehnen. „Du lieber Himmel“, sagte er und holte erschreckt Luft. „Wir sind gerade über die gefährliche Stelle gefahren. Dreißig Zentimeter weiter nach rechts, und wir wären den Abhang hinuntergerollt.“

Henry fühlte die Anspannung in seiner Brust. So nahe, und doch war ihnen nichts passiert.

„Es müsste eigentlich hier irgendwo sein.“

Plötzlich sahen sie durch den Sturm einen großen Schatten vor sich. Henry trat auf die Bremse und das Auto rutschte seitwärts. Er war überzeugt, dass sie mit dem Objekt, was immer es auch sein mochte, zusammenstoßen würden. Doch unmittelbar vor der dunklen Form, die in dem weißen Wirbel zu erkennen war, blieb der Wagen mit einem Ruck stehen. Bald bewegten sich andere Schatten um sie herum. Menschen kamen angelaufen, wedelten mit den Armen und redeten alle durcheinander.

Henry griff nach unten, um den Motor auszuschalten. Larry war bereits aus dem Auto gesprungen. Henry wandte sich an den Mann, der ihm am nächsten stand, und rief, um den Sturm zu übertönen: „Bringen Sie uns zur Unfallstelle. Wie sieht es da aus?“

„Hier entlang“, rief der Mann zurück. „Hier drüben.“

Zwei Lastwagen waren im Sturm zusammengestoßen. Der eine war auf der Seite im Graben gelandet. Der andere stand noch auf seinen Rädern, war aber schwerer beschädigt. Henry knirschte mit den Zähnen. Dabei musste es doch Verletzte gegeben haben. Wie in aller Welt würden sie es schaffen, die in ein Krankenhaus zu bringen?

„Wie viele Leute waren beteiligt?“, fragte er, während er dem Mann, der ihn führte, dicht auf den Fersen folgte.

„Drei. Zwei junge Cowboys von dem Lastwagen im Graben und ein Farmer vom anderen.“ Henry war froh, dass keine Frauen und Kinder dabei waren.

„Ist jemand schwer verletzt?“

„Hätte schlimmer kommen können. Der eine Bursche hat ziemlich ernste Schnittwunden am Kopf. Er ist aber noch auf den

Beinen. Ich glaube, der Farmer hat ein gebrochenes Bein. Wir haben ihn auf die Ladefläche seines Lastwagens gelegt und mit einer Plane zugedeckt. Die beiden anderen sind da drüben. Bei dem einen weiß ich nicht. Er sagt immer, sein Kopf tut weh. Mehr kriege ich aus ihm nicht heraus. Mein Sohn und ich hörten den Knall bis hin zum Stall, wo wir unser Vieh versorgt haben. Da sind wir hergegangen, um zu sehen, was los ist."

„Sind Sie es gewesen, der angerufen hat?"

„Nein. Ich habe meinen Jungen zu den Nachbarn hinübergeschickt. Wir haben kein Telefon."

Sie waren bei dem Lastwagen angelangt, auf dem der Mann unter der Plane lag. Noch bevor sie ihn erreicht hatten, konnte Henry ihn stöhnen hören. Larry besah sich bereits den Mann mit den Schnittwunden am Kopf.

Flüchtig untersuchte Henry das Bein. Es war tatsächlich gebrochen. Der Mann musste ins Warme, und zwar schnell, da er sonst auch noch Erfrierungen erleiden würde. Henry wandte sich an den Farmer, der als Erster Hilfe geleistet hatte. „Sie sagen, Sie wohnen in der Nähe?"

„Gleich hier drüben." Er wies mit dem Kinn in die Richtung.

„Können wir die Verletzten zu Ihnen ins Haus bringen?"

„Das können Sie gerne. Der Junge und ich konnten die drei nicht allein transportieren, und wir wagten nicht, sie allein zu lassen."

„Sie haben nicht zufällig einen Schlitten?"

„Die Kinder haben einen kleinen."

„Können Sie bitte den Jungen danach schicken?"

Während sie miteinander sprachen, hatte Henry sich den Mann mit dem schmerzenden Kopf angesehen. Er zog seine Handschuhe aus und fuhr ihm mit dem Finger über Schädeldecke und Genick. Konnten sie es wagen, ihn zu transportieren? Tja, sie hatten keine Wahl. Wenn sie ihn hier ließen, wäre er schon bald erfroren.

Er wandte sich an die beiden Männer. „Halten Sie noch ein bisschen aus. Wir holen Sie hier heraus und werden Sie ins Warme bringen." Er zog seine schwere Jacke aus und wickelte sie dem einen Mann um den Oberkörper. Der Wind zerrte an seinem Uniformhemd. Selbst die dicke Unterwäsche konnte die Kälte nicht abhalten.

An seiner Seite tauchte Larry auf. „Ich glaube nicht, dass die Schnittwunden des Burschen allzu ernst sind. Er hat ziemlich geblutet, doch das ist bei Kopfverletzungen normal. Wenigstens kann er noch laufen. Dafür sollte er dankbar sein."

„Und wir sollten es auch", sagte Henry mit leiser Stimme. „Wir müssen die beiden da irgendwie zu dem Farmhaus hinüberbringen und zwar auf einem Kinderschlitten."

Und es gelang ihnen. Es war nicht leicht, doch sie schafften es, indem sie mit jedem einzeln durch den Sturm fuhren. Der Junge, der, wie es sich herausstellte, ein kräftiger Bursche war, den Henry gelegentlich in der Stadt gesehen hatte, zog den Schlitten. Henry ging neben dem am schwersten verletzten Mann und versuchte so gut es ging, die Unebenheiten und das Rucken auszugleichen. Bis der Schlitten zurück war, blieb Larry bei dem anderen Mann. Sie würden alle heilfroh sein, wenn sie dem Sturm entronnen waren.

Das Haus war klein, doch die Frau, die sie an der Tür empfing, stellte ihnen sofort alles zur Verfügung, was sie brauchten. Henry merkte, dass sie sehr erleichtert war, ihren Mann und ihren Sohn wieder sicher im Haus zu haben. Irgendwo in einem Zimmer schrie ein Baby. Er hörte eine andere junge Stimme, die sich bemühte, das Kleine zu beruhigen.

Sie brachten alle Lampen, die es im Hause gab, und ließen sie auf die Unfallopfer scheinen. Trotzdem konnte Henry nicht feststellen, wie ernsthaft die Kopfverletzung war. Er wagte nicht, dem Mann etwas gegen die Schmerzen zu geben. Die Frau machte ihm kalte Kompressen, um den Schmerz etwas zu lindern.

„Wir müssen noch einmal hinüber zum Telefon, um ihren Familien zu sagen, dass sie hier sind", erklärte der Farmer, der die Verletzten kannte.

„Ich weiß nicht, ob bei diesem Sturm noch einmal jemand hinausgehen sollte", warnte Henry. Die Frau sah ihren Mann bittend an, auf die Warnung zu hören.

„Ich reite den alten Barney. Der hat ’ne Nase wie ein Bluthund.“

„Wenn Sie wirklich gehen wollen, könnten Sie bitte die Polizeistation anrufen und meinen Kollegen wissen lassen, dass wir es geschafft haben?“, fragte Henry. „Und nehmen Sie Ihr Gewehr mit, um ein Signal zu geben, falls Sie Hilfe brauchen.“ Das sagte er mehr, um die Frau zu beruhigen, als um dem Farmer zu helfen.

Der alte Barney musste seine Sache gut gemacht haben. Noch bevor es sich alle einigermaßen bequem gemacht hatten, war der Mann zurück.

„Hab deine Mutter erreicht, Davey“, sagte er. „Sie war mächtig froh zu hören, dass ihr alle in Sicherheit seid.“

„Danke“, murmelte der junge Mann mit dem gebrochenen Bein. Obwohl er so lange in der Kälte gewesen war, stand ihm jetzt der Schweiß auf der Stirn. Henry hatte das Bein strecken müssen und es so gut es ging bandagiert. Jetzt war die Frau damit beschäftigt, den jungen Burschen mit heißer Suppe zu füttern.

Es war der andere Mann, um den sich Henry die meisten Sorgen machte. Er brauchte einen Arzt. Doch der Versuch, bei diesem Wetter einen zu erreichen, wäre tollkühn gewesen. Henry betete, dass der Sturm sich ausgetobt hatte, bevor es zu spät war. Er ließ sich auf den Fußboden gleiten, lehnte sich mit dem Rücken gegen die Wand und nahm eine Tasse von dem heißen Kaffee entgegen, den das älteste Mädchen der kauernden Gruppe anbot. Er sah zu Larry hinüber, der auf der anderen Seite des Raumes saß. Der junge Mann würde einen feinen Polizisten abgeben. Er hatte sich unter dem Druck der Situation fabelhaft verhalten. Henry war stolz, ihn in seinem Team zu haben.

*

Niemand in dem Haus schlief viel in dieser Nacht. Die Frau ging zwar zu Bett, doch Henry war überzeugt, dass sie bei all den Menschen und der Unruhe in ihrer Küche nicht sehr gut geschlafen haben konnte. Sie hatte einige Decken von ihren Betten mit den unerwarteten Gästen geteilt. Selbst durch die Wände des kleinen Farmhauses konnte man die Kälte des Windes spüren.

Henry übernahm es, das Feuer in Gang zu halten. Er hoffte, dass vor der Tür genügend Holz aufgestapelt war. Wenn der Sturm noch lange anhielt …

Er musste eingeschlafen sein, denn er wachte mit einem Ruck wieder auf. Schnell sah er nach den drei Unfallopfern. Der Mann mit den Schnittwunden schien gut zu schlafen, doch die beiden anderen waren unruhig.

Zu Henrys größter Erleichterung wurden sie am nächsten Morgen von Sonnenstrahlen geweckt. Noch immer wirbelte der böige Wind Schnee durch die Luft, doch der Sturm hatte sich gelegt. Jetzt mussten sie sehen, wie sie die Verletzten ins Krankenhaus transportieren konnten. Es würde lange dauern, da die Straße voller Schneewehen war. Wahrscheinlich würden sie sich einen Weg freischaufeln müssen. Er konnte nur hoffen, dass alle die Fahrt heil überstehen würden.

Der Farmer und sein Sohn kamen mit, um ihnen beim Freischaufeln des Polizeiautos zu helfen. Zu viert dauerte es nicht lange, bis sie eine Bahn freigelegt hatten, doch der Motor, der dem Sturm ausgesetzt gewesen war, wollte nicht anspringen.

„Ich habe ein gutes Gespann und einen Schlitten“, bot ihr Gastgeber an.

Henry nickte. Es würde nur langsam vorwärts gehen, viel zu langsam, doch vielleicht würden sie wenigstens irgendwo hinkommen, wo sie Hilfe fanden.

Während Henry die Verletzten für die Fahrt fertig machte, spannte der Farmer die Pferde an. Sie würden nur zwei zum Krankenhaus bringen. Der Mann mit den Schnittwunden bestand darauf, dass seine Verletzungen von allein heilen würden. Henry stritt sich nicht mit ihm. Er sah tatsächlich viel besser aus, nachdem er sich das Blut vom Gesicht gewaschen hatte.

Mit der Heugabel packte Larry Heu in den Schlitten, um eine Art Lager zu machen. Sie deckten die Männer mit geborgten Decken zu, um sie vor Erfrierungen zu schützen.

Sie waren noch keine Stunde unterwegs, als sie einem Lastwagen begegneten. Henry stoppte den Wagen und erklärte dem

Fahrer die Situation. Der bot an, die verletzten Männer in die Stadt zum Krankenhaus zu bringen. Die Männer, das Heu und die Decken wurden auf den Lastwagen umgeladen. Der Farmer fuhr, begleitet von Worten tiefster Dankbarkeit an seine Familie, mit seinem Gespann nach Hause.

Viele Male mussten sie sich ihren Weg durch Schneewehen freischaufeln. Henry war froh, als er endlich die ersten Häuser der Stadt am Horizont auftauchen sah. Es war eine große Erleichterung, die Verletzten der Fürsorge eines Arztes überantworten zu können. Sie hatten getan, was sie konnten. Henry konnte nur beten, dass es genug gewesen war.

# Kapitel 14

„Ich höre, Sie wollen uns ein richtiges Weihnachtsfest bereiten“, bemerkte Mr. Randolph, als Christine ein Blatt Papier auf seinen Schreibtisch legte.

Sie nickte lächelnd.

„Ich kann Ihnen gar nicht sagen, wie froh Ben darüber ist.“

*Ich wünschte, meine Mutter wäre es auch*, dachte Christine mit einem kleinen inneren Schmerz. Elizabeth hatte geschwiegen, als Christine ihr am Telefon ihren Plan erklärt hatte. Das Mädchen wusste, ihre Mutter war zutiefst enttäuscht, dass sie nicht mit ihrer eigenen Familie feiern würde, besonders, weil auch Henry nicht kommen konnte.

„So, was brauchen Sie?“, unterbrach Mr. Randolph ihre Gedanken.

„Wie meinen Sie das?“

„Ich nehme an, dass richtige Weihnachtsfeste Geld kosten. Wie viel brauchen Sie?“

„Oh nein“, erklärte Christine eilig. „Es geht dabei nicht um Geld.“ Im selben Augenblick fiel ihr jedoch ein, dass sie natürlich auch Geld brauchen würde. Sie errötete leicht. „Na ja … Sie haben natürlich Recht. Einige Dinge kosten schon etwas …“

„Zum Beispiel?“

„Ein Baum. Wir brauchen einen Baum. Meine Familie ist immer hinausgefahren und hat selbst einen geschlagen. Ich habe keine Ahnung, was man hier in der Stadt tut.“

„Ich glaube nicht, dass unser Nachbar sehr begeistert wäre, wenn wir eine seiner Tannen abschlagen würden“, scherzte der große Mann. „Was sonst noch?“

„Baumschmuck. Wir haben unseren immer selbst gemacht, doch ich habe sehr hübschen in einem Laden gesehen.“

„Und …?“

Christine fühlte, wie sie rot wurde. Es hörte sich an, als täte sie ihrem Chef in Wirklichkeit keinen großen Gefallen, wenn sie ihm ihre Idee von einem Weihnachtsfest aufzwang, noch dazu auf seine Kosten.

„Sehen Sie … wir müssen das nicht, wenn …“

„Nein, nein.“ Mit einer Handbewegung bedeutete er Christine, fortzufahren. „Ben freut sich darauf. Er kann sich nicht einmal an ein einziges Weihnachtsfest erinnern. Ich habe mich nie damit aufgehalten … außer, dass ich ihm Geschenke gekauft habe. Geschenke habe ich ihm immer gegeben.“ Er sah sie erwartungsvoll an.

„Na ja, da ist dann noch das Essen … aber ich …“

„Nein, das tun Sie nicht. Zufällig weiß ich, was Sie verdienen. Sie können es sich nicht leisten, einen Truthahn und alle Zutaten zu kaufen. Passen Sie auf – Sie machen eine Liste und ich gehe mit Ihnen einkaufen. Wie wäre das?“

Christine lächelte nur.

„Wir kaufen dann auch gleich die Sachen für den Baum. Wie wäre es Samstagnachmittag?“

„Samstag passt mir gut.“

„Na also. Ich hole Sie ab … nein, Sie nehmen die Straßenbahn und ich treffe Sie um zwei Uhr am Hudson Bay-Kaufhaus. Einverstanden?“

„Ja.“

„Also um zwei am Westeingang.“

Christine nickte.

*

Mr. Randolph war wirklich großzügig. Er kaufte so viel Baumschmuck, dass Christine sich fragte, ob sie genug Zweige hätten, um alles daran zu hängen. Dabei bemerkte er ständig: „Ich denke, das würde Ben gefallen“, oder: „Das ist Bens Lieblingsfarbe“, oder: „Denken Sie, dass Ben das gut finden wird?“ Christine überwand ihre Nervosität und widmete sich mit Vergnügen dem Einkaufen. Sie legte Kugeln und Bänder auf den schnell größer werdenden Haufen. Schließlich war es nicht für sie, sondern für Ben. Mr. Randolph war daran gewöhnt, Geld auszugeben, um seinen Jungen glücklich zu sehen.

Im Lebensmittelgeschäft war Christine mit ihrer Einkaufsliste schnell fertig, doch immer wieder wurden neue Dinge hinzugefügt. „Würde das nicht gut zum Truthahn schmecken?“, fragte Mr. Randolph, während er noch etwas dazulegte. *Das kriegen wir doch niemals alles mit der Straßenbahn nach Hause,* überlegte Christine. Doch als es Zeit wurde, die Rechnung zu bezahlen, sagte der Mann einfach: „Liefern Sie alles zu dieser Adresse“, und sie verließen den Laden.

Christine überlegte, ob es besser wäre, alles fertig zu haben, wenn Ben ankam, und ihn damit zu begrüßen, oder ob sie warten und ihn an dem Vergnügen teilhaben lassen sollte, den Baum zu schmücken. Schließlich entschied sie sich zu warten, weil sie überzeugt war, dass er gern selbst dabei Hand anlegen würde. Sorgfältig stapelte sie die Tüten und Schachteln mit dem Christbaumschmuck auf und blickte sehnsüchtig auf den Baum, den Mr. Randolph hereingebracht hatte. Das Warten würde ihr schwer fallen, doch schließlich war es ohnehin schwer, auf Bens Heimkehr zu warten.

Spät am Donnerstagabend traf er ein. Christine sah ihn erst am Freitag nach Dienstschluss. Er hätte den ganzen Tag geschlafen, weil er völlig übermüdet gewesen wäre, gestand er ihr lachend ein.

„Wann ziehst du um?“, fragte er bald.

„Umziehen? Was meinst du damit?“

„Na, du kannst doch nicht alles von deiner Bude aus machen.“

Christine hatte nicht einmal daran gedacht. „Aber sicher kann ich das. Ich brauche doch nur zu dekorieren und kochen.“

„Das hört sich nicht wie ein richtiges Weihnachtsfest an“, sagte er verstimmt. „Eine Köchin kommt für ein paar Stunden.“

„Tut mir Leid, aber ich habe nicht gewusst, dass du es so siehst.“

Er war im Begriff, wieder mürrisch zu werden. „Ich dachte, wir würden wie … eine Familie sein.“

Sie nahm seine Hand. „Das werden wir auch. Ich werde den größten Teil des Weihnachtstages mit dir verbringen. Ich werde nicht nur kochen."

Er sah noch immer nicht fröhlicher aus. Christine hatte gelernt, dass es sinnlos war zu versuchen, ihm seine schlechte Laune auszureden. „Sieh mal", sagte sie schließlich. „Wahrscheinlich musst du noch einigen Schlaf nachholen. Wir haben die ganzen Weihnachtsferien, um alles nachzuholen. Und morgen werden wir zusammen den Baum schmücken."

Er zuckte mit den Achseln.

„Ich sehe dich also morgen. Das wird Spaß machen." Sie stellte sich auf die Zehenspitzen und gab ihm einen Kuss auf die Wange.

Am nächsten Morgen war alles wieder eitel Sonnenschein. Und es machte ihnen wirklich Spaß. Als Ben die Weihnachtskränze in der Eingangshalle und im Wohnzimmer aufgehängt hatte, fing er an, sich für das Thema zu begeistern. „Wir brauchen noch welche für das Esszimmer", rief er. „Die Geschäfte sind noch auf. Komm, wir fahren schnell in die Stadt und holen welche."

Christine lachte. „Wir haben schon beim ersten Mal fast den ganzen Lagerbestand aufgekauft."

Doch sie fuhren los und holten noch mehr. Christine musste zugeben, dass das Haus wunderbar aussah. Christine war freudig überrascht, dass Ben eine künstlerische Ader hatte. Sie fand, dass der Baum herrlich aussah, wie Ben ihn geschmückt hatte. Er zupfte noch hier und da etwas zurecht, veränderte den Platz einer Kugel und steckte Schleifen und Kerzen an die genau richtigen Stellen.

„Du machst das toll", lobte Christine ihn.

„Haben Sie daran gezweifelt, Madam?", erwiderte er mit einer schwungvollen Handbewegung, den Kopf auf die Seite gelegt.

*

Mr. Randolph saß auf seinem Lieblingsstuhl am knisternden Kaminfeuer und sah lachend zu, während er an der heißen Schokolade nippte, die Christine zubereitet hatte. Sie hatten den Sonntagnachmittag und Abend miteinander verbracht. Christine wusste, dass Bens Vater sehr froh war, seinen Sohn zu Haus zu haben.

„Du meine Güte.“ Christines Lächeln verschwand, als sie zufällig zur Uhr schaute. „Ich muss nach Hause. Mrs. Green schließt die Tür ab.“

Sofort verflüchtigte sich die fröhliche Stimmung des Abends. Sie las es in Bens Gesicht und merkte es an der Bewegung, die der große Mann in seinem Sessel machte. „Das ist so blöd“, brummte Ben und warf das letzte Stück Lametta in die Ecke.

Als er sich zu ihr umdrehte, war sein Gesichtsausdruck steif und kalt. „Du brauchst es nicht zuzulassen, dass Mrs. Wie-auch-immer dir vorschreibt, wie du leben musst, weißt du?“

*Bitte*, flehte Christine im Stillen. *Nicht jetzt. Nicht vor deinem Vater.*

Sie wandte sich ab, um ihren Mantel zu holen. Wenn er nicht in der Stimmung war, sie nach Haus zu fahren, würde sie die Straßenbahn nehmen. Doch es war klar, dass sie dann zu spät kommen würde. Die Straßenbahn mit ihren vielen Haltestellen war viel langsamer als Bens Auto.

Es war Mr. Randolph, der sie zur Tür geleitete. Und es war Mr. Randolph, der sie nach Hause fuhr. Er machte keine Bemerkungen über die Situation, wofür Christine ihm dankbar war. Sie war auch nicht gewillt, Bens Benehmen zu verurteilen oder zu entschuldigen.

Am nächsten Morgen fand sie eine Blumenschale mit einem herrlichen Weihnachtsstern auf ihrem Schreibtisch. Auf der Karte stand nur „*Fröhliche Weihnachten. In Liebe Ben*“. Christine wusste aus Erfahrung, dass dies seine Art war, ihr zu sagen, er sei gewillt, den kleinen Zwischenfall zu vergessen. Sie nahm an, dass sie es auch war. Sollte man nicht vergeben und vergessen? Sie konnte schließlich nicht erwarten, dass Ben vollkommen war.

Am 24. Dezember wurde im Büro bis mittags gearbeitet. Christine schwirrte der Kopf, wenn sie daran dachte, was sie noch alles zu tun hatte, um den Weihnachtstag vorzubereiten. Sie ging eilig nach Hause, zog sich um und nahm die Straßenbahn zu dem großen Haus der Randolphs. Sie hatte bereits eine Stunde lang gearbeitet, als Ben auf der Bildfläche erschien.

„Wie ich sehe, ist die Köchin eingetroffen“, sagte er gähnend. Mit seinem ungekämmten Haar und seinem unrasierten Gesicht sah er aus, als wäre er gerade erst aus dem Bett gestiegen. „Hast du Saft oder so etwas?“

Christine nickte, wischte sich die Hände an der Schürze ab und holte ihm ein Glas Orangensaft. Er nahm ihr das Glas ab und setzte sich auf einen Stuhl neben der Anrichte. Als er sich mit der Hand durch sein Haar fuhr, fluchte er leise. Christine war bekannt, dass er derartige Ausdrücke gebrauchte, doch in ihrer Gegenwart hatte er solche Worte selten benutzt.

Er kippte den Saft in einem großen Schluck hinunter. „So, was gibt es zum Mittag?“, fragte er, während er sich den Mund mit dem Handrücken abwischte. „Ich bin halb verhungert.“

„Das Mittagessen ist morgen.“ Christine knallte den Kuchenteig, den sie knetete, kräftig auf die Arbeitsplatte.

„Und was essen wir heute?“

Christine zuckte mit den Achseln, besann sich aber gleich darauf. *Ich benehme mich genauso unreif wie er*, schalt sie sich im Stillen. Sie zwang sich zu einem Lächeln, um die Stimmung im Raum zu lockern. „Ich bin die Köchin für morgen“, sagte sie leichthin. „Ich nehme an, für heute werdet ihr, du und dein Vater, euch etwas einfallen lassen müssen. Du wirst schon zurechtkommen. Hast doch Übung darin.“

Er knurrte: „Wer weiß, wann er nach Hause kommt. Alles, was er tut, ist arbeiten.“

Als sie nichts darauf erwiderte, stand er auf. „Also, wenn ich mich um mein Essen selbst kümmern muss, werde ich mal lieber gehen und mich rasieren. Selbst die kleine Schnellimbissbude lässt mich so nicht rein.“

Christine war froh, in seiner Stimme einen leichteren Ton zu hören.

„Was ich noch fragen wollte“, sagte er im Hinausgehen. „Sind die Blumen pünktlich angekommen?“

„Der Weihnachtsstern? Ja. Vielen Dank. Er ist wunderschön.“

Er nickte noch einmal und verschwand. Später kam er frisch rasiert und tadellos angezogen zurück. Nie hätte man geglaubt, dass er so ungepflegt aussehen konnte wie vorhin, dachte Christine, als sie die goldbraunen, mit Rosinen gefüllten Blätterteigtörtchen aus dem Ofen nahm.

„Hmm! Glaubst du etwa, dass die morgen noch da sind?“, fragte er neckend.

Sie tat die Törtchen zum Abkühlen auf ein Gitter und drehte sich zu ihm um. „Wage es ja nicht!“, warnte sie ihn lachend. Er grinste, kam zu ihr hinüber und nahm ihr die Topflappen aus der Hand. Während er ihre Hände um seinen Nacken legte, sagte er: „Mir ist noch was eingefallen. Eins haben wir vergessen, und zwar den Mistelzweig.“ Er hob ihr Kinn hoch und sah ihr ins Gesicht. „Aber“, fuhr er fort, „wer braucht schon einen Mistelzweig?“ Er zog sie an sich und küsste sie.

„Was passiert heute Abend?“, fragte er dann mit dem Mund in ihrem Haar.

„Ich gehe zum Gottesdienst.“

„Zum Gottesdienst?“ Er schob sie zurück und sah sie an. „Am Heiligen Abend?“

„Ja, natürlich! Zur Christmette.“ Sie war überzeugt, dass sie etwas missverstanden hatte. Als er „Was ist das?“ fragte, konnte sie kaum glauben, dass er das ernst meinte. War er wirklich noch niemals zu einem Weihnachtsgottesdienst gegangen? Kein Wunder, dass er vom christlichen Glauben noch nicht berührt worden war.

Sanft entzog sie sich seinen Armen. „Es ist wunderbar. Du wirst sehen. Weihnachten bekommt dadurch erst einen Sinn.“

Er runzelte die Stirn.

„Er beginnt um neun und …“

„Um neun Uhr? Was wird denn dann aus Mrs. ... wie war noch mal ihr Name?“

„Sie hat uns allen für heute Abend eine Sondererlaubnis gegeben.“

Sein Stirnrunzeln verstärkte sich. „Alte Tyrannin“, murmelte er.

Sie zog es vor, seinen letzten Kommentar zu überhören. „Es gibt bei der Christmette Kerzenschein und viel Musik. Es ist immer wunderschön."

„Wie … wie ein Konzert?"

„Mehr als das."

„Predigen sie einem was vor?"

Sie starrte ihn an. „Etwas vorpredigen? Nein. Nein, sie erzählen die Weihnachtsgeschichte."

„Die Weihnachtsgeschichte?"

„Die Geschichte der Geburt von Jesus." Wusste er tatsächlich so wenig über Weihnachten?

„Oh, das", sagte er mit einem Achselzucken. Demnach war er also nicht ganz ahnungslos. Er griff in die Tasche, holte seine Autoschlüssel heraus und ließ sie klimpern. „Junge, Junge", sagte er, und Christine war nicht sicher, ob er überhaupt mit ihr sprach. „Ich brauche ein neues Auto. Diese alte Karre … vielleicht lässt mein Alter …" Er unterbrach sich. „Ups, vielleicht lässt *mein Vater* als Weihnachtsgeschenk einen springen. Ja …" Und damit ging er auf den Hinterausgang zu. Unmittelbar bevor er die Tür öffnete, drehte er sich noch einmal zu Christine um. „Nur, damit wir uns richtig verstehen", sagte er. „Noch habe ich mich nicht bereit erklärt, zu deinem Gottesdienst zu gehen. Ich wusste nicht mal, dass er mit zu dem Ganzen gehört."

Die Tür knallte zu, und er war weg.

Wie es sich herausstellte, gingen sie doch alle zum Gottesdienst. Mr. Randolph und Ben holten Christine ab und gemeinsam fuhren sie zur Kirche. Sobald sie die Kirche betrat, fühlte sich Christine von einer großen Ruhe überflutet. Es war so schön. So friedlich. Richtiges Weihnachten.

Doch während des Gottesdienstes verlor sich dieses Gefühl allmählich. Mr. Randolph und Ben rutschten unruhig auf der hölzernen Bank hin und her. Keiner von beiden schien die berühmten Weihnachtslieder zu kennen. Während die Gemeinde sang, standen beide schweigend und scharrten mit den Füßen. Als Maria und Josef – kostümierte Kinder der Sonntagsschule – an die Tür der Herberge klopften, verdrehte Ben spöttisch die Augen. Es beraubte den Gottesdienst seiner Schönheit, seiner

Eindringlichkeit. Christine merkte, wie sie das Ende herbeisehnte.

„Tja, das war nett“, bemerkte Mr. Randolph, als sie die Kirche verließen.

„Jetzt könnte ich einen Kaffee gebrauchen“, sagte Ben.

„Ich muss nach Hause“, erinnerte sie Christine.

Ben seufzte übertrieben, gab aber keinen weiteren Kommentar. Die Augen auf die Straße gerichtet, fragte er: „Na, Papa, wo wollen wir einen Kaffee trinken gehen?“

„Ins Savoy-Hotel“, sagte Mr. Randolph, ohne nachzudenken. „Die servieren zu Weihnachten immer Rosinentörtchen.“

*Aber wir haben doch morgen Rosinentörtchen*, hätte Christine beinahe gesagt, doch sie biss sich auf die Zunge.

„Wunderbare Füllung“, fuhr Mr. Randolph fort.

Passenderweise schneite es leicht, als Christine vor der Pension aus dem Auto stieg. „Bis morgen“, sagten beide Männer. Christine nahm an, dass ihre Gedanken schon mehr bei den Rosinentörtchen als bei ihr oder dem Abend und der Weihnachtsfeier waren. Sie stand noch einen Moment da und sah dem Auto nach, wie es davonstob. Der Schnee liebkoste ihre Wimpern und Wangen. „Stille Nacht. Heilige Nacht“, flüsterte Christine. Doch aus einem Grund, den sie sich nicht erklären konnte, hatte sie kein besonders heiliges Gefühl.

*

Christine war die Erste, die am nächsten Morgen durch den frisch gefallenen Schnee zur Haltestelle ging. Sie hatte eine kindliche Freude daran, mit ihren Füßen große Muster in den Schnee zu ziehen. Einmal drehte sie sich um und sah zurück, zufrieden mit den Mustern, die sie gerade geschaffen hatte. Hätte sie nicht befürchtet, von jemand beobachtet zu werden, hätte sie zu gern einen Engel im Schnee gemacht.

Das große Haus war still, als sie die Hintertür aufschloss und eintrat. Sie nahm an, dass beide Männer noch schliefen. In dieser Familie war niemand gewillt, früh aus dem Bett zu steigen, nur um zu sehen, was unterm Weihnachtsbaum lag.

Christine hatte ihre eingepackten Geschenke bereits dorthin gelegt. Jetzt bemerkte sie, dass sich einige andere kleine Päckchen dazugesellt hatten. Sie erwartete nicht, dass ihre Geschenke großen Eindruck auf Vater und Sohn machen würden, die sich alles kaufen konnten, was sie wollten. Doch sie hatte gefunden, dass sie Geschenke für sie besorgen musste, wenn es ein richtiges Weihnachtsfest werden sollte.

Sie bewegte sich so leise wie möglich, als sie den Truthahn für den Ofen fertig machte. Der Vogel war viel zu groß für drei Personen. Sie fragte sich, was Mr. Randolph wohl damit tun würde, wenn die Mahlzeit vorüber war. Na, sie brauchte sich darum keine Gedanken zu machen. Er würde die Reste schon irgendwie verwenden können.

Obwohl sie so viel zu tun hatte, fühlte sie zeitweilig einen Anflug von Einsamkeit an diesem wichtigsten Tag im Jahr. Sorgfältig erledigte sie alle Pflichten, die auf ihrer Liste standen, und versuchte, nur an später zu denken, wenn sie das gemeinsame Festmahl genießen würden. Es war schon fast Mittag, ehe sie jemand hörte.

Mr. Randolph kam als Erster in die Küche. Er begrüßte sie, schnupperte anerkennend und fragte sie, ob sie Kaffee gemacht hätte.

Christine setzte Kaffee auf. Mr. Randolph zog sich einen Stuhl heran und unterhielt sich mit ihr, während er darauf wartete, dass das Kaffeewasser kochte.

„Die Straßen waren etwas glatt, bei dem neuen Schnee gestern Abend. Ben hat eine Beule in seine Stoßstange gefahren. Aber er sagte, dass er sowieso ein neues Auto braucht. Ich denke, er sollte hingehen und sich eins aussuchen. Als Weihnachtsgeschenk, wissen Sie.“ Er lachte gutmütig. „Als er sagte, dass er sich schon für eins entschieden hätte, dachte ich, er meinte einen Ford. Aber nicht mein Ben. Der will immer das Beste, der Junge. Na ja, vielleicht nicht das Beste, zumindest aber das Teuerste.“ Er lachte und sagte dann: „Das stimmt manchmal nicht überein, ist Ihnen das schon aufgefallen?“

Christine hatte das noch nicht bemerkt, aber sie kaufte auch nicht ein wie die Randolphs.

Mr. Randolph goss sich selbst Kaffee ein. „Erwarten Sie den Jungen vorerst nicht hier unten. Wir sind gestern sehr spät ins Bett gegangen, und er braucht seinen Schlaf. Das tut er schon, seit er ein Kind war. Wenn er nicht genug Schlaf bekommt, wird er ungenießbar." Er ging auf die Tür zu. „Ich denke, ich werde ein Feuer im Kamin anmachen. Es ist etwas kühl."

„Möchten Sie irgendetwas zu Ihrem Kaffee essen?", fragte Christine. „Ich habe Muffins gemacht und da ist …"

„Vielleicht später. Ich bin daran gewöhnt, mir vom Kaffee erst mal die Augen öffnen zu lassen."

*

Ben war sehr anhänglich, als er sie abends an der Pension absetzte. Er brachte sie zur Tür, legte die Arme um sie und hielt sie ganz fest. Die Päckchen, die sie in den Armen hielt, sorgten für einen kleinen Abstand zwischen ihnen.

„Ich danke dir für mein erstes Weihnachten. Mein erstes richtiges Weihnachten", sagte er und küsste sie auf die Stirn.

Christine lächelte.

„Das Essen war einfach fabelhaft." Er küsste sie noch einmal. „Und ich finde die Krawattennadel einfach wunderschön."

Ein dritter Kuss. Christine begann zu kichern. „Ich hoffe, es beobachtet uns niemand."

„Ist mir doch egal, ob uns einer sieht", sagte er und küsste sie noch einmal.

„Oh ja, und meinem Vater gefällt der Schlips." Als er sich verspielt vorbeugte, um sie noch einmal zu küssen, bog sie sich zurück und lachte.

„Nochmals vielen Dank für das schöne Armband", sagte sie ernsthaft. „Ich habe noch nie etwas so Besonderes gehabt."

„Du verdienst viele besondere Dinge, weil du etwas ganz Besonderes bist."

Sie konnte weder sprechen noch ihn umarmen, da sie die Päckchen in ihren Armen hielt. Scheu lächelte sie zu ihm auf, außer Stande, alle Dinge, die ihr Herz erfüllten, laut auszusprechen. „Ich muss gehen", flüsterte sie.

Er öffnete die Tür für sie, winkte noch einmal und schloss die Tür wieder hinter ihr. Sie hörte sein Pfeifen, als er zurück zum Auto ging.

Doch später, als sie zusammengerollt unter ihrem Federbett lag, um warm zu werden, empfand sie ein seltsames Gefühl der Einsamkeit. *Warum habe ich das Gefühl, etwas verpasst zu haben? So, als hätte ich gar kein Weihnachten gehabt? Der Weihnachtsbaum war schöner als jeder andere, den ich in meinem Leben gehabt habe. Ich habe wertvollere Geschenke bekommen. Das Essen war gut gelungen, sogar die Rosinentörtchen waren ausgezeichnet. Ich bin sogar in der Christmette gewesen. Warum also nur?*

Die Stille der Nacht schien ihr die Antwort zuzuflüstern: *Dinge … Schmuck … Geschenke*, das alles machte noch kein Weihnachten aus. Christine war überrascht, Tränen auf ihren Wangen zu spüren. Irgendwie hatte sie bei all der Geschäftigkeit den eigentlichen Sinn, den *Geist* dieses wunderbaren Ereignisses verpasst.

# Kapitel 15

In dieser Woche sah Christine Ben jeden Abend. Gewöhnlich rief er an und verabredete eine Zeit mit ihr. Doch an einem Nachmittag kam er ins Büro, als sie gerade dabei war, ihren Schreibtisch aufzuräumen. Überrascht sah sie ihn an. Er grinste sie spitzbübisch an und zog hinter seinem Rücken eine langstielige Rose hervor. „Ich führe heute Abend das schönste Mädchen der Stadt zum Essen aus“, verkündete er laut genug, dass alle in der Nähe es hören konnten.

Christine wurde rot. Sie war sicher, er erwartete, dass sie das kleine Spiel mitspielen und fragen würde, wer das wohl sein könnte, doch sie brachte es nicht fertig, etwas zu sagen.

„Und falls du dich fragst, wer das sein könnte …“, er drehte sich auf dem Absatz herum. „Miss Stout, haben Sie heute Abend Zeit?“

Man hörte Gelächter aus der Reihe der jungen Stenotypistinnen. Miss Stout starrte ihn feindselig an.

„Ich fürchte nein.“ Ben schüttelte den Kopf. Ihr Unbehagen schien ihm offensichtlich Spaß zu machen. „Ihr Kalender ist zweifellos voll. Also, würdest du mir in diesem Fall die Ehre geben, Christine?“

Christine war versucht, Miss Stout beizustehen. Die kleine Rede war nicht sehr geschmackvoll gewesen. Doch vor allen Büroangestellten konnte sie ihm das schlecht sagen. Sie nickte nur.

Er schob sie aus dem Büro. „Wohin gehen wir?“, fragte sie. „Ich bin zum Essengehen nicht angezogen.“

„Deshalb fahre ich dich erst zu dir nach Hause. Du musst ja wohl Mrs. Wie-heißt-sie-noch-mal sagen, dass du heute Abend nicht an ihrer Tafel speist? Ich möchte auch, dass du dein schickstes Kleid anziehst.“

„Ich habe keine schicken Kleider", wandte Christine ein.

„Dann sollten wir dir vielleicht welche kaufen."

Christine war entsetzt. Nie würde sie zulassen, dass ihr ein Mann Kleider kaufte, selbst wenn er mehr Geld zu haben schien, als er ausgeben konnte.

„Du siehst in jedem deiner Kleider gut aus", sagte er und drückte ihren Ellenbogen. „Zieh doch das hübsche Blaue an. Ich liebe es, wenn sich das Blau in deinen Augen widerspiegelt."

Sie nickte. Sie würde das Blaue anziehen.

„Und steck dir das Haar hoch", fügte er hinzu, während er eine ihrer Locken durch seine Finger gleiten ließ. „Nein, trage es offen, damit es dein Gesicht umrahmt. Keine Nadeln, keine Spangen. Ich liebe es, wenn es so frei herunterfällt."

Wieder nickte sie nur. Noch nie hatte er ihr gesagt, wie sie ihr Haar tragen sollte.

Er fuhr mit ihr zu einem neuen Restaurant. Zumindest war es neu für sie und bei weitem das netteste Restaurant, das sie jemals besucht hatte. Die Atmosphäre passte zu Bens ungewöhnlicher Stimmung. Großartig. Üppig. Die Gäste trugen Pelze und feine Kleider. Christine lehnte sich zurück, seufzte tief und freute sich an der luxuriösen Umgebung, dem weichen Kerzenlicht und der leisen Musik. Doch als Ben vorschlug, zur Feier des Tages Wein zu bestellen, schüttelte sie den Kopf.

„Vielleicht schmeckt er dir, wenn du ihn mal probierst", schlug er vor.

Wieder schüttelte sie den Kopf. „Dann werden wir es vermutlich nicht herausfinden." Sie fühlte sich ein wenig verletzt, dass er sie weiterhin unter Druck setzte, obwohl sie ihm ihren Standpunkt dazu bereits mehrmals klargemacht hatte.

„Hast du etwas dagegen, wenn ich ein Glas trinke?"

Christine hatte etwas dagegen, doch sie zuckte nur mit den Achseln. „Tu, was du willst."

Er bestellte Wein und besprach mit dem Ober das Essen. Christine schloss daraus, dass man sich um alles kümmern würde. Sie lehnte sich gegen den schweren Plüsch ihrer gepolsterten Sitzecke und ließ ihre Augen schweifen.

*Ich kann verstehen, dass man sich an so etwas gewöhnen kann,* dachte sie.

Das Essen war so gut, wie es aussah. Zwar machte sich Christine nicht viel aus dem Krabbencocktail, doch sie genoss die Soße zur Lammkeule. Sie versuchte, nicht daran zu denken, woher das Fleisch gekommen war. Kleine Lämmer gehörten ihrer Meinung nach auf blumenübersäte Wiesen und nicht auf den Essteller.

Der Nachtisch bestand aus einem fantasievollen, flambierten Soufflé. Christine holte erschreckt Luft, als die ganze Schüssel in Flammen aufging. Sie nahm an, der Kellner hätte einen grässlichen Fehler gemacht. Ben lachte nur.

Als sie ihre Mahlzeit beendet hatten, bestellte Ben ein weiteres Glas Wein und rückte näher an Christine heran. Er hob seine Hand und fing eine ihrer Haarsträhnen. „Hat es dir bisher gefallen?“, fragte er, während er sich an sie lehnte.

Sie nickte. Ihr Kopf fühlte sich irgendwie so leicht an. „Ich könnte keinen Bissen mehr essen“, lachte sie. „Es war etwas ganz Besonderes, dafür danke ich dir. War es … war es dein Abschiedsgeschenk für mich?“

„Abschied?“

„Na, du musst doch zurück zur Universität. Du fährst doch nicht etwa schon früher?“

Er griff nach ihrer Hand und drückte einen Kuss auf ihre Handfläche. „Nein, ich fahre nicht schon früher. Tatsache ist … ich habe mir überlegt … ich glaube nicht, dass ich überhaupt zurückgehe.“

Trotz ihres matten Zustandes war Christine schockiert.

„Ich habe meinen Spaß an der Uni gehabt“, erklärte er.

„Und ... und was wirst du dann tun?“ Sie musste die Frage stellen, obwohl sie nicht wusste, ob es klug war.

Er lehnte sich etwas zurück und nahm einen Schluck aus seinem Glas. „Ich habe überlegt, ob ich bei Vater in der Firma mitarbeiten soll. Er hätte es sehr gern, wenn ich mitmachen würde. Ich habe ihn immer vertröstet, aber … ich beginne, meine Ansicht zu ändern.“

Christine lächelte ihm zu. Es wäre schön, ihn so nah bei sich zu haben, doch sie fragte sich auch, ob ihre Gedanken bei der Arbeit sein würden, wenn er im Büro wäre.

„Ich habe noch über einige andere Dinge nachgedacht."

„Und die wären?", ermunterte sie ihn, als er zögerte.

„Du und ich. Wie das Leben wäre, wenn wir ganz zusammen wären."

Christine blieb der Atem weg. „Meinst du damit …?"

„Ich meine genau das, was du denkst, Christine. Wenn es sein muss, werde ich dich anflehen. Ich brauche dich wirklich. Ich habe noch nie jemanden wie dich getroffen. Bitte, Christine, willst du mich heiraten?"

„Meinst du ... bist du …?"

„Ob ich es ernst meine? Ich bin noch nie ernster gewesen."

„Ich wollte fragen, ob du sicher bist!"

„Sicher? Absolut sicher."

Christines Herz klopfte. Sie konnte es nicht glauben. Ben Randolph – der attraktive, reiche, charmante Ben Randolph, Traum eines jeden jungen Mädchens – fragte tatsächlich, ob sie ihn heiraten wollte?

Verschmitzt sah sie ihn unter ihren langen Wimpern hervor an und flüsterte: „Wie heißen die magischen Worte?"

Er schien überrascht. „Ich habe bereits Bitte gesagt. *Bitte*, willst du mich heiraten?"

Sie schüttelte den Kopf. „Nein, die *anderen* magischen Worte."

Er verstand. Langsam lehnte er sich zu ihr, bis seine Lippen fast ihre Wange berührten. „Ich liebe dich. Ich liebe dich wirklich."

Sie holte tief Luft und legte ihre Stirn gegen sein Kinn. „In diesem Fall ist die Antwort ja."

*

Elizabeth war froh, dass sie saß, als Christines Anruf kam.

„Oh Mama", rief sie, als Elizabeth antwortete. „Ich konnte gar nicht erwarten, es dir zu erzählen. Rate mal, was?", jubelte sie durch die Telefonleitung. „Ich bin verlobt!"

„Aber … wir kennen ihn doch nicht einmal“, protestierte Elizabeth, bemüht, ihre Sorgen nicht in ihrer Stimme mitschwingen zu lassen.

„Er ist wunderbar. Er wird euch gefallen.“

Elizabeth brauchte einen Moment, ehe sie wieder atmen konnte. In der Zwischenzeit sprudelte Christine über das Schweigen ihrer Mutter hinweg: „Er hat mich zu diesem großartigen Restaurant eingeladen und wir hatten das tollste Essen. Und mein Ring! Du solltest ihn sehen, Mama. Der Brillant ist riesig. Alle Mädchen beneiden mich. Er wird nicht zur Universität zurückgehen, sondern hier bleiben und für seinen Vater arbeiten. Wir werden …“

„Etwas langsamer, bitte. Du bist viel zu schnell für mich“, konnte Elizabeth endlich dazwischenwerfen.

Christine lachte aufgeregt. Etwas ruhiger fuhr sie fort. Trotzdem zitterte Elizabeth, als sie den Hörer auflegte. Es war ihr unmöglich, dazustehen und zu warten, bis Wynn nach Hause kam. Sie griff nach ihrem Mantel, schob das Essen auf den hinteren Teil des Herdes und eilte ihm entgegen.

Er sah verblüfft aus, als er sie auf sich zukommen sah. „Das ist ja eine nette Überraschung“, sagte er und griff nach ihrer Hand.

Während sie gemeinsam nach Hause gingen, erzählte sie ihm völlig aufgelöst ihr gesamtes Gespräch mit Christine.

„Ich bin sicher, dass er ein feiner junger Mann ist“, sagte er beruhigend.

„Wir kennen ihn nicht einmal. Und sie ist so jung. Erst achtzehn!“

„Viele Mädchen heiraten mit achtzehn. Außerdem … vielleicht denken sie an eine längere Verlobungszeit.“

„Oh … das hoffe ich. Also, ich weiß nicht ...“ Ihre Unsicherheit und ihr Kummer über die ganze Geschichte drückten ihr die Luft ab und verursachten ihr Kopfweh.

„Warum fragen wir nicht, ob sie uns besuchen können?“, schlug Wynn vor und drückte ihre Hand.

„Das habe ich bereits versucht. Christine sagte, das ginge jetzt nicht. Er ist damit beschäftigt, sich im Geschäft seines Vaters einzuarbeiten. Ich habe gefragt, wie es um Ostern steht. Da sagte sie, sie hätten bereits Pläne gemacht.“

„Wir werden uns etwas einfallen lassen“, sagte Wynn nachdenklich.

Sie waren schon fast zu Hause, als er sich zu ihr drehte. „Wie wäre es, wenn du hinfahren und sie besuchen würdest? Du hast schon ewig keine Reise mehr gemacht.“

Ihr Gesicht hellte sich auf, doch gleich verdunkelte es sich wieder. „Christine könnte denken, dass ich sie überprüfen will.“

„Und …willst du das nicht?“ Er lachte.

Sie zog spielerisch an seiner Hand, ehe sie ernst wurde und sagte: „Ich möchte sie mir nicht entfremden.“

„Ich weiß nicht, was natürlicher wäre, als dass eine Mutter ihre Tochter besucht, weil diese eine Hochzeit plant. Hast du nicht jede Menge mit ihr zu besprechen?“

Elizabeth nickte. Das war richtig. Sicher wollte Christine auch, dass sie sich an den Vorbereitungen beteiligte. „Ich werde sie anrufen“, sagte sie und fühlte sich etwas leichter.

*

Christine kam sich vor, als schwebe sie irgendwo über dem Erdboden. *Ich bin mit einem wunderbaren, gut aussehenden, höchst begehrenswerten jungen Mann verlobt.* Schon bald würden sie Pläne für ihre Hochzeit machen. Ihre Mutter wollte kommen, um an ihrer Freude teilzuhaben. Das Leben konnte nicht besser sein.

Den ganzen Tag über strahlte sie, und als es Zeit war, das Büro zu verlassen, ignorierte sie den kalten Wind und den peitschenden Schnee und lief – das Herz von Wärme erfüllt – nach Hause.

Ben wollte sie sehen. Es war das erste Mal, nachdem er sie am Abend ihres Verlobungsessens nach Haus gebracht hatte. Das erste Mal, seit sie verlobt waren. *Verlobt.* Das Wort sang in Christines Ohren. Es hatte etwas Magisches an sich, als würde sie bereits zu ihm gehören. Sie waren nicht länger zwei Einzelwesen, sie waren ein Paar.

„Eines schönen Tages“, sagte Ben, als er sie zu seinem Wagen führte, „werde ich dich von der alten Mrs. Säuerlich wegholen und nicht mehr wiederbringen.“

Sie brachte es fertig, darüber zu lachen.

„Und je eher, desto besser“, fuhr er fort. „Ich hasse diese kindischen Vorschriften. Man kommt sich vor, als wäre man noch in der Grundschule.“

Er half ihr ins Auto und knallte die Tür zu.

„So … was machen wir heute Abend?“, fragte sie, während sie auf dem Sitz dicht an ihn heranrutschte.

Er legte den Gang ein und griff nach ihrer Hand. „Also, ich dachte, wir sollten unsere Hochzeit planen.“ Er grinste.

„Meine Mutter kommt“, sagte sie freudig. „Ich habe mit ihr telefoniert, und sie hat zurückgerufen und mir gesagt, dass sie in die Stadt kommen wird. Sie freut sich schon darauf, mir beim Aussuchen eines Brautkleids zu helfen und all so etwas.“

Er sagte nichts, drückte aber ihre Hand.

„Was für eine Hochzeit möchtest du? Eine große? Eine kleine? Eine private?“, fragte sie.

„Private? Niemals. Ich möchte mit dir Staat machen. Je größer, desto besser. Lass uns eine Riesenparty draus machen.“

„Ich möchte eine kirchliche Trauung“, bemerkte sie, während sie beobachtete, wie er darauf reagierte.

„Deine kirchliche Trauung kannst du haben. Ich habe nichts dagegen einzuwenden. Ich habe mir immer vorgestellt, wie ich da vorne stehe – vor diesem … wie nennt ihr das große Möbelstück da vorn? Altar? – und auf meine errötende Braut warte, die im Brautkleid mit Schleppe durch den Gang geschwebt kommt. Natürlich kannst du deine kirchliche Trauung haben, solange sie uns nicht voll predigen oder uns auf ihre Liste setzen.“

„Welche Liste?“

„Weiß ich nicht. Ich habe gehört, dass alle Kirchen Listen haben, damit sie wissen, wen sie um Geld anbetteln können, wenn sie welches brauchen.“

Sie schüttelte den Kopf. „Wer hat dir denn das erzählt? Das ist Unsinn.“

„Also, ich will meinen Namen auf keiner Liste haben.“

Sie sah ihn an und runzelte die Stirn. Meinte er das wirklich im Ernst? Es schien so. „Keine Liste“, sagte sie ruhig.

Er nahm sie mit zu sich nach Haus, wo sie den Abend damit verbrachten, über ihre gemeinsame Zukunft zu sprechen. Mr. Randolph war verdächtigerweise abwesend. Die Tatsache, dass sie heiraten würden, kam Christine noch immer wie ein Traum vor. Die Zeit flog nur so dahin, und sie sprang auf, als sie auf die Kaminuhr blickte.

„Wir müssen uns beeilen, sonst schaffe ich es nicht, rechtzeitig zu Hause zu sein“, stöhnte sie.

„Das ist absolut lächerlich.“ Er sprang auf die Füße, griff nach einem Kissen und warf es mit aller Gewalt direkt ins Feuer. Christine blieb die Luft weg. Schnell leckten die Flammen nach einer Ecke des Kissens. Während Christine hinsprang, drehte er dem Feuer den Rücken zu. Es war zu spät, um das Kissen zu retten. Stattdessen griff sie den Feuerhaken und bemühte sich, das brennende Kissen tiefer in den Kamin zu schieben, wo es keinen Schaden anrichten konnte. Beißender Rauch begann den Raum zu füllen.

Als sie sich wieder umdrehte, hatte er seinen Mantel aus dem Schrank in der Halle geholt und stürmte aus dem Zimmer. Christine sah noch einmal zum Kamin, um sich zu vergewissern, dass nichts passieren konnte, und folgte ihm dann.

„Das war gefährlich“, sagte sie, nachdem sie einige Minuten schweigend gefahren waren.

„Es ist zum Kotzen.“ Sein Gesicht war noch immer von Ärger verzerrt. Er entschuldigte sich nicht für sein Benehmen. „Wie sollen wir jemals eine Hochzeit planen, wenn du zu einer so lächerlichen Zeit zu Hause sein musst? Der Tag hat gerade erst angefangen. Selbst Aschenbrödel durfte bis Mitternacht wegbleiben.“

„Aschenbrödel ist ein Märchen“, erinnerte ihn Christine.

„Na ja, das hier ist ganz offensichtlich kein Märchen, obwohl wir eine alte Hexe haben.“

„Meinst du damit Mrs. Green oder mich?“, fragte Christine und sah ihn an.

Er brachte den Wagen am Bürgersteig zum Halten und griff

nach ihrer Hand. „Natürlich nicht dich!“ So schnell, wie sein Ärger begonnen hatte, war er wieder verflogen. Seine Finger lösten die Haarnadeln, so dass ihr Haar über ihre Schultern fiel. „Du bist keine Hexe. Du weißt, was ich für dich fühle. Es fällt mir einfach nur immer schwerer, dich gehen zu lassen. Merkst du das nicht?“ Er nahm ihr Gesicht in beide Hände, zog sie zu sich und küsste ihre Nasenspitze. „Ich hasse es, wenn Mrs. Green dich mir wegnimmt.“

Seine Worte und sein Benehmen waren so zärtlich, dass es Christine das Herz zerriss. „Ich muss jetzt wirklich gehen“, flüsterte sie. „Es dauert nicht mehr lange, bis wir uns nicht mehr … nie mehr trennen müssen.“

Sie streckte ihre Hand nach dem Türgriff aus, doch er hielt sie zurück.

„Noch nicht. Ich kann dich nicht gehen lassen.“

„Aber sie wird die Tür … “

Ihre Worte wurden von seinem Kuss erstickt. Schließlich machte sie sich von ihm los. Zögernd ließ er sie gehen. Er schwieg, als er sie zur Tür brachte. Noch ehe sie am Türknopf gedreht hatte, wusste sie, dass es zu spät war. Die Tür war verschlossen.

Ohne ein Wort drehte er sie herum und brachte sie zurück zum Auto. „Bloß gut, dass wir all diese leer stehenden Zimmer haben“, sagte er weder überrascht noch reumütig. Hatte er sie absichtlich zu spät gehen lassen? Schnell verdrängte sie den Gedanken wieder.

# Kapitel 16

Noch nie hatte sich Christine so schlecht gefühlt wie am nächsten Tag, als sie zu ihrer Pension zurückkehrte, um sich für die Arbeit umzuziehen.

Sie wusste, dass ihr alle Augen folgten, als sie am Essraum vorbeiging, in dem die anderen Pensionsgäste beim Frühstück saßen. Sie versuchte, sie zu ignorieren, doch obwohl sie sich alle Mühe gab, ihre Haltung zu bewahren, röteten sich ihre Wangen.

In ihrem Zimmer zog sie sich eilig um. Mr. Randolph, der immer früher als alle anderen im Büro erschien, wartete draußen im Auto, las seine Morgenzeitung und trank einen Becher Kaffee, den er sich in einer Imbiss-Stube geholt hatte. Ben schlief wahrscheinlich noch.

Christine fühlte sich nicht gewappnet, einem neuen Tag ins Gesicht zu sehen. Ben hatte darauf bestanden, bis spät in die Nacht mit ihr zu reden, und sie war müde. Außerdem konnte sie den Eindruck nicht loswerden, dass Ben sie absichtlich zurückgehalten hatte.

Natürlich hatte sie weder Nachthemd noch Zahnbürste oder sonst etwas bei sich gehabt. Sie war sich wie gestrandet vorgekommen, wie zu etwas überredet, was sie nicht gewählt hätte. Und er hatte von ihr erwartet, dass sie glücklich und begierig darauf sein würde, die Hochzeitspläne mit ihm zu besprechen. Der Rest des Abend war sehr schwierig gewesen.

Er schlief jetzt, während sie verzweifelt bemüht war, sich irgendwie auf einen Tag an der Schreibmaschine vorzubereiten. Und Frühstück hatte sie auch nicht gehabt. Nicht einmal eine Tasse Kaffee wie die, die ihr Chef gerade genoss. Ihr Magen knurrte, als sie sich vorstellte, wie die anderen Gäste sich Mrs. Greens leckeres Müsli und Marmeladentoast schmecken ließen.

*Nie wieder komme ich zu spät,* beschloss sie. *Niemals.* Ihr Haar wollte nicht sitzen, und nachdem sie sich eine Weile damit abgemüht hatte, band sie es einfach mit einer Schleife nach hinten.

Gerade war sie aus ihrer Tür getreten und hatte diese hinter sich zugezogen, als sie sich Mrs. Green gegenüberfand.

„Miss Delaney?"

Christine nickte.

Die ältere Frau sah eher traurig als streng aus. „Ich habe Grund, anzunehmen, dass Sie letzte Nacht nicht in Ihrem Zimmer geschlafen haben."

Christine wurde rot und nickte. „Ich war … verhindert", stammelte sie. „Als ich … als ich … die Tür war bereits abgeschlossen. Ich … ich bin bei Freunden geblieben. Sie haben …"

„Ihr Vater hat Sie meiner Obhut anvertraut."

Christine nickte. „Es wird nicht wieder vorkommen. Es tut mir sehr Leid."

Mrs. Greens Gesicht hatte sich nicht entspannt. Irgendwie sah es älter, beinahe verzerrt aus. „Das will ich hoffen. Wenn doch, sehe ich mich gezwungen, Sie zu bitten, sich eine andere Unterkunft zu besorgen, und ich werde Ihren Vater entsprechend benachrichtigen müssen. Ich übernehme keine Verantwortung für etwas, was ich nicht kontrollieren kann."

„Ich verstehe", sagte Christine. Es war nur noch ein Flüstern. „Es tut mir so Leid, dass ich Ihnen Unannehmlichkeiten bereitet habe." Ihr war ganz elend zu Mute.

Die Frau wandte sich ab, um in die Küche zu gehen, während Christine mit hochroten Wangen ihren Weg am Esszimmer vorbeinahm. Sie blickte nicht einmal kurz in dessen Richtung und bot der Gruppe auch nicht ihren gewöhnlichen Morgengruß.

Mr. Randolph hatte seine Zeitung zu Ende gelesen und seinen Kaffee ausgetrunken. Jetzt saß er und trommelte mit seinen Fingern auf das Lenkrad. Christine schlüpfte neben ihn. „Tut mir Leid, dass Sie warten mussten", murmelte sie eine weitere Entschuldigung, während sie den Mantel, den sie nicht zugeknöpft hatte, enger um sich zog.

Einen Augenblick lang schwieg Mr. Randolph. Als er endlich sprach, war der Sinn seiner Worte für Christine völlig schleierhaft. „Ich denke, in Zukunft werden wir eine andere Regelung treffen müssen“, sagte er. „Es ist nicht notwendig, dass du zu dieser Tageszeit ins Büro gehst.“ Er setzte den Wagen in Gang.

Christine hatte keine Ahnung, was der Mann meinte, und registrierte nur am Rande, dass er sie jetzt duzte. „Ich fahre einfach mit der Straßenbahn. Das habe ich immer getan“, erwiderte sie.

„Das würde nicht klappen. Du müsstest sogar noch früher als heute losgehen, um rechtzeitig im Büro zu sein. Du musst drei Mal umsteigen und du hast schon eine halbe Stadtrundfahrt hinter dir, wenn du endlich im Büro bist.“

Sie begriff noch immer nicht. „Ich steige doch überhaupt nicht um“, erklärte sie. „Ich fahre geradewegs von der Pension zum Büro. Das war einer der Gründe, warum mein Vater …“

„Ich spreche von jetzt“, sagte er und sah zu ihr hinüber. „Nicht davon, wie es war, sondern wie es in unserem Haus für dich sein wird.“

Christine blinzelte. Er nahm an, sie hätte sein Angebot endlich angenommen und hätte vor, von jetzt an bei ihnen zu wohnen. Schnell korrigierte sie seinen Eindruck. „Oh, ich bin nicht bei Ihnen eingezogen. Es war nur zu spät gestern Abend. Die Tür war bereits abgeschlossen. Ich habe jedoch nicht die Absicht …“

Er sah sie überrascht an. „Ben sagte …“

„Nein“, sagte Christine bestimmt und schüttelte den Kopf. „Ben muss mich missverstanden haben.“

„Er hat vor, nach der Arbeit zu deiner Pension zu gehen und deine Sachen abzuholen. Er fragte mich extra, ob du früher gehen darfst, damit du deine Sachen packen kannst.“

„Wir haben nicht einmal darüber gesprochen“, sagte Christine. Plötzlich fühlte sie sich ärgerlich und verletzt. Warum machte Ben solche Pläne, wo er doch wusste, wie sie darüber dachte?

„Er hat vor, deine Wirtin – wie sie auch heißen mag – anzurufen, um ihr zu sagen …“

„Das kann er nicht“, unterbrach ihn Christine, plötzlich von Panik ergriffen. „Ich habe nicht die Absicht auszuziehen.“

„Also, ich habe keine Ahnung, wie die Sache derartig durcheinander geraten konnte. Mir scheint, dass es wesentlich praktischer wäre, wenn es so gemacht würde, wie Ben es haben will. Ihr heiratet doch in ein paar Monaten. Wo liegt da der Unterschied?“

„Es ist ein gewaltiger Unterschied“, erwiderte Christine. Ihre Wangen brannten vor Frustration und Empörung. „Bis jetzt sind wir noch nicht verheiratet. Meine Eltern wären sehr enttäuscht von mir.“

„Das kommt mir ein bisschen altmodisch vor.“

„Wahrscheinlich ist anständiges Benehmen immer ein bisschen altmodisch“, wagte Christine zu sagen.

Sie fuhren auf den Parkplatz. Christine war froh, dass die Fahrt zu Ende war. Jetzt musste sie sich mit Mrs. Green in Verbindung setzen, ehe Ben es tun würde. Sie hätte mit Ben telefonieren können, bevor sie diesen Anruf machte, doch er war noch nicht auf. Mr. Randolph hatte seine Späße darüber gemacht, wie tief der Junge schlief. Er würde das Telefon gar nicht hören. Doch wenn er aufstand – wann immer das sein mochte –, würde er wahrscheinlich seinen Plan in die Tat umsetzen.

Mit zitternden Händen wählte Christine die Vermittlung, gab ihr die Nummer, und schon bald hatte sie Mrs. Green am anderen Ende der Leitung.

„Hier spricht Christine Delaney. Ich … ich habe gehört …“ Wie in aller Welt sollte sie es ausdrücken? „Es … es hat da … ein Missverständnis gegeben. Mein Verlobter denkt … er denkt, ich will Ihre Pension verlassen. Aber ich habe nicht die Absicht auszuziehen. Nicht im Geringsten. Sollte er also anrufen, sagen Sie ihm doch bitte, dass ich mich wegen der Angelegenheit noch mit ihm unterhalten werde.“

Die Gedanken, die ihr durch den Kopf wirbelten, und ihr leerer Magen hinderten sie daran, sich zu konzentrieren. Miss Stout war die Erste, die die schwere Bürotür aufstieß. Sie schien überrascht zu sein, Christine bereits an ihrem Schreibtisch zu finden.

Christine hatte am Tag zuvor alle Arbeiten erledigt und hatte nichts Bestimmtes, womit sie sich hätte beschäftigen können. Mit Ausnahme von Mr. Randolph war niemand da, der ihr neue Aufgaben erteilen konnte. Daher schob sie einige Papiere hin und her und tat, als würde sie lesen.

Mr. Peterson war der Nächste, der eintraf. Er kam herein, stampfte laut mit den Füßen, schüttelte den Schnee von seinem Hut auf den Teppich, was ihm einen strafenden Blick von Miss Stout einbrachte, und verkündete mit seiner rauen Stimme: „Es schneit wieder einmal."

Die nächsten beiden Männer, die eintraten, waren bereits in ein Gespräch über ein Kundenkonto vertieft und machten sich nicht einmal die Mühe, Miss Stout zuzunicken. Endlich fühlte Christine, wie ihre Anspannung nachließ. Bald würden sie mit ihrem Tagewerk beginnen. Die anderen Büromädchen würden eintreffen, der Rhythmus ihrer Schreibmaschinen würde die ungemütliche Stille des Raumes vertreiben.

*

Ben wartete auf sie, als sie das Büro verließ. Er sah nicht aus, als wäre er in guter Stimmung. Christine merkte, wie sich ihr Magen zusammenzog.

Er sagte nichts, öffnete nur die Tür auf der Passagierseite. Dann stieg er mit versteinertem Gesicht ins Auto und ließ den Motor an.

Sie waren bereits eine Weile in völligem Schweigen gefahren, als Christine sagte: „Wir müssen miteinander reden."

Ohne sie anzusehen erwiderte er steif: „Du hast Recht. Wir müssen reden."

Er fuhr nicht in die Richtung ihrer Pension und auch nicht in Richtung seines Hauses. Christine hatte keine Ahnung, wohin er fuhr, und zögerte, ihn danach zu fragen. Er lenkte den Wagen auf ein leeres Feld auf einem Hügel, von dem aus man den Fluss übersah, und machte den Motor aus.

„Also", sagte er, „würdest du so freundlich sein und mir sagen, was dich bewogen hat, mich als Dummkopf dastehen zu lassen?"

Christine überlegte angestrengt, was er wohl meinte. „Ich verstehe nicht …?"

„Ja, ich glaube auch, dass du nichts verstehst." Er hörte sich wütend an.

„Ich habe bei deiner Wirtin angerufen, um die weitere Regelung zu klären – übrigens nur um dir das alles zu ersparen –, und mir wird in sehr bestimmten Worten mitgeteilt, dass du nicht vorhättest auszuziehen. Hast du überhaupt eine Ahnung, wie blöd ich mir vorkam?"

Christine schüttelte den Kopf. „Ich hatte nicht die Absicht …"

„Du hattest nicht die Absicht? Konntest du dir nicht vorstellen, wie ich dann dastehe? Wir wollen heiraten und du stellst mich als …" Er sagte Worte, die Christine nie zuvor von ihm gehört hatte. Ihre Wangen brannten, so sehr schämte sie sich … für sie beide.

„Es tut mir Leid."

„Tut dir *Leid?* Das reicht leider nicht. Ich stehe nicht gern wie ein Idiot da. Nicht einmal vor dieser alten Schrulle."

Christines Kopf fuhr hoch. „Sie ist keine alte Schrulle", erklärte sie empört. „Und sie hat Recht. Ich habe nicht die Absicht auszuziehen. Nicht bevor wir verheiratet sind. Es *wäre* nicht richtig. Meine …"

Ein harter Schlag traf Christines Wange. Er hatte sie geschlagen!

Ihre Hand fuhr hoch, um die Scham und Erniedrigung zu verdecken. Obwohl sie sich beherrschen wollte, schossen ihr Tränen in die Augen und ihre Lippen zitterten.

„Siehst du, was du angerichtet hast und wie weit du mich treibst?", beschuldigte er sie, doch seine Stimme war sanft geworden. Er griff nach ihr, um sie in den Arm zu nehmen. „Bitte, lass uns nicht streiten", flüsterte er. „Wir können uns doch einigen."

Er küsste ihre Stirn. Christine fühlte, wie sich ihr Körper spannte; er wurde ganz steif vor Widerstand. Wie konnte er sie in einer Minute schlagen und in der nächsten küssen wollen?

Er schien ihr Widerstreben zu bemerken. „Ich fahre dich nach Haus. Wir sprechen später darüber."

Er brachte sie nach Hause. Bald darauf wurde ein großer Strauß Winterblüten abgeliefert, mit einer Karte, auf der stand: *Ich liebe dich. Ben.* Verwirrt schüttelte Christine den Kopf. Sie war völlig durcheinander.

Sie saß auf ihrem Bett und starrte die Blumen auf ihrer Kommode an. Nun ja, die Verlobungszeit war wohl immer eine Zeit der Spannungen. Sie musste ihm einfach vergeben. Es würde anders sein, wenn sie erst einmal verheiratet waren. Sie musste nur vorsichtig sein und ihn nicht reizen. Die Sache war sicher wirklich unangenehm für ihn gewesen.

*

Als Elizabeth eintraf, hielt der Winter die Stadt noch immer in seinem eisigen Griff. Christine schauderte auf dem Bahnsteig, dankbar, dass es nicht auch noch windig war.

Sie hatte nicht gewusst, wie wunderbar es sein würde, ihre Mutter wieder zu sehen. Wie sehr sie sie vermisst hatte! Mutter und Tochter hielten sich umschlungen, ihre Tränen vermischten sich, als sie sich liebevolle Worte zuflüsterten.

„Ich habe Ben gesagt, dass er heute Abend nicht herüberkommen soll", sagte Christine lachend, während sie sich die Tränen abwischte. „Ich wollte, dass wir nur Zeit für uns haben. Morgen wird er mit uns beiden Essen gehen."

Elizabeth schien über diese Regelung froh zu sein. „Ich möchte den ganzen Abend haben, um mir von dir alles über die letzten Monate erzählen zu lassen", sagte sie.

Sie nahmen ein Taxi zur Pension. Christine konnte kaum schnell genug ihren Ben beschreiben, ihren Diamantring und die Geschenke zeigen, die er ihr gegeben hatte. Sie wünschte so sehr, dass ihre Mutter ihn billigen und lieb gewinnen würde.

„Morgen wirst du ihn kennen lernen. Ich kann es kaum erwarten", schloss Christine und umarmte ihre Mutter wieder.

Sie sprachen bis spät in den Abend hinein. Nachdem Christine endlich alles über Ben berichtet hatte, wandte sich die Unterhaltung Wynn und Henry und sogar Teeko zu.

„Mir fehlt der Norden immer noch“, seufzte Christine, fügte aber schnell hinzu: „Aber hier gefällt es mir auch.“

*

Am nächsten Abend pünktlich um 18:00 Uhr holte Ben sie ab und fuhr sie zum besten Restaurant in der Stadt. Er benahm sich vorbildlich und achtete auf jedes Bedürfnis, jeden Wunsch beider Damen. Christine war stolz auf ihn, und sie konnte sehen, dass ihre Mutter sehr von ihm beeindruckt war.

Auch am nächsten Abend gingen die drei wieder aus. Danach fuhr Ben sie zu sich nach Haus, damit Elizabeth seinen Vater kennen lernen konnte. Mr. Randolph war mehr als höflich, er war regelrecht charmant. Christine hatte ihn noch nie so aufmerksam und zuvorkommend erlebt.

„Es ist eine Schande, dass ihr Damen in der Pension wohnen müsst, wo die vielen Räume hier leer stehen. Sie sind beide herzlich willkommen, hier zu wohnen, während Sie in der Stadt sind, Mrs. Delaney. Ich bin sicher, mit Ihnen als Anstandsdame würde niemand die Augenbrauen hochziehen.“

*Nein, Mama*, rief Christine innerlich. *Lass dich nicht darauf ein. Ich komme sonst hier nie wieder raus.*

„Vielleicht nicht“, erwiderte Elizabeth freundlich. „Ich danke Ihnen für Ihr freundliches Angebot. Aber wir haben viel Spaß daran, uns ein Zimmer zu teilen und bis spät in die Nacht Frauengespräche zu führen.“ Elizabeth lachte leise. Zu Christines Erleichterung ließ Mr. Randolph das Thema fallen.

Am Samstagabend gingen sie alle zusammen aus. Mr. Randolph erkundigte sich interessiert nach dem Norden und Wynns Polizeiarbeit. „Faszinierend. Ganz faszinierend. Sicher haben Sie viele Geschichten zu erzählen, Mrs. Delaney.“

Als Ben sie zur Tür der Pension brachte, nahm er Christines Hand. „Wann soll ich euch morgen früh abholen?“, fragte er.

„Morgen früh?“ Sie versuchte sich zu erinnern, was sie über die Pläne am nächsten Tag besprochen hatten.

„Zur Kirchenpredigt."

„Oh, zum Gottesdienst." Obwohl Christine sich über das Angebot freute, hoffte sie, dass ihre Mutter den falschen Ausdruck nicht bemerkt hatte.

„Um halb elf", sagte sie, bemüht, ihre Stimme normal klingen zu lassen. „Ich denke, dann haben wir reichlich Zeit."

„Gut." Er lächelte und beugte sich vor, um ihre Wange zu küssen. Christine errötete, als er sie das erste Mal vor ihrer Mutter küsste.

„Nochmals vielen Dank für diesen sehr angenehmen Abend", sagte Elizabeth und streckte dem jungen Mann ihre Hand hin.

„Es war mir ein Vergnügen", erwiderte er galant.

Christine hatte das Gefühl, dass die Woche sehr gut und sehr schnell verlief. Mr. Randolph hatte Christine sogar ein paar Tage freigegeben, damit sie gemeinsam einkaufen gehen konnten. Vergeblich suchten sie in den Geschäften nach dem perfekten Hochzeitskleid. Schließlich entschieden sie sich für einen Stoff und ein Schnittmuster. Elizabeth würde das Kleid selbst nähen. Ihr Vergnügen daran war offenkundig. Sie freute sich darauf, das Kleid zu nähen, das ihre Tochter am wichtigsten Tag ihres Lebens tragen würde.

Wieder fuhr Ben sie zur Kirche. Er brachte es fertig, während des Gottesdienstes nicht unruhig zu werden. Einmal schaute Christine zu ihm hin und sah, dass er tatsächlich zuhörte, was der Pfarrer zu sagen hatte. Sie lächelte vor sich hin. Gott beantwortete ihre Gebete. Ben änderte sich. Ihr Herz schwoll vor Glück. Sie war so sehr gesegnet worden.

*

Schließlich reiste Elizabeth wieder ab. Mit Tränen und Versprechungen sagten sie einander Lebewohl. Es würde nicht lange dauern, bis sie sich wieder sehen würden. Ben drängte auf eine Hochzeit im Juni, und die Monate würden schnell vergehen. Henry hatte seinen Urlaub bereits festgemacht, damit er Trauzeuge bei seiner kleinen Schwester sein konnte. Christine hatte eine junge Frau aus ihrer Kirche gebeten, ihre Brautjungfer zu spielen.

Ben war nicht glücklich über eine derartig kleine Gesellschaft, deshalb hatte er darum gebeten, seine Freunde mit dabeizuhaben. Mit einigen Bedenken hatte Christine eingewilligt. Sie hatte in den vergangenen Monaten wenig von den Freunden gehört. Im Geheimen hatte sie gehofft, dass Ben nicht mehr so viel mit ihnen zusammen machte. Doch hin und wieder machte er kleine Bemerkungen darüber, was der eine oder andere von ihnen gesagt oder getan hätte. Daher wusste Christine, dass er noch mit ihnen in Verbindung war.

*Ich nehme an, es ist nur fair, dass sie mit einbezogen werden. Schließlich ist es auch seine Hochzeit*, redete sie sich ein.

Am nächsten Sonntag kleidete sie sich für die Kirche an und nahm schon im Flur Platz, da sie Ben nicht warten lassen wollte. Doch die Uhr tickte und tickte, ohne dass er sich sehen ließ. Schließlich gab sie es auf und fuhr mit der Straßenbahn hin. Sie kam ziemlich spät, was ihr unangenehm war. Als sie sich der schweren Kirchentür näherte, wusste sie, dass sie nicht ohne Aufsehen hineingehen konnte. Also drehte sie sich wieder um und nahm die nächste Straßenbahn nach Hause. Es würde ein langer Sonntag werden, ohne den Trost des Gottesdienstes und ohne ihre Freunde in der Kirche getroffen zu haben. Es schien, als wäre Bens Interesse an geistlichen Dingen bereits wieder verflogen.

*

Elizabeth kam mit guten Nachrichten nach Hause. Sie und Wynn verbrachten den Abend vor dem knisternden Feuer, wo sie ihm ihre Abenteuer in der Stadt mitteilte.

„Unsere Tochter hört sich glücklich an“, sagte Wynn.

„Es hat den Anschein.“

Teeko, der zu Wynns Füßen lag, richtete sich auf, gähnte und ließ sich wieder zurücksinken.

„Es hört sich an, als wäre Ben wirklich wie ein feiner junger Mann.“

„Er war höflich und aufmerksam."

„Der Vater scheint eine gute Meinung von Christine zu haben."

„Er vergöttert sie."

Ein Holzscheit krachte und schickte einen Funkenregen aufwärts.

„So, und warum sehe ich noch immer Zweifel in deinen Augen?", fragte er, während er nach ihrer Hand griff.

Sie brauchte eine Minute, ehe sie antwortete. „Ich weiß es nicht. Ich habe nur so ein Gefühl, dass … dass die Dinge nicht so sind, wie sie erscheinen. Da war eine … eine Unterströmung, die … Ich bete, dass ich Unrecht habe. Aber ich bin unsicherer, als ich es war, ehe ich gefahren bin."

Als sie an diesem Abend gemeinsam für ihre Christine beteten, waren ihr Gebete noch eindringlicher als sonst.

# Kapitel 17

„Ach du meine Güte“, sagte Henry, als er im Eingang zu seinem Büro stand und die neueste Meldung las.

„Was gibt es denn?“, fragte Roger, ohne den Kopf von dem Bericht zu erheben, an dem er gerade arbeitete.

„Wir werden einen Besucher bekommen.“

Jetzt sah Roger auf. „Guten oder schlechten?“

„Sehr schlecht. Ein Schwerverbrecher. Er hat gerade seine Strafzeit im Gefängnis beendet. Wurde vorgestern entlassen. Jetzt ist er frei, und sie denken, dass er auf dem Weg hierher zurück ist.“

„Du sagst ‚zurück‘. Ist er von hier?“

Henry ließ sich auf seinen Stuhl fallen und las weiter. „Er hat hier eine Hütte, irgendwo am Fluss. Es ist bereits das dritte Mal, dass er freie Kost und Logis im Gefängnis hatte.“

„Warum lassen sie einen Burschen wie den denn vorzeitig wieder raus?“ Roger war aufgesprungen und ging zu Henry hinüber. Er lehnte sich an den Schreibtisch und sah über Henrys Schulter. „Sieh ihn dir an. Sieh dir das Gesicht an. Er sieht schon richtig übel aus.“ Roger nahm das Blatt in die Hand und sah auf das Steckbrieffoto.

„Danach müssen wir also Ausschau halten“, sagte Roger, als er das Blatt wieder auf den Schreibtisch legte.

„Er kann sich verändert haben. Bart oder glatt rasiert. Einen anderen Haarschnitt. Vielleicht hat er sich sogar die Haare gefärbt. Es gibt viele Möglichkeiten, wie man sein Aussehen verändern kann. Aber sieh dir mal genau die Augen an. Seine Augen kann er nicht ändern. Sieh sie dir an. Er sieht …“

„ … unheimlich aus“, ergänzte Roger.

Beide studierten das Foto.

„Da, guck mal. Er hat eine Narbe am Kinn. Die könnte er beinahe unter einem Bart verstecken, aber ein bisschen würde sie da oben doch zu sehen sein."

„Ein Narbe auf der linken Seite. Ja, die wird er schlecht verstecken können."

Die zwei musterten das Bild, um sich jede Linie, jede Einzelheit einzuprägen. Vieles konnte davon abhängen. Henry schüttelte den Kopf und lehnte sich zurück. Mit dem Finger zeichnete er seinen Schnurrbart nach.

„Mann, ich hasse so was", sagte Roger, während er sich aufrichtete. „Ich dachte, das wäre eine nette, sichere kleine Stadt für meine Frau und Kinder."

„Ich fürchte, es wird für keinen sicher sein, wenn der sich hier herumtreibt. Besonders nicht für Frauen, die allein leben." Sofort fiel Henry Sam ein. Wie würden sie es schaffen, sie zu beschützen?

„Vielleicht lässt er sich gar nicht blicken."

„Ich hoffe und bete, dass er nicht kommt. Wir haben schon nicht genügend Männer, um unseren gewöhnlichen Dienst zu versehen, geschweige denn einen solchen Burschen zu überwachen."

Roger ging zu seinem Schreibtisch zurück. „Sicher würde es helfen, wenn wir die Leute warnen würden."

„Du weißt, dass wir das nicht können."

„Ja, ich weiß. Aber es kommt mir dumm vor. Ein gefährlicher Verbrecher auf freiem Fuß, und wir müssen ihn auch noch schützen."

„Wir werden ihn nicht schützen. Wenn er sich hier blicken lässt, beobachten wir ihn wie die Habichte, und wenn er sich etwas zu Schulden kommen lässt, egal, was es ist, nageln wir ihn fest."

Doch trotz aller Versicherungen, die er Roger gab, war Henry beunruhigt. Wie konnten sie zu dritt die ganze Stadt und auch die umliegenden Gebiete im Auge behalten? Es war unmöglich. Er brauchte genauere Informationen über den Burschen. Womit mussten sie rechnen?

Sein Telefonat mit dem Hauptquartier gab ihm nur wenig Aufschluss. Es verstärkte eher seine Bedenken. In früheren Fällen war der Mann hinter allein stehenden Frauen hergewesen. Er schien die Abendstunden zu bevorzugen. Das war alles, woran sie sich halten konnten.

Henry konnte sich nicht wieder auf die Arbeit konzentrieren. Schließlich griff er nach seinem breitkrempigen Hut. „Pass mal eine Weile auf“, sagte er zu Roger. „Ich bin bald wieder zurück.“

Langsam ging er zu Sams Laden. Unterwegs versuchte er, das Hämmern seines Herzens zu beruhigen. Wenn es doch nur einen Weg – einen legalen Weg – gäbe, sie über diese mögliche Bedrohung ihrer Sicherheit zu informieren.

Er wusste nicht, ob ein weiterer Haarschnitt verdächtig aussehen würde. Es war noch nicht lange her, dass er zuletzt hier gewesen war. Na, vielleicht würde ihm etwas einfallen. Irgendetwas, um eine Gelegenheit zu haben, mit ihr zu sprechen, um zu sehen, ob er sie irgendwie zur Wachsamkeit veranlassen konnte, und sich zu überzeugen, dass sie sicher war.

Gerade, als er auf die Tür zutrat, öffnete sich diese. Ein anderer Kunde verließ den Laden. Henry trat zur Seite und nickte grüßend. Der Mann erwiderte Henrys Gruß und setzte seinen Hut auf, einen zerbeulten, breitkrempigen schwarzen Hut. Bevor der Hut ihm die Sicht nahm, bemerkte Henry zwei stechende dunkle Augen. Sofort ging Henrys Blick zur Wange des Mannes, die mit einem leichten dunklen Bartwuchs bedeckt war. Da, direkt unterhalb seines Backenbartes, war das gezackte Ende einer Narbe zu sehen.

Henry war, als hätte ihn jemand in die Magengrube geboxt. Ihre größte Befürchtung war gerade Wirklichkeit geworden. Und der Verbrecher hatte Sam bereits einen Besuch abgestattet.

Henry gab die Idee mit dem Haarschnitt auf, drehte sich um und ging zurück zur Polizeistation.

*

Henry ging davon aus, dass keiner von ihnen in nächster Zeit viel Schlaf kriegen würde. Die Polizeiautos wurden in Bewegung gehalten, besonders in den Abendstunden. Die Polizeibeamten patrouillierten die Straßen, kreuzten immer wieder auf und ab und fuhren zusammen, wenn Zeitungen im Wind flogen oder Katzen Mülltonnen umwarfen. Und keine Seele in der Stadt wusste, welche Ängste sie ausstanden und wie sich ihre Widerstandskraft allmählich verringerte.

Zwei Mal sahen sie den Mann auf der Straße. Zwei Mal folgten sie ihm und stellten sicher, dass er zu seiner Kate am Fluss zurückkehrte. Er fuhr einen alten, zerbeulten Kleinlastwagen, der einmal blau gewesen war. Das Nummernschild baumelte lässig an einem Stückchen Draht. Ein räudiger Hund fuhr mit ihm auf dem Vordersitz und knurrte jedes Mal, wenn jemand dem Wagen zu nahe kam.

„Meinst du, ich könnte den Hund zu einem Angriff provozieren?“, überlegte Larry.

„Versuch nichts, wobei du verletzt werden könntest“, warnte Henry. Die Wahrheit war, dass er selbst schon daran gedacht hatte. „Dann müsste er den Hund töten lassen. Aber das löst unser Problem auch nicht.“

Als der Verbrecher das nächste Mal in der Stadt war, kam Larry atemlos in die Polizeistation gestürzt. „Ich habe gerade gesehen, wie der Bursche verkehrswidrig über die Straße gegangen ist. Soll ich ihn festnehmen?“

Henry schüttelte den Kopf. Jeder in der Stadt lief gelegentlich verkehrswidrig über die Straße. „Nein, dafür sperren sie ihn niemals ein. Er muss höchstens eine kleine Strafe zahlen. Das ist alles. Behalte ihn im Auge. Früher oder später wird er einen Fehler machen.“

Gern hätte Henry seinen eigenen Worten geglaubt, doch er wurde immer nervöser. Es half auch nicht, dass er, als er das nächste Mal zum Haarschneiden ging, den Burschen wieder aus dem Laden kommen sah. Diesmal grinste er und zog vor Henry den Hut.

Danach fanden sie nur noch wenig Schlaf. Die drei Polizisten patrouillierten voller Hingabe, wobei sie besonders auf die Häuser achteten, von denen sie wussten, dass allein stehende Frauen dort lebten. Jessie boten sie Fahrten im Polizeiauto an, wenn sie sehr spät ihr Lokal schloss.

Henry entschied, dass der Streifenwagen zu auffällig war, und begann, die Straßen abzulaufen. Mehrmals in der Nacht brachte ihn seine Runde zu Sams einstöckigem Haus. Immer stand er dann auf der anderen Seite der Straße von einigen Büschen verborgen, beobachtete und wartete.

*Ich bin schon völlig überreizt*, dachte er, als ihn der Schrei eines Nachtvogels zusammenzucken ließ. Er war schon im Begriff weiterzugehen, als er glaubte, eine Bewegung bei der Tür bemerkt zu haben. Sein Magen krampfte sich zusammen und sein Herz begann wild zu klopfen. Leise überquerte er die Straße und ging zur Veranda hinauf. Die Insektenschutztür aus dünner Gaze schwang sanft in der leichten Brise. Henry griff nach dem Messingknopf an der Holztür und betete, dass er seinem Druck widerstehen würde. Doch das tat er nicht. Mit einem leisen Quietschen, das ihm Übelkeit verursachte, drehte sich der Knopf und die Tür öffnete sich.

Das Haus war dunkel und still. Doch er musste Bescheid wissen. Er musste es einfach. Sollte er rufen? Sollte er Licht einschalten? Nein. Wenn wirklich ein Eindringling im Haus war, durfte er ihn nicht auf sich aufmerksam machen. Was aber, wenn der Bursche bereits dort gewesen und wieder gegangen war? Dieser Gedanke trieb Henry vorwärts. Er rannte gegen ein Möbelstück und knurrte leise. Mit ausgestreckter Hand tastete er sich vorwärts. Er hatte keine Ahnung, wo sich welche Zimmer befanden.

Gerade war er im Begriff, einen anderen Raum zu betreten, als er zu seiner Linken eine Bewegung sah. Er blieb wie angenagelt stehen und machte sich zum Sprung bereit. Ein Vorhang am Fenster bewegte sich in der Brise und ließ von der Laterne vor dem Haus einen Lichtstrahl herein. Da stand Sam, bereit, den Kampf mit dem Eindringling aufzunehmen. Bevor er ein Wort sagen konnte, schwang sie mit aller Gewalt den Gegenstand, den sie in der Hand hatte. Er konnte gerade noch den Arm hochreißen und den Holzscheit, der auf ihn zukam, abwehren. Das Ende des Holzes zerschrammte seine Wange. Er konnte den stechenden Schmerz spüren, als er ausrief: „Ich bin es, Delaney."

Er hörte, wie sie tief Luft holte. Im nächsten Moment war der Raum in Licht getaucht. Schwer atmend stand sie da. Ihr Gesicht, das von ihrem schulterlangen Haar umrahmt wurde, war ebenso bleich wie ihr verwaschener Morgenrock.

„Was in aller Welt machen Sie denn hier?“, verlangte sie zu wissen.

„Ihre … Ihre Tür war offen“, sagte er lahm, wobei er mit dem Taschentuch seine blutende Wange betupfte.

„Offen? Sie war verschlossen, als ich ins Bett gegangen bin.“

„Die … ähm, die Gazetür schwang im Wind.“

„Die schwingt oft im Wind.“ Sie machte es ihm nicht leicht.

„Als ich nachsah, fand ich die innere Tür unverschlossen.“

„Die meisten Leute in dieser Stadt machen sich keine Sorgen darum, ihre Türen zu verschließen.“

„Also, das sollten sie aber“, sagte er bestimmt. „Von jetzt an möchte ich, dass diese Tür nachts verschlossen ist.“

„Haben Sie so viel Zeit, dass Sie jetzt persönlich alle Türen überprüfen?“, fragte sie mit offensichtlichem Sarkasmus.

Er bewegte sich zur Tür. „Bitte“, sagte er. „Bitte. Ich verlange das aus Gründen, die ich Ihnen leider nicht nennen darf.“

Sie trat einen Schritt zurück und schluckte schwer. Ihr Gesichtsausdruck hatte sich verändert. „Sie haben mich fast zu Tode erschreckt“, sagte sie, während sie ihren Morgenrock enger um ihre schlanke Gestalt zog.

„Das tut mir Leid. Entschuldigen Sie.“

„Ich bin ein bisschen schreckhaft“, gab sie zu. „Da ist dieser Bursche, der seit einiger Zeit zum Haarschneiden kommt.“ Sie schüttelte den Kopf. „Na, egal …“ Sie schwieg und ging auf die Küche zu. „Kommen Sie hier herein“, sagte sie, „damit wir Danny nicht aufwecken. Lassen Sie mich lieber Ihre Wange ansehen.“

„Ist schon gut. Nur ein kleiner Kratzer, das ist alles. Aber bitte schließen Sie die Tür ab, wenn ich gehe.“

„In Ordnung. Ich schließe sie ab.“

Sobald er wieder auf dem Bürgersteig stand, betupfte er noch einmal die Verletzung. Sie begann schon, ein wenig anzuschwellen. Sein Arm hatte auch einen ziemlichen Schlag abbekommen. Er schüttelte den Kopf. Ein Lächeln zog seine Mundwinkel hoch. Die kleine Person hatte ganz schöne Kräfte.

⁂

„Was ist denn mit dir passiert?"

Henry hatte geahnt, dass man ihm Fragen stellen würde. Er wusste nicht, wie er ihnen ausweichen konnte, und lügen wollte er nicht. „Ein Stück Brennholz. Man hat mich für jemand anders gehalten", sagte er, ohne aufzusehen.

„So, wer hat dich verwechselt?" Larry stellte seinen Kaffeebecher weg und sah sich die Schwellung an.

Henry hielt seine Augen auf die Karte gesenkt, die er gerade studierte. „Also … es war Sam." Er überlegte noch immer, was ihm die Dienstvorschriften vorschrieben. Würde er einen Bericht darüber machen müssen?

„Sam? Sam er oder Sam sie?"

„Sam sie."

Er glaubte, ein Kichern gehört zu haben, sah aber nicht auf, um sich zu vergewissern. Er überlegte, dass er ihnen genauso gut gleich alles erzählen konnte. Sonst würden sie ihn zu Tode fragen.

„Ich kam bei meiner Streife an ihrem Haus vorbei und sah, dass ihre Gazetür offen stand. Ich wollte mich vergewissern und merkte, dass ihre andere Tür auch nicht verschlossen war. Dann ging ich hinein, um nachzusehen, ob alles in Ordnung ist …"

„Du bist reingegangen?"

Es hörte sich ziemlich dumm an. Henry sprach schnell weiter. „Sie dachte, ich wäre ein Eindringling."

„Womit sie ja auch Recht hatte", wagte Roger grinsend zu sagen.

„Und dann hat sie dich mit einem Stück Brennholz verhauen?", fragte Larry ungläubig.

„Nicht direkt. Sie hat es nach mir geworfen."

Jetzt wusste er, dass sie beide lachten, auch wenn sie sich

bemühten, es lautlos zu tun. Er blickte nicht in ihre Richtung, sondern starrte weiterhin auf die Karte.

„Na, und“, sagte Larry nach einem Moment schwerwiegenden Schweigens, „wirst du sie wegen tätlichen Angriffs eines Polizisten verhaften?“

„Ach, ihr ... “ Henry griff sich seinen breitkrempigen Hut und verließ von lautem Gelächter begleitet das Büro. Er wusste, dass es einige Zeit dauern würde, ehe ihn die Jungs diesen Zwischenfall vergessen lassen würden.

*

Endlich wurde ihnen ein Durchbruch beschert. Larry, der den ehemaligen Verbrecher bei einem seiner Besuche in der Stadt beschattet hatte, erwischte ihn auf frischer Tat, wie er eine Schachtel Zigaretten stahl. Es war nicht viel. Kleinstdiebstahl. Aber vielleicht reichte es aus, um ihnen ein wenig Zeit zu geben. Wenigstens ein paar Nächte, in denen sie ruhig schlafen konnten. Sie hofften, dass der Richter, wer immer er sein mochte, in der Lage wäre, zwischen den Zeilen zu lesen und dem Kerl die Höchststrafe zu geben, die für dieses Vergehen zulässig war.

# Kapitel 18

Mit dem Frühling begann auch das Drängen der Jungen in der Kirche, Pläne für den Campingtrip zu machen. Henry war der Ansicht, dass es noch zu früh war. In den Nächten herrschte eine Kälte, die einen selbst neben einem Lagerfeuer und in Decken verpackt erschauern lassen konnte. Doch die Jungen bedrängten ihre Eltern, den Pastor und Henry unverdrossen.

„Vielleicht am Osterwochenende“, gab Henry nach, „vorausgesetzt, dass wir bis dahin kein Unwetter mehr bekommen.“

Für die Jungen war das ein Versprechen. Mit neuem Eifer begannen sie, ihre Pläne zu machen.

Henry war gerade aus dem Morgengottesdienst gekommen, als er fühlte, wie jemand ihn an seiner Jacke zog. Er drehte sich um und sah Danny, der mit eifrigem Gesicht zu ihm aufsah.

„Bitte, kann ich auch mitkommen?“

Von ganzem Herzen wünschte Henry, Ja sagen zu können, doch er wusste, dass dies nicht seine Entscheidung war. „Also, Danny“, sagte er, während er nach Dannys Mutter Ausschau hielt. „Ich fürchte, ich kann das nicht entscheiden. Deine Mutter muss ihr Einverständnis dazu geben.“

„Würden Sie sie bitte fragen? Ich habe sie gefragt, aber sie meint, dass ich noch zu klein bin.“

Henry wusste nicht, was er dem Jungen antworten sollte.

„Bitte“, bettelte das Kind weiter. „Papa Sam denkt, dass ich groß genug bin.“

„Vielleicht sollte Papa Sam dann mal mit deiner Mutter reden.“

„Nein, Sie sind besser“, sagte er mit der intuitiven Erkenntnis eines Kindes. „Sie müssen ihr erzählen, was wir auf dem Campingausflug machen wollen. Was wir mitbringen müssen. Solche Sachen.“

Henry nickte und überlegte, worauf er sich da eingelassen hatte. „Ich werde es versuchen“, sagte er, während er das Haar des Jungen zerzauste. Er bemerkte erneut, dass es in der Farbe dem Haar seiner Mutter glich.

„Danke.“ Danny sah zuversichtlich und aufgeregt aus.

Henry hockte sich hin, um Danny in die Augen sehen zu können. „Aber denk daran, dass ich *versuchen* gesagt habe. Deine Mutter kann sehr gute Gründe haben, warum sie Nein sagt.“

Doch Danny machte sich bereits auf den Weg, freudige Erwartung in seinem Gesicht. Henry hatte keine Ahnung, wie er sich ihr nähern sollte. Seit dem Zwischenfall mit dem Holzscheit hatte sie ihn ganz offenkundig gemieden. Tatsache war, dass sie bis auf ein kurzes Nicken am Sonntagmorgen kein Wort mehr gewechselt hatten. Die Zeit bis zum nächsten Haarschnitt hatte er bereits länger als vorgesehen ausgedehnt. Bevor er seinen Hut aufsetzte, fuhr er sich mit der Hand über den Nacken. Sehr lange konnte er es nicht mehr aufschieben.

Doch schon als er die Treppe zum Bürgersteig hinunterging und den beiden Schwestern Walker zunickte, wusste er, dass es nicht weise sein würde, die Angelegenheit beim Haarschneiden mit Sam zu besprechen. Gewöhnlich kamen andere Kunden herein und warteten, bis sie dran waren, und es war nicht nötig, dass die ganze Stadt Zeuge ihrer Unterhaltung wurde.

Er dachte daran, bei ihren Eltern vorbeizugehen und sie zu bitten, sich für Danny einzusetzen. Bestimmt wären sie überzeugender als er und wahrscheinlich auch erfolgreicher. Doch diese Idee verwarf er wieder. Er hatte dem Kind versprochen, es selbst zu tun, und Danny verließ sich darauf.

Sobald er nach der Kirche zu Hause eingetroffen war, rief er sie an. „Es tut mir Leid, Sie am Sonntag zu stören. Aber es gibt eine kleine Angelegenheit, die ich gern mit Ihnen besprechen würde. Wäre es möglich, dass wir uns für ein paar Minuten treffen?“

Es entstand eine Pause. „Ich hoffe doch nicht, dass es weitere

Eindringlinge gibt. Ich verschließe meine Tür jetzt immer sorgfältig."

Ihrer Stimme konnte er nicht entnehmen, ob sie ihre Bemerkung ernst oder ironisch meinte. „Gut." Er nahm an, dass dies eine sichere Erwiderung war. „Aber das ist es nicht, was ich mit Ihnen besprechen möchte."

Er konnte einen Seufzer in der Telefonleitung hören. „Na gut. Wie wäre es mit heute Nachmittag?", fragte sie.

„Das passt mir gut. Um welche Zeit?"

„Gegen vier?"

„Ja, vier Uhr ist gut." Er wollte schon auflegen, als ihm noch etwas einfiel. „Ach so, wäre es möglich, dass wir uns unterhalten, ohne Danny dabei zu haben?"

„Ja … aber warum?"

„Ich … das kann ich Ihnen nicht sagen. Es wäre nur … ich denke … wir könnten ein wenig offener reden, wenn er nicht dabei wäre."

Ihr Schweigen bedeutete wahrscheinlich, dass ihr die Idee nicht gefiel. „Na gut", sagte sie schließlich.

„Ich komme um vier Uhr vorbei. Wir können irgendwohin gehen."

„Nein. Alles, was besprochen werden muss, können wir hier auf der Veranda besprechen."

„Also gut."

Er konnte sich einer leichten Enttäuschung nicht erwehren. In Gedanken hatte er flüchtige Bilder von einer Ausfahrt aufs Land gesehen. Vielleicht wären sie irgendwo auf eine Tasse Kaffee eingekehrt. Die Blätter zeigten ihr erstes Grün, Gras spross aus dem Braun des Winterbodens, und die Lerchen riefen von den Zaunpfählen. Er hatte gehofft, dies könnte eine Gelegenheit sein …

„Also dann um vier." Das Klicken in seinem Ohr, als sie den Hörer aufhängte, schien eine symbolhafte Endgültigkeit zu haben.

*Das wird wohl nichts werden*, dachte Henry, während er sich mit der Hand durch das Haar fuhr. *Armes Kind. Darf nicht tun, was Jungs so gern tun.*

Doch er wusste, er war nicht nur Dannys wegen enttäuscht. Sie hatte ihm ein weiteres deutliches Signal gegeben, dass sie nichts mit ihm zu tun haben wollte. Einen Augenblick lang wünschte er, niemals auf diese Polizeistation versetzt worden zu sein und sie nicht wieder gesehen zu haben. Doch sofort wurde ihm klar, dass das eine Lüge war. Seine Erleichterung zu wissen, dass sie zurechtkam, wog jede Minute auf, in der sie resolut seine Freundschaft ablehnte.

Er beschloss, doch nicht selbst zu kochen, und griff nach seinem Hut. Wahrscheinlich würde ihm Jessies Sonntagsmahl die Speiseröhre verbrennen, doch ein wenig Gesellschaft war besser, als weiter über die Situation nachzugrübeln.

Die Zeit bis vier Uhr schlich nur so dahin. Zwei Mal war er im Begriff, zur Tür zu gehen, doch jedes Mal setzte er sich wieder. Er wollte nicht zu früh dort sein. Sie würde jedem Zeichen von Übereifer mit Misstrauen begegnen.

Pünktlich um vier Uhr klopfte er an ihre Tür. Sie öffnete sofort. Er überlegte, ob sie auf das Klopfen gewartet hatte. Vielleicht hatte sie sich den ganzen Nachmittag über unbehaglich gefühlt, weil er kommen würde.

Danny war nirgendwo zu sehen.

Sie wies mit dem Kopf zur Veranda, auf eine Sitzgarnitur, die aus Weidenzweigen gefertigt war. Er nahm den Hut ab und ging auf einen Stuhl zu. Er quietschte leise, als er sich darauf setzte. „Ein hübscher Stuhl“, sagte er und strich mit seiner Hand über die glatte Armlehne. Sie wickelte sich enger in ihren Umhang und setzte sich auf den anderen Stuhl.

„Es sieht so aus, als wäre der Frühling endlich da“, bemerkte er. „Vor ein paar Tagen habe ich den ersten Krokus gesehen.“

Sie straffte sich. „Also, ich denke, dass Sie nicht gekommen sind, um über Stühle oder den Frühling zu reden.“

Er richtete sich auf. „Nein. Nein“, sagte er, während er sich befangen über den Schnurrbart strich.

„Und worum geht es?“

„Um Danny“, sagte er abrupt.

Alarmiert richtete sie sich auf. „Hat er etwas angestellt?“ Ihre Stimme klang unsicher.

„Danny? Oh, nein. Was könnte er schon anstellen?“

„Ich habe keine Ahnung, aber … “

„Danny ist ein großartiger kleiner Bursche“, sagte Henry voller Gefühl. „Um ihn brauchen Sie sich keine Sorgen zu machen.“

„Aber warum … ?“

„Er hat mich darum gebeten.“

Das schien sie zu beruhigen und gleichzeitig nachdenkliche Falten auf ihre glatte Stirn zu zaubern. Ihm war klar, dass er seine Angelegenheit schnell und präzise vortragen musste. Hoffentlich würde sie verstehen, wie wichtig es für ihren kleinen Sohn war.

„Er hat von dem Campingausflug gehört“, sagte er lächelnd. „Die Jungen sprechen von nichts anderem mehr.“

„Und …?“

„Er möchte so gern mitkommen.“

Er hörte, wie sie scharf einatmete, und wusste, dass sie gleich Nein sagen würde. Er hob seine Hand, um ihr Einhalt zu gebieten. „Bevor Sie sich äußern, möchte ich Ihnen dazu etwas sagen. Es sind zwei Dutzend Jungen, zwei Väter und ich. Wir werden nur eine Nacht fort sein. Wir werden angeln, dann das essen, was sie am Lagerfeuer selbst gebraten haben, unter den Sternen schlafen ... und denken, dass sie ein richtiges Abenteuer erlebt haben.“

„Er ist zu jung“, sagte sie sofort.

„Taylor bringt seinen Jungen mit. Er ist im gleichen Alter wie Danny.“

„Taylor kann tun, was er will.“

„Aber Danny und Ralph sind Freunde.“

„Das heißt nicht, dass sie zusammen zum Campen gehen müssen.“

Er rieb sich mit der Hand über das Kinn. Ihm war klar, dass er so nicht weiterkam. „Danny mag noch recht jung sein, doch wir würden gut auf ihn aufpassen. Ich würde persönlich die Verantwortung für ihn übernehmen.“ Doch schon während er sprach, wusste er, dass seine Erklärung nicht gut genug sein würde.

„Sie werden viel zu tun haben mit zwei Dutzend Jungen.“

„Das heißt nicht, dass ich auf Danny nicht besonders aufpassen kann.“

„Sehen Sie“, sagte sie mit kalter, angespannter Stimme. „Ralph Taylor hat seinen Vater. Es wäre etwas anderes, wenn …“

„Ich würde wie ein Vater auf Danny aufpassen.“

„Nein, das würden Sie nicht. Sie wissen doch gar nicht, wie ein Vater ist.“

Er stand auf. Er hatte verloren. Armer kleiner Bursche. „Doch“, sagte er rau, während er nach seinem Hut griff. „Ich glaube, dass ich es weiß. Ich wuchs mit einer Schar grober Geschwister auf. Ich war der Jüngste und Schwächste. Mein Vater – zumindest wurde mir gesagt, dass er mein Vater ist – hielt viel mehr von seiner Schnapsflasche als von seinen Kindern. Ich hatte Angst vor ihm. Ich wusste, dass es klug war, mich so weit wie möglich von ihm fern zu halten. Besonders, wenn er betrunken war. Dann traf ich eines Tages diesen anderen Mann. Er nahm mich auf und lehrte mich, was es mit dem Leben und der Liebe auf sich hat. Er kämpfte mit allen ihm zur Verfügung stehenden Mitteln, bis ich schließlich nicht nur sein Zuhause, sondern auch seinen Namen teilte. Das war es, was ich wollte. Was ich brauchte. Anerkennung. Liebe. Die Möglichkeit, zu einem Mann heranzuwachsen, mit einem guten Vorbild dafür, wie sich ein Mann verhält. Jetzt frage ich Sie, Madam, wer hat wohl besser auf mich Acht gegeben – mein leiblicher Vater oder dieser wohlmeinende Fremde?“

Er wartete nicht auf ihre Antwort, sondern verbeugte sich leicht in ihre Richtung, bevor er den Hut aufsetzte und ohne sich noch einmal umzublicken die hölzernen Stufen hinunterging.

*

Der Campingausflug war für alle ein riesiger Erfolg – außer für Henry. Ständig sah er im Geiste die traurigen Augen des kleinen Jungen vor sich, als er ihm mitteilte, dass seine Mission fehlgeschlagen war.

„Vielleicht geht es Papa Sam bald besser, dann kann er mich mitnehmen“, hatte Danny schließlich gesagt. Sein Kinn hatte dabei gezittert.

Henry hatte genickt. Sam Martins Zustand besserte sich dank des Wurzeltees langsam, aber beständig, doch es würde noch lange dauern, ehe er in der Lage war, mit seinem Enkel durchs Unterholz zu wandern.

„Hör mal“, sagte Henry bemüht fröhlich zu Danny. „Wir werden noch jede Menge Campingausflüge machen. Beim nächsten Mal darfst du bestimmt mit.“ Ein großer Trost war das nicht. Henry wusste, dass es einem kleinen Jungen sehr schwer fiel zu warten.

Alle anderen Jungs hatten die Zeit sehr genossen. Drei Fische hatten sie gefangen, die von ihnen über dem offenen Feuer gebraten wurden. Obwohl das Essen etwas verkohlt war – Mr. Taylor hatte keine Erfahrung mit dem Kochen über offenem Feuer –, hatten die Jungen behauptet, es sei das Beste gewesen, was sie jemals gegessen hätten. Mit dem Wasser einer kleinen Quelle hatten sie das Essen hinuntergespült. Langsam war die Sonne untergegangen und die Kojoten hatten zu heulen begonnen. Henry bemerkte, wie einige der Jungen etwas dichter an die Erwachsenen heranrückten, doch die meisten schienen sich bei dem unheimlichen Geräusch nicht zu fürchten.

Sie unterhielten sich damit, die verschiedenen Sternbilder zu finden, die Henry ihnen zeigte. „Toll!“ und „Wow!“ sagten sie wieder und wieder. Es war, als sähen sie den nächtlichen Himmel zum ersten Mal. Sie hatten nicht gewusst, dass die Sterne Namen besaßen.

Es brauchte eine Weile, ehe sie sich zum Schlafen hinlegten und Ruhe einkehrte.

Als Henry die Augen öffnete, war das Camp bereits in Bewegung. Dabei war die Sonne noch nicht einmal aufgegangen. Er kroch aus seinen Decken und rieb sich die Hände, ehe er zur Feuerstelle ging, um das Morgenfeuer zu entfachen. Es war kalt im Vorgebirge, Frühling oder nicht. Er bemerkte jedoch, dass es keinem der Jungen etwas auszumachen schien. Sie rannten und balgten sich und tobten herum. Falls sie nachts gefroren hatten, würden sie bestimmt schnell wieder warm werden. Er lächelte und hielt ein Streichholz an das trockene Gras. Eine kleine Flamme entstand.

„Können wir heute wieder Angeln gehen?“, fragte eine eifrige Stimme neben ihm.

„Heute machen wir eine Wanderung“, erwiderte Henry.

Der Junge stöhnte, womit er zu verstehen gab, dass er lieber geangelt hätte.

„Sieh mal“, sagte Henry. „Wenn du ein richtiger Waldläufer sein willst, musst du alles über die Wildnis wissen.“

Das schien dem Jungen einzuleuchten. Er rannte davon, um die anderen zu informieren, dass sie lernen würden, richtige Waldläufer zu sein. Begeistertes Gebrüll war die Antwort.

Henry nahm sie auf keine allzu lange Wanderung mit. Obwohl sie alle sehr aktiv waren, wusste er, dass es ungewohnt für sie war, lange bergauf und bergab zu gehen. Sie verbrachten die Zeit damit, Tiere zu beobachten, wenn ihnen welche begegneten, und zu lernen, Gräser, Büsche und Gestein genau zu betrachten. Sogar ein Elchbulle erschien ihnen zu Ehren. Die gewaltigen Schaufeln hoch erhoben stand er da und witterte, um festzustellen, ob er sich um diese Eindringlinge Sorgen machen musste. Dann schüttelte er seinen gewaltigen Kopf, bevor er sich umdrehte und verschwand.

Als die Jungen zum Camp zurückkehrten, waren sie ziemlich erschöpft, und keiner protestierte dagegen, sich auszuruhen. Die drei Männer kochten indessen das Mittagsessen. Diesmal übernahm Henry den Dienst an der Bratpfanne. Der Geruch von gebratenem Speck ließ ihnen bald das Wasser im Mund zusammenlaufen.

Schon als die Gruppe ihre Decken zusammenrollte und ihre Sachen sortierte, machten die Jungen Pläne für einen weiteren Ausflug am nächsten Wochenende. Henry musste ihren Eifer im Keim ersticken. „Einen Moment mal“, gebot er ihnen Einhalt. Unwillkürlich musste er lachen. „Wir Männer müssen auch mal Geld verdienen.“

„Wann können wir denn wieder gehen?“, fragten mehrere Stimmen gleichzeitig.

„Ich sehe mir meinen Dienstplan an und lasse es euch wissen“, versprach Henry.

Die Wahrheit war, ihm machte ein solcher Ausflug beinahe so viel Spaß wie den Jungen. *Wenn nur Danny mitkommen könnte.*

Henrys Traurigkeit war auch am nächsten Morgen noch nicht verflogen, als die Jungen in der Kirche aufgeregt von ihrem Ausflug erzählten. Sie berichteten von den Fischen, die sie gefangen hatten, den Sternen, deren Namen sie jetzt kannten, dem Essen, das sie gehabt, und der Wanderung, die sie gemacht hatten. Danny hörte ihnen mit traurigem Gesicht zu und kämpfte mit den Tränen.

„Wenn du groß bist, kannst du vielleicht auch mal mitkommen", sagte ein Junge namens Tom zu Danny. Henry sah, wie das kleine Kinn zitterte. Er war nicht sicher, ob der größere Junge Danny trösten oder ärgern wollte. Aber das lief auf das Gleiche hinaus.

Henry biss die Zähne zusammen und machte sich auf den Heimweg. Er musste es wieder versuchen. Dannys wegen musste er es.

Diesmal rief er nicht erst an, sondern erschien einfach auf der Veranda und klopfte an die Tür. Sie trug eine Schürze über ihrem Sonntagskleid und hielt eine große Gabel in der Hand. Es roch nach gebratenem Hühnchen.

„Es tut mir Leid, Sie am Sonntag zu stören", begann er schnell. „Ich verspreche, mich kurz zu fassen."

Sie machte eine einladende Handbewegung. „Warten Sie, bis ich das Hühnchen vom Feuer genommen habe."

Er nickte und ging zu „seinem" Stuhl auf der Veranda. Sie ließ ihn nicht lange warten und trug noch immer die Schürze, als sie wieder erschien. Er stand auf, den Hut in der Hand, den er in seinen Fingern drehte.

„Ich bin sicher, Sie haben heute Morgen die Jungen gehört. Was sie erzählt haben, meine ich."

Sie lächelte. „Wer hätte das überhören können?"

„Sie hatten eine tolle Zeit", bestätigte er.

„Da gratuliere ich Ihnen."

Das war nicht, was er hören wollte. „So sind Jungs nun mal", berichtigte er schnell. „Sie lieben solche Ausflüge."

Ihr Schweigen und ihr verschlossener Gesichtsausdruck sagten mehr als Worte.

„Ich habe überlegt … ich meine … Danny war ziemlich enttäuscht. Ich frage mich …“

Sie ging sofort in Verteidigungsstellung. Er sah, wie sich ihre Schultern strafften. „Er wird auch beim nächsten Mal nicht mitkommen“, sagte sie.

„Nein … das meinte ich nicht. Ich habe überlegt, ob es anders wäre, wenn ich mit ihm allein einen kleinen Ausflug machen würde. Dann könnte ich mich ihm voll und ganz widmen.“

Er hörte auf zu sprechen, als er sah, wie ihr Kinn zu zittern begann. „Nein“, brachte sie hervor. „Ich weiß, Sie können das nicht verstehen, aber ich habe bereits seinen Vater verloren. Glauben Sie, ich wollte das geringste Risiko eingehen, ihn auch noch zu verlieren?“

Also das war es. Sie hatte Angst – Todesangst, dass Danny etwas zustoßen könnte. Als er sie so sah, das bleiche Gesicht von schmerzlichen Gefühlen förmlich entstellt, spürte er wieder den Wunsch, sie zu trösten und festzuhalten, wie er sie schon einmal gehalten hatte. Sie musste noch immer tiefe Trauer empfinden. Wenn Sie doch nur jemand erlauben würde, ihren Kummer zu lindern.

Er konnte sich nicht bewegen. Konnte nicht sprechen. Er schluckte. Sie hatte gesagt, er könnte sie nicht verstehen. Doch er konnte das. Seit Jahren hatte er, eine schlaflose Nacht nach der anderen, ihren Schmerz geteilt. Er hatte mit ihr gelitten, hatte sogar Tränen vergossen und gebetet, dass sie Heilung finden möge.

Doch jetzt konnte er ihr nichts von dem sagen. „Äh, ja“, sagte er stattdessen. „Ich hätte Sie nicht stören sollen. Es tut mir wirklich Leid.“

# Kapitel 19

„Wo ist Larry?“

„Wir hatten einen Anruf von diesem Rancher. Der Bär hat wieder ein Kalb gerissen.“

„Ist Larry hinausgefahren, um nachzusehen?“

„Sie wollen durch das Hinterland reiten und sehen, ob sie seine Spur finden und vielleicht sogar rauskriegen, wo seine Höhle ist.“

„Hat er sein Gewehr mitgenommen?“, wollte Henry wissen. Ein marodierender Bär konnte ein gefährlicher Gegner sein.

„Ja, das hat er. Der Rancher wird mit ihm reiten. Falls etwas passiert, ist jemand da, um ihm den Rücken zu decken.“

Henry überflog die Berichte, die mit der Post gekommen waren. *Nicht viel dabei, womit ich mich befassen muss,* dachte er. *Alles Stadtangelegenheiten.*

Er beschloss, hinauszufahren und die Beschwerde eines Farmers zu untersuchen, jemand hätte einen seiner Zäune zerschnitten. Er hoffte, dass es nicht stimmte. Vielleicht war der Zaun durch ein Tier oder sonst etwas zu Schaden gekommen.

Bei näherer Betrachtung wurde ihm jedoch klar, dass tatsächlich jemand mit einer Drahtschere den Zaun zerschnitten hatte. Er verbrachte einige Zeit damit, nach Spuren zu suchen und dem Farmer dabei zu helfen, den Zaun zu reparieren. Dann fuhr er in die Stadt zurück, um seinen Bericht zu schreiben. Sie würden ein Auge darauf halten müssen. Zäune zu zerschneiden war so schlimm wie Diebstahl. Es gab keinen berechtigten Grund dafür, so etwas zu tun.

Gerade hatte Henry bei Jessie sein Essen bestellt, als Roger eintrat. Ohne groß fragen zu müssen, wusste Henry, dass etwas nicht in Ordnung war. Er stand auf den Füßen, noch ehe er seinen Kaffeebecher hingestellt hatte.

„Es ist Larry", sagte Roger, Gesicht und Stimme sorgenvoll.

„Hat er den Bären gefunden?"

„Der Bär hat *ihn* gefunden und ganz schön zugerichtet."

Henry nahm sich nicht einmal die Zeit, seinen breitkrempigen Hut zu ergreifen. „Wo ist er?", fragte er, als er zur Tür lief.

„Der Rancher bringt ihn mit seinem Lastwagen ins Krankenhaus. Auf dem Weg wird er hier vorbeikommen. Er wollte wissen, ob einer von uns mitfahren will."

„Natürlich", sagte Henry. „Wir treffen uns im Büro."

Seine Gedanken überschlugen sich, während er zur Polizeistation eilte. Was musste getan werden? Was konnte getan werden?

Er nahm den Hörer ab und wählte die Vermittlung. „Geben Sie mir das Krankenhaus", sagte er bestimmt. „Die Unfallstelle."

Es war nur wenig, was er dem medizinischen Personal mitteilen konnte. Nur so viel, dass sie einen Patienten zu ihnen bringen würden, der von einem Bären verletzt worden war. Er hatte keine Ahnung, welche Verletzungen er hatte, man hatte ihm nur gesagt, sie wären ernsthafter Natur.

Als er den Hörer aufhängte, war Roger eingetroffen. Er hatte Henrys Hut mitgebracht.

„Ich warte draußen auf der Hauptstraße", sagte Henry. „Du kümmerst dich um das, was hier drinnen passiert."

Er brauchte nicht lange zu warten, bis eine Staubwolke die Ankunft des Lastwagens ankündigte. Das Fahrzeug fuhr viel zu schnell, doch Henry hatte nicht vor, dagegen einzuschreiten.

„Er ist hinten auf dem Wagen", rief der Rancher, sobald er die Fahrt genügend verlangsamt hatte, dass Henry auf das Trittbrett springen konnte. Henry schwang sich hoch und kletterte über die Seite. Was er dann sah, verursachte ihm Übelkeit.

Larry lag auf einer Decke, die man über einen Haufen Stroh geworfen hatte. Sein Gesicht war derartig mit Blut verschmiert, dass man ihn kaum erkennen konnte. Der eine Arm hing in einem merkwürdigen Winkel von der Schulter, und eine blutige Masse quoll aus Jackett und Oberhemd, die beide zerfetzt waren. Henry riss sich zusammen und unterdrückte seinen Brechreiz.

Er kniete sich in das Stroh und griff nach der gesunden Schulter des jungen Mannes. „Larry, ich bin's, Henry. Dir wird gleich geholfen werden."

Der Lastwagen fuhr durch ein Schlagloch in der Straße, und Henry wäre beinahe umgefallen. Er kämpfte um sein Gleichgewicht und sagte wieder: „Halt noch ein bisschen durch. Wir bringen dich so schnell es geht ins Krankenhaus. Halt durch."

Die Augenlider des jungen Mannes zuckten kaum merklich. Das war die einzige Erwiderung.

Henry fühlte, wie Panik in ihm aufstieg. „Halt durch, Mann", sagte er wieder. „Kämpfe, Larry. Kämpfe."

„Ich … ich kann nicht", kam die gestammelte Erwiderung. Henry war gleichzeitig erleichtert und schockiert. Erleichtert, dass Larry noch bei Bewusstsein war, und schockiert, weil er offensichtlich aufgegeben hatte.

„Doch. Ja, du kannst es. Du schaffst es. Halte durch."

Eine winzige Kopfbewegung schien ein Verneinen anzudeuten.

„Hör mal", sagte Henry, während er die unverletzte Hand ergriff. „Mein Vater … mein Vater war mal auf einer Streifenfahrt, als ihn ein Verrückter mit einem Messer ansprang. Der Kerl stieß nach ihm und erwischte sein Bein. Er verpasste ihm drei üble Schnitte, ehe Vater ihn überwältigen konnte. Es gelang meinem Vater, ihn auf dem Schlitten festzubinden und sein Hundegespann nach Hause zu lenken. Als er ankam, hatte er schon zu viel Blut verloren. Eigentlich hätte er sterben sollen, es nicht schaffen können. Aber er dachte an uns, seine Familie, und hat nicht aufgegeben. Als er endlich in die Polizeistation taumelte, war er fast bewusstlos. Sogar da dachten wir noch, wir würden ihn verlieren. Aber er hat weitergekämpft, hat gebetet …"

„Ich kann nicht beten." Die Stimme des Mannes war so leise, dass Henry die Worte kaum verstehen konnte. Ihre Fahrt durch den Schneesturm kam ihm in den Sinn, als der junge Mann ihm erzählt hatte, er überließe es seiner Mutter, für ihn zu beten.

„Doch kannst du das. Wir können alle beten."

„Ich … ich habe mich … von Gott abgewandt."

Henry beugte sich näher zu ihm, um das Flüstern zu verstehen. „Dann wende dich ihm wieder zu! Erinnerst du dich an die Geschichte vom verlorenen Sohn?"

Der Kopf nickte ein ganz klein wenig.

„Der Vater wartete und wartete, dass der Sohn zurückkommen würde. Das ist nicht nur eine nette kleine Geschichte. Es ist die Wahrheit. Jesus erzählte diese Geschichte, damit die, die zuhörten, wussten, dass sie immer zurückkommen können. Man muss nur bereit sein, einzugestehen, dass man Unrecht hatte, und um Vergebung bitten." Henry fürchtete, dass Larry das Bewusstsein verlieren würde. Er wagte nur, dem jungen Mann die Hand zu drücken. Bei dem vielen Blut wusste er nicht, wo sich die Verletzungen befanden. Henry beugte sich dicht über ihn und sprach laut, um den Lärm des Lastwagens zu übertönen. „Hör mir zu, Larry. Wenn du nicht kämpfen kannst, dann bete. Bete, damit du im nächsten Leben sicher bist, falls du das hier verlässt. Bitte, Larry, bete."

Der Mann auf der blutdurchtränkten Decke antwortete nicht. Er hatte das Bewusstsein verloren. Henry überquerte die glitschige Ladefläche und beugte sich über die Seite, um dem Fahrer zuzurufen: „Gib Gas. Wir haben keine Zeit zu verlieren!"

Der Lastwagen machte einen Satz, holperte und schlingerte. Der Staub war so dicht, dass Henry nur mit Mühe atmen konnte. *Wir haben Glück, wenn wir nicht alle bei dieser Fahrt draufgehen,* dachte er, als er sich festhielt und gleichzeitig versuchte, Larry vor dem Hin- und Herrutschen zu bewahren.

Er hauchte ein Dankgebet, als sie mit quietschenden Bremsen vor dem Eingang zur Unfallstelle hielten. Zwei Krankenträger in weißen Kitteln standen mit einer Bahre bereit. Der erste tat nur einen Blick und wurde so weiß wie sein Kittel.

„Was ist denn mit dem passiert?"

„Ein Bär", sagte Henry in bestimmtem Ton. „Schnell, sein Puls ist kaum noch zu fühlen."

Henry hoffte und betete, dass sie noch rechtzeitig gekommen waren, fürchtete aber, dass es bereits zu spät war. Mit der Bahre zwischen sich rannten die Träger los und verschwanden durch die Tür. Der Rancher weigerte sich, nach Haus zu fahren, bevor er erfahren hatte, wie es um Larry stand. Sie warteten zusammen.

Schließlich musste der Rancher sein Herz erleichtern. „Wir hatten Pferde genommen und sind zu meinem Vieh hinausgeritten. Wir überlegten, ob wir zusammenbleiben, falls es Ärger gibt, oder uns trennen sollen, um ein größeres Gebiet zu schaffen. Wir beschlossen, zusammenzubleiben." Der Rancher starrte mit abwesendem Blick auf die gegenüberliegende Wand.

„Wir waren noch gar nicht weit geritten, als ich eine Kuh muhen hörte. Das war für mich schon einmal das Zeichen. Kühe muhen, wenn sie säugen und ihr Kalb suchen. Wir ritten auf das Geräusch zu und waren noch nicht weit geritten, als wir – wie ich es vermutet hatte – das tote Kalb in einem Graben fanden. Ihr Kollege gab mir die Zügel seines Pferdes. Er hatte vor, sich die Sache näher anzusehen. Der Graben war gut zwei Meter tief, und wir wollten die Pferde da nicht runtertreiben. Er kletterte den Abhang hinunter und ging zu dem Kalb. Er rief mir zu, dass es noch warm sei. Dann sah er sich nach Spuren um. Es hätten ja auch Wölfe gewesen sein können. Aber es war der Bär. Im Schlamm fand er einen deutlichen Tatzenabdruck. Ich sah ihm von oben zu. Er war gerade im Begriff, wieder heraufzukommen, als der Bär aus dem Gebüsch geschossen kam und auf ihn zuraste. Die Pferde scheuten. Bis ich sie wieder in die Gewalt bekam und mein Gewehr aufheben konnte ... es war mir runtergefallen ... hatte sich der Bär schon über ihn hergemacht." Der Rancher verstummte und holte tief Luft. „Es gelang mir, das Tier mit einem Schuss zu erledigen. Ich hatte eine Todesangst dabei, denn ich wusste, wenn ich den Bär nur verwundete, wäre es mit dem Mann vorbei."

Er zitterte jetzt so sehr, dass er kaum noch sprechen konnte. „Der fiel direkt auf ihn. Ich konnte den toten Bären gerade weit genug zur Seite ziehen, um den Polizisten freizulegen. Er war in einem fürchterlichen Zustand. Das Schlimmste, was ich je im Leben gesehen habe."

„Sie haben Ihre Sache sehr gut gemacht", versuchte Henry, ihn zu beruhigen.

„Wir hätten darauf vorbereitet sein müssen. Bären beschützen ihre Beute. Ich hätte es besser wissen müssen, als ihn da runtergehen zu lassen."

Dagegen konnte Henry nichts einwenden. Er hatte Recht. Bei einem frisch geschlagenen Tier hätten sie sich denken können, dass der Bär nicht weit entfernt sein würde. Wahrscheinlich hatte er sich nach dem ersten Sattfressen im Schatten ausgeruht, aber das tote Kalb hatte er trotzdem noch als sein Eigentum betrachtet.

„Was halten Sie davon, wenn wir versuchen, eine Tasse Kaffee und vielleicht etwas zu essen zu bekommen?", fragte Henry. Langsam stand der Rancher auf.

Endlich kam ein Arzt, um sie über Larrys Zustand zu informieren. Henry war unendlich erleichtert zu erfahren, dass Larry noch am Leben war. „Wir machen uns große Sorge um seinen Arm", sagte der Arzt. „Die Gesichtsverletzungen sind nicht tief. Die werden heilen. Natürlich hat er eine Menge Blut verloren, aber wir haben ihn erst einmal stabilisiert. Der Arm hingegen … ein übler Trümmerbruch mit Schäden an den Sehnen und Nerven. Es wird eine Weile dauern, bevor wir wissen, wie weit er seinen Arm wieder gebrauchen kann. Wir müssen abwarten und für das Beste beten."

Henry überlegte, ob der Arzt nur eine Redewendung gebrauchte oder tatsächlich beten würde.

„Wenn Sie wollen, können Sie ihn jetzt sehen. Wir haben ihn allerdings schwer sedieren müssen."

Sie beschlossen, zu ihm hineinzugehen.

Obwohl er blasser als sein Krankenhauskopfkissen und an ein Wirrwar von Schläuchen angeschlossen war, sah Larry viel besser aus als vorhin. Das Blut war abgewaschen und die Wunden im Gesicht waren mit weißer Gaze bandagiert.

„Insgesamt brauchten wir 62 Stiche", bemerkte der Arzt, der irgendwo hinter Henry stand. „Und das nur am Kopf."

Henry stöhnte.

„Bei seinem Arm haben wir gar nicht erst gezählt."

Der Arm war völlig mit Binden zugewickelt worden. Man hatte den Knochen vorsichtig gerichtet, den Arm aber nicht mit einem Gipsverband versehen, sondern ihn auf einem Brett befestigt, um Bewegungen zu verhindern. Die Wunden brauchten Luft zum Heilen.

„Wann wird er aufwachen?“, fragte Henry.

„Wir werden ihn eine Weile unter Betäubung halten. Im Laufe der Nacht wird er einige Transfusionen bekommen, und am Morgen sehen wir dann, in welcher Verfassung er ist. Er wird eine Weile brauchen, denn er hat sehr viel Blut verloren.“

Das hatte Henry nur zu gut gesehen. „Ich möchte, dass man mich auf dem Laufenden hält. Benachrichtigen Sie mich bitte, wenn er aufwacht“, sagte Henry.

Der Arzt nickte. „Lassen Sie Ihre Telefonnummer da. Ich sorge dafür, dass man Sie anruft.“

Die Heimfahrt im Dunkeln war anstrengend. Henry war erschöpft und er wusste, dass es dem Rancher nicht viel besser ging. „Vielen Dank fürs Nachhausebringen“, sagte Henry, als er aus dem Lastwagen stieg. „Ich lasse Sie wissen, wie es weitergeht.“

Obwohl er sehr müde war, hielt Henry inne und betete noch einmal für Larry, ehe er zu Bett ging.

*

„Hallo“, sagte Henry nach einigen Tagen an Larrys Krankenbett, bemüht, seine Stimme gleichmäßig und beherrscht klingen zu lassen.

„Hallo“, flüsterte Larry unter seinen Bandagen hervor.

„Wie geht es dir?“

Larry versuchte ein Lächeln, doch auf Grund der Schnitte an seinem Kinn fiel es schief aus. „Sag du mir das lieber“, antwortete er. „Ich weiß nicht, was Wirklichkeit und was Albtraum ist.“

Henry nickte verständnisvoll. „Also … du bist noch hier, und das ist wohl erst mal genug.“

„Ja … ich denke, dass ich noch einmal Glück gehabt habe.“

„Das könnte man sagen, doch ich glaube, es ist mehr als das.“

Larry schloss seine Augen. Als er Henry wieder ansah, schienen Tränen darin zu schimmern. „Das Beten, nicht wahr?“

Henry nickte.

„Als ich hier lag, habe ich viel über das Beten nachgedacht." Henry wartete. „Nicht wahr, du hast doch auf der Fahrt vom Beten gesprochen?"

„Das habe ich."

„Du hast etwas vom verlorenen Sohn gesagt … wie er nach Hause kommt."

Henry war erstaunt, dass er sich daran erinnerte. Dass er ihn überhaupt gehört hatte. Er nickte.

„Es hörte sich vernünftig an. Ich habe darüber nachgedacht, seit ich … wieder denken kann. Ich habe eingesehen, dass du Recht hattest, dass ich zurückkommen sollte. Da habe ich um die Vergebung gebeten … von der du gesprochen hast."

Es war Henry unmöglich zu sprechen, deshalb drückte er nur die Schulter des jungen Mannes.

„Ich habe überlegt", fuhr Larry fort, „ich meine … ich glaube, meine Mutter würde das gerne hören. Könntest du ihr vielleicht ein paar Zeilen schreiben und sie das wissen lassen?"

„Ich weiß noch etwas Besseres. Ich rufe sie an. Sie wartet sowieso darauf zu hören, wie es dir geht."

Larry gelang ein weiteres schiefes Lächeln. „Sag ihr, dass es mir gut geht. Sobald ich wieder auf den Beinen bin, werde ich sie selbst anrufen. Ich kann mich nur nicht sehr weit bewegen mit all diesen Schläuchen und dem verpackten Arm."

„Ich werde es ihr sagen."

„Sag ihr nur, dass ich … dass ich nach Hause gekommen bin. Da wird sie sich freuen."

„Und ich freue mich auch!"

Henry entschied, dass es besser war, sich davonzumachen, so lange er seine Gefühle noch unter Kontrolle hatte. Es reichte ihm zu wissen, dass die Verletzungen des jungen Mannes heilen würden. Sogar noch besser war das Wissen, dass auch der innere Mensch heilte.

„Morgen schaue ich wieder herein", versprach er, wobei er Larry behutsam auf die Schulter klopfte.

Henry trat auf die Straße hinaus und blieb stehen, um sich zu orientieren. Er musste ein Geschäft finden, das Bibeln verkaufte. Larry würde eine brauchen.

*

Larrys Heilung gedieh viel schneller, als sie zu hoffen gewagt hatten. Nach zwei Wochen wurde er aus dem Krankenhaus entlassen, und nachdem er sich eine weitere Woche in seiner Wohnung erholt hatte, bestand er darauf, wieder arbeiten zu wollen, da er sich zu Tode langweilte. Zögernd erlaubte Henry ihm, ins Büro zu kommen, obwohl noch weitere Operationen an seinem zermalmten Arm notwendig sein würden.

Es war nahezu ein Wunder, dass der junge Mountie nur wenige Narben im Gesicht hatte. Zwei Verletzungen auf seiner Kopfhaut waren etwas tiefer, doch die würden später vom Haar verdeckt werden.

„Hör mal, Kumpel", scherzte Roger. „Du darfst nie eine Glatze bekommen, denn dann siehst du aus wie ein Baseball mit all den Kreuzstichen auf dem Kopf."

Larry lachte so herzlich wie die anderen. Er bestand darauf, Schreibtischarbeiten verrichten zu können, und sie ließen ihn gewähren, mehr, um ihn zu beschäftigen. Schon bald merkte Henry, wie wertvoll es war, ständig einen Mann in der Polizeistation zu haben. Larry nahm die Anrufe entgegen, gab Botschaften weiter und erledigte viel von dem Papierkram. Für die meisten Verrichtungen benötigte er nur einen Arm. Dadurch waren die anderen beiden Polizisten in der Lage, Streifengänge zu machen und den eingehenden Beschwerden nachzugehen. Henry achtete darauf, dass Larry genügend Zeit blieb, die notwendigen Übungen für seinen Arm zu machen. Und jeden Tag sprach er ein kleines Dankgebet dafür, dass der junge Mann sich wieder erholt hatte. Wieder wurde Henry daran erinnert, welche Macht die Gebete einer Mutter hatten.

# Kapitel 20

Christine strich sich das Haar zurück und sah noch einmal in den Spiegel. Es war kein lächelndes Gesicht, das ihr daraus entgegenblickte. Sie sah erschöpft und angespannt aus.

*Es hat einfach zu viele Dinge gegeben, an die gedacht werden musste*, entschuldigte sie sich selbst. *Das Planen für die Hochzeit macht mich nervös und ist anstrengend.*

Ben musste es auch aufgefallen sein. Als er sie am Abend zuvor bei ihrer Pension abgesetzt hatte, beschuldigte er sie, steif und altmodisch zu sein. *Zu steif, um deinen eigenen Schuh zuzumachen.* So hatte er sich ausgedrückt. Obwohl die Bemerkung Christine gekränkt hatte, war sie bemüht gewesen, es sich nicht anmerken zu lassen.

Er bedrängte sie noch immer, in das Randolph-Haus zu ziehen, doch Christine hielt starrköpfig daran fest, ein Recht zu haben, ihrem Gewissen zu folgen. Ihre Beziehung stand dadurch ständig unter Spannung, und Christine machte sich Sorgen. Im Unterbewusstsein empfand sie eine peinigende Angst, die ihr riet, vorsichtig aufzutreten. Doch immer wieder verdrängte sie dieses Gefühl. Die Dinge würden so viel besser sein, wenn sie erst einmal verheiratet waren.

Ben hatte entschieden, dass sie auch weiterhin bei seinem Vater wohnen würden. Zeitweise empfand Christine Enttäuschung darüber, doch sie wusste, dass es vernünftig war.

„Es hat doch keinen Zweck, das große Haus leer stehen zu lassen, während wir für irgendeine lausige Wohnung Miete zahlen. Außerdem lässt es sich mit meinem Vater gut auskommen."

Es stimmte schon. Mr. Randolph machte es Ben leicht, bei ihm zu leben. Er verlangte nichts von ihm und machte ihm keinerlei Vorschriften. Christine sah keine Anzeichen dafür, dass es für sie beide anders sein würde. Trotzdem hätte sie sich für den Beginn ihres Ehelebens ein eigenes Heim gewünscht.

Am Abend zuvor hatte sie mit ihrer Mutter telefoniert. Das Hochzeitskleid war fertig. Es ging jetzt nur noch darum, es in die Stadt zu bringen. Sie puderte sich kurz die Nase und strich noch einmal über ihr Haar. Irgendwie war sie nervös und wusste nicht, warum. Heute würden sie nur zu Ben nach Hause fahren, um an den Einladungen zu arbeiten.

Sie sah auf die Uhr. Er musste gleich da sein und mochte es nicht, wenn man ihn warten ließ. Sie griff nach einer Strickjacke, die auf dem Stuhl neben der Tür lag, und verließ eilig das Zimmer.

So stand sie schon auf dem Bürgersteig, als er vorfuhr. Er winkte ihr zu und lehnte sich hinüber, um die Tür auf der Fahrgastseite aufzustoßen. „Na, hast du deine Schreibhand gut geölt?“, fragte er sie lachend.

Christine lächelte zurück und schlüpfte auf den Sitz neben ihn.

„Vater hat eine Gästeliste, die so lang ist wie ein Besenstiel“, fuhr er fort. „Ich glaube, er kennt jeden in dieser Stadt.“

„Dann“, sagte Christine, „werde ich wohl mehr Tinte brauchen.“

„Ich habe selbst eine ziemlich lange Liste“, fuhr er fort. „Wie weit bist du mit deiner?“

„Meine ist kurz. Die meisten meiner Freunde sind oben im Norden, in den Indianerdörfern.“

„Na, die können wir ja wohl nicht einladen.“

Es waren nicht so sehr seine Worte, die Christines Missfallen erregten, als vielmehr der Ton, in dem er sie sagte. Warum konnte sie diese Freunde nicht einladen? Was meinte er damit?

„Tja“, erwiderte sie, während sie leicht ihr Kinn reckte. „Das könnten wir durchaus. Ich würde sie aber ungern bitten, die lange beschwerliche Reise zu machen.“

Sie sah, wie sich seine Züge verfinsterten, doch dann schien er seinen Unmut abzuschütteln. „Ich komme gerade vom Blumenhändler“, sagte er. „Ich wollte sichergehen, dass er genügend rote Rosen hat. Blutrot, habe ich ihm gesagt. Große Sträuße in weißen Körben die ganze Front entlang, dazu passende Sträuße für die Brautjungfern und kleine Sträußchen für die Knopflöcher der Herren."

Ein Anflug von Traurigkeit bemächtigte sich Christines. Sie hatte sich einen Arm voll weißer Margeriten und hellblauer Vergissmeinnicht vorgestellt.

„Wir haben noch nicht einmal die Einladungen verschickt", erinnerte sie ihn.

„Das soll heißen ... ?" Er hörte sich verärgert an.

Christine zuckte die Achseln. „Ach, nichts. Ich dachte nur ... wir hatten noch gar nicht über die Blumen gesprochen ... oder über die anderen Sachen. Es scheint mir ein bisschen früh ..."

„Wenn du genau das bekommen willst, was dir vorschwebt, musst du zeitig bestellen."

„Blutrote Rosen sind eigentlich nicht das, was ich möchte", wagte sie zu sagen.

„Und was *möchtest* du?" Sein Ton war nicht freundlich.

„Margeriten."

„Margeriten? Die sind doch gewöhnlich."

„Ich finde sie hübsch", antwortete sie.

„Dann sieht die ganze Hochzeit billig aus. Ich stelle mich nicht mit einem Bündel Margeriten da vorn hin. Dann könnten wir ja gleich Löwenzahn nehmen."

Sie sagte nichts mehr. Es würde rote Rosen geben, und bestimmt würden sie wunderschön aussehen. Doch sie würden sie nicht an weite Wiesen, singende Vögel und glückliche Tage erinnern. Sie würde an den Norden denken, ihr bisschen Geschichte, das sie mit in ihr neues Leben brachte.

„Papa und ich haben schon das Hotel für den Empfang ausgesucht. Für Samstag haben wir einen Termin ausgemacht, um alles ... Was ist denn los? Warum siehst du mich so an?", wollte er wissen.

„Ich dachte, die Eltern der Braut richten die Feier aus."

„Normalerweise ja. Aber wir wissen, dass dein Vater nur Polizist ist und dass sich deine Eltern eine Feier niemals leisten könnten, wie wir sie haben wollen."

*Vielleicht solltest du dann etwas anderes haben wollen*, hätte Christine gern gesagt, doch sie biss sich auf die Zunge. Sie hatte ihn schon genug gereizt.

„Komm her“, sagte er und klopfte neben sich auf den Sitz. „Warum sitzt du so weit weg von mir?“

Ohne ein Wort zu sagen, rutschte sie zu ihm hinüber.

„Weißt du“, sagte er, während er ihre Hand drückte. „Ich freue mich wirklich darauf. Nicht nur auf die Hochzeit, sondern vor allem darauf, dich als meine Frau zu haben.“

Christine merkte, wie ihre Enttäuschung und ihre Frustration dahinschmolzen. Er war doch wirklich sehr lieb. Sie würde unendlich erleichtert sein, wenn die Anspannung mit all den Vorbereitungen für die Hochzeit vorüber sein würde. Sie holte tief Luft und stählte sich. *Soll er doch die Vorbereitungen treffen, wenn es ihm Spaß macht. Schließlich ist es auch seine Hochzeit.*

Sie fühlte sich leichter, als sie aus dem Auto stieg. Jetzt war sie bereit, mit den Hochzeitseinladungen zu beginnen. Selbst mit der Liste, die „so lang wie ein Besenstiel“ war.

„Du kannst am Küchentisch arbeiten“, sagte Ben, als er sie ins Haus geleitete. „Wenn du Fragen hast, brauchst du nur zu rufen. Papa und ich sind im Billardzimmer.“

So war das also. Na gut. Allein konnte sie ohnehin besser arbeiten.

Hin und wieder kam Ben herein, um sich etwas zu trinken oder zu essen zu holen. Jedes Mal legte er einen Arm um sie oder spielte mit ihrem Haar. Einmal gab er ihr sogar einen Kuss auf die Stirn.

„Wie geht es denn?“

„Für heute muss ich Schluss machen. Ich wollte gerade aufräumen. Es wird Zeit …“

Er sah sie ärgerlich an, sagte aber nichts.

Die Rückfahrt zur Pension verlief schweigend. Als sie angelangt waren, zog er sie an sich, doch seine Umarmung war nicht zärtlich.

„Wenn wir verheiratet sind, erwarte ich, dass du mir den ganzen Abend Gesellschaft leistest“, sagte er.

„Wenn wir verheiratet sind, ist das ja kein Thema mehr“, sagte Christine.

„Ich habe es satt, dich hier abzuliefern und allein wegzufahren. Meine Freunde halten mich schon für einen Langweiler. Ich passe nicht zu den Junggesellen und nicht zu den Ehepaaren. Gestern Abend …“ Er beendete den Satz nicht.

Christine drehte sich um und sah ihm ins Gesicht. „Was war gestern Abend?“

„Nichts.“ Dann schien er seine Meinung zu ändern. „Na ja, vielleicht solltest du es wissen. Meine Freunde sagen alle, dass sie mich für verrückt halten. Verrückt, mich an eine Frau zu binden, die nicht einmal weiß, wie man sich amüsiert. Eine Frau, die denkt, dass der Besuch des Sonntagsgottesdienstes der Höhepunkt der Woche ist. Sie lachen, wenn ich sage, dass sich das ändern wird.“

Christine wich zurück. „Wie bist du denn auf die Idee gekommen, dass sich das ändern wird?“

„Bitte, Christine“, sagte er, während er ihren Kopf gewaltsam an seine Schulter zog. „Reize mich nicht. Reden wir nicht mehr darüber.“

„Nein, wir müssen darüber sprechen. Es ist wichtig.“ Sie brauchte all ihre Kräfte, um sich von ihm loszumachen und einen Abstand zwischen ihnen zu schaffen.

„Was gibt es dazu zu sagen?“ Seine Stimme war kalt.

„Also, zuerst einmal … ich hatte keine Ahnung, dass du noch immer mit deinen Freunden feierst.“

„Was hast du denn gedacht, was ich um neun Uhr abends mache? Nach Hause und ins Bett gehen?“ Der Hohn in seiner Stimme war wie ein Messer in ihrem Herzen.

„Vielleicht nicht ins Bett, aber wenigstens nach Hause“, sagte sie, bemüht, einen sachlichen Ton beizubehalten.

„Um dazusitzen und die Wände anzustarren?“ Er lachte zynisch.

Christine fühlte, wie alles in ihr in sich zusammenfiel. Sie konnte kaum sprechen, zwang sich aber, weiterzureden. „Und meine Kirche …“ Sie schluckte ihre Tränen hinunter. „Der Glaube an Gott und die Gemeinschaft mit anderen Christen wird mir immer wichtig sein. Ich habe nicht die geringste Absicht, sie aufzugeben, wenn wir verheiratet sind. Ich hatte gehofft … gebetet … dass du meinen Glauben teilen wirst. Nein … nicht meinen teilen … dass du selbst zu Gott findest. Dass du fühlst …verstehst, wie …“

„Du wirst mir diesen religiösen Quatsch nicht aufzwingen. Ich dachte, ich hätte das klargestellt.“

Jetzt flossen ihre Tränen ungehindert. „Ich muss jetzt gehen“, flüsterte sie und griff nach der Tür.

„Ich sehe dich morgen“, rief er ihr nach. „Wir müssen diese Einladungen fertig machen.“

Sie antwortete nicht und drehte sich auch nicht mehr um.

Den größten Teil der Nacht weinte sie. Erst in den frühen Morgenstunden schlüpfte sie aus dem Bett und verwandelte ihren Kummer in Gebete.

Sie wusste, was sie zu tun hatte, doch das machte es nicht leichter. Wenn sie ehrlich war, musste sie zugeben, dass es ihr von Anfang an klar gewesen war. In der Bibel wurde den Christen nicht umsonst geraten, keinen Menschen zu heiraten, der ihren Glauben nicht teilte. Warum hatte sie gedacht, sie könne das direkt Entgegengesetzte von dem tun, was so klar war und was sie schon immer gewusst hatte, ohne die Konsequenzen zu erleiden? Warum hatte sie so getan, als suche sie nach Gottes Meinung, wo sie doch längst wusste, was er über ihre Beziehung zu Ben dachte? Warum hatte sie gebetet, er solle sie leiten, und dann die Stimme überhört, die ihr den Weg zeigen wollte?

Sie war so dumm gewesen. So dumm und blind. Und jetzt litt sie unter der Last der Schmerzen, der Sorge, der Reue. Was sie getan hatte, konnte sie nicht ungeschehen machen, doch sie konnte weitere – schlimmere – Fehler vermeiden. „Herr, bitte vergib mir“, weinte sie. „Hilf mir zu tun, was ich tun muss.“

Am Morgen waren ihre Augen rot und verquollen. Es würde schwer sein, die tränenreiche Nacht vor der Welt zu verbergen. Sie spülte sich das Gesicht mit kaltem Wasser und legte ein wenig Make-up auf. Es half nicht viel, doch mehr konnte sie nicht tun. Vielleicht würden die Leute annehmen, dass sie eine Erkältung hatte. Das hoffte sie zumindest.

Sie überstand den Tag irgendwie und schleppte sich dann in ihr Zimmer, wo sie sich umzog. Ben würde kommen und sie abholen. Doch heute würden sie nirgendwo hingehen. Sie traute sich nicht zu, ihren Beschluss durchzuführen, wenn Ben ihr in der schönen Atmosphäre eines edlen Restaurants süße Versprechen ins Ohr flüsterte.

Wieder flossen ihre Tränen. Sie betrachtete den herrlichen Diamantring, ehe sie ihn vom Finger zog und zurück in das Samtkästchen legte. Dann holte sie das schöne Armband aus ihrer Kommodenschublade und legte es neben den Ring. Sie war froh, dass er ihr meistens Blumen geschenkt hatte. So brauchte sie wenigstens nicht allzu viele Dinge zusammenzupacken.

Als Ben eintraf, wartete sie bereits auf ihn. Er stieß die Wagentür auf der Fahrgastseite auf, doch sie stieg nicht ein.

„Ich muss mit dir reden“, sagte sie vom Gehweg aus. Ihre Stimme zitterte, doch sie war ernst.

„Steig ein, dann reden wir.“

„Nein. Nein, ich möchte nicht … Würdest du bitte aussteigen? Bitte. Wir können ja dort drüben in den Park gehen.“

„Was soll das nun wieder?“ Er blieb, wo er war.

„Bitte“, sagte sie wieder. „Ich habe letzte Nacht viel nachgedacht und gebetet.“

„Oh, ach so. Hör mal, ich bin bereit, den Vorfall gestern zu vergessen.“

„Ich nicht.“

Er fluchte ungehalten. „Ich hatte keine Ahnung, dass du so aus den Fugen gerätst, weil ich immer noch mit meiner alten Clique ausgehe. Erwartest du, dass ich ein Mönch werde, nur weil …“

„Darum geht es nicht.“

„Worum sonst? Ach, ich weiß schon. Es geht wieder einmal um deine blöde Religion. Na, du wirst schon irgendwann darüber hinwegkommen. Mir ist es egal.“

„Ich werde nicht darüber hinwegkommen. Niemals. Das musst du wissen.“ Tränen strömten über ihr Gesicht. „So wollte ich es nicht … ich wollte es dir nicht hier sagen …“

„Dann steig ein." Er fluchte wieder. „Du machst uns beide zum Gespött der Leute!"

„Es tut mir Leid."

„Du musst die Einladungen fertig machen, statt hier auf dem Bürgersteig rumzustehen."

„Ich werde die Einladungen nicht fertig machen. Das ist es, was ich dir zu sagen versuche."

„Ach, und was denkst du, wer …?"

„Ich kann dich nicht heiraten, Ben." Sobald die Worte ausgesprochen waren, fühlte sie, wie eine tiefe Ruhe sie überkam. Sogar die Tränen hörten auf zu fließen. Nur ihre Wangen waren noch feucht.

„Wovon redest du überhaupt?" Er schien die Worte tatsächlich nicht zu verstehen.

„Ich kann dich nicht heiraten. Es tut mir Leid."

„Du hast meinen Ring …"

Sie hielt ihm die Hand mit dem schwarzen Samtkästchen hin. „Hier ist dein Ring. Es tut mir von Herzen Leid."

Sie war völlig unvorbereitet auf die Hand, die vorschnellte, ein Büschel ihres Haares ergriff und ihren Kopf hochriss, so dass er ihr ins Gesicht sehen konnte. „Sofort steckst du ihn wieder an den Finger", zischte er. „Denkst du vielleicht, du kannst mich lächerlich machen?"

Christine schrie auf und biss sich auf die Lippe. Mit einer schnellen Drehung befreite sie sich von ihm und wich zurück, so dass sie aus seiner Reichweite war. Sie sah auf das Armband in ihrer Hand, warf es durch die offene Tür ins Auto und wandte sich ab, um in die Pension zu rennen. Voller Panik fürchtete sie, dass er ihr folgen würde. Sie hörte jedoch nur die Reifen quietschen, als Ben davonraste.

Sie weinte eine weitere Nacht lang. Es war wesentlich schlimmer, als sie befürchtet hatte. Sie liebte ihn. Trotz allem war er – wenn er wollte – so aufmerksam, so liebenswert, so großzügig mit seinen Komplimenten und mit seinen Geschenken. Er hatte ihr das Gefühl gegeben, etwas Besonderes zu sein. Geliebt und begehrt zu sein. Und sie hatte zu glauben gewagt, dass sie gut für ihn war, dass sie schließlich in der Lage sein würde, seine finsteren Stimmungen zu erhellen und ihn für das zu entschädigen, was das Leben ihm vorenthalten hatte. Sie hatte geglaubt, ihm zeigen zu können, wie wichtig und schön es ist, Gott in seinem Leben zu haben und seinem Weg zu folgen.

Wie hatten die Dinge bloß derartig danebengehen können? Da gab es nur eine Antwort: Sie hatte Gott nicht zugehört.

*

Am nächsten Morgen machte sie sich ernüchtert und mit trüben Augen für die Arbeit fertig. Die leere Stelle an ihrem Ringfinger erinnerte sie ständig an die Leere in ihrem Herzen. Als sie das Büro betrat, sah sie auf ihrem Schreibtisch den größten Blumenstrauß, den sie je gesehen hatte. Es waren flammen drote Rosen, Bens Lieblingsblumen. Auf der Karte stand: „*Christine, ich liebe dich, Ben.*“

Einen Augenblick lang empfand sie Reue über das, was sie getan hatte. Er war so süß und erklärte ihr seine Liebe, obwohl sie es gewesen war, die die Verlobung gelöst hatte. Das war wirklich nett von ihm. Wie konnte sie ihm nicht vergeben?

Doch gleich darauf fühlte sie brennenden Ärger in sich aufsteigen. Er kämpfte nicht fair. Voller Arroganz nahm er an, alles, was er im Leben haben wollte, haben zu können … und zwar zu seinen Bedingungen.

Zum Glück war noch niemand weiter eingetroffen. Sie riss die Karte von den Blumen, warf sie in den Papierkorb und trug den Strauß zu dem kleinen Empfangstischchen an der Wand. Sie würde ihn einfach nicht annehmen.

Sie setzte sich an ihre Schreibmaschine und begann, verbissen zu arbeiten. Im Laufe des Tages beruhigten sich ihre Gefühle und am Ende des Tages dachte sie wieder vernünftiger, doch trotzdem blieb sie bei ihrem Beschluss, dass es zu Ende war.

Als die Zeit kam, in der Ben sie gewöhnlich in der Pension abholte, war Christine in ihrem Zimmer. Mrs. Green klopfte an ihre Tür, um ihr zu sagen, dass er draußen wartete. Da Christine eine Szene vermeiden wollte, ging sie hinunter. Sie straffte sich, als sie ihn sah, doch er war so demütig und höflich in seinem Auftreten, so gut aussehend, wie er dort stand, dass sie fühlte, wie ihre Mauern ins Wanken gerieten.

„Ich … ich bin gekommen, um dich abzuholen, Christine. Wir müssen miteinander reden.“ Sein Ton war voller Sorge und Reue.

Sie trat einen Schritt zurück und schüttelte den Kopf.

„Bitte, meine Liebste … wir müssen darüber reden. Egal, welches Problem du hast, wir können uns doch einigen.“

*Sie* hatte ein Problem? Er wollte ihr mit *ihrem* Problem helfen? Tränen brannten in ihren Augen. „Es hat keinen Zweck“, sagte sie so bestimmt, wie es ihr mit dem Kloß im Hals möglich war. „Wir hätten wissen müssen, dass wir nicht zusammenpassen. Wir sind … zu verschieden, haben völlig unterschiedliche Werte, unterschiedliche Träume. Es tut mir Leid, Ben, sehr Leid. Aber es hat keinen Sinn.“

Wieder sah sie die Wut in seinen Augen aufflammen. Sie trat einen Schritt zurück. Die düsteren Stimmungen dieses Mannes machten ihr Angst. Sie hatte versucht, die Augen vor der Wahrheit zu verschließen, hatte sich geweigert, sie zur Kenntnis zu nehmen … doch sie hatte immer gewusst, dass sein tief sitzender Zorn jeden Augenblick explodieren konnte.

„Bitte komm nicht mehr her. Es gibt nichts, was wir uns noch zu sagen hätten“, sagte sie traurig, aber entschlossen. Dann drehte sie sich um und ging zurück zu ihrem Zimmer.

Sie schloss die Tür, drehte den Schlüssel herum und lehnte ihren Rücken gegen die Tür. Tränen strömten über ihre Wangen. Jetzt würde sie das Hochzeitskleid nicht mehr brauchen. Sie würde ihre Eltern anrufen müssen. Was sie wohl von ihr denken würden? *Egal – ich weiß ja, dass sie mich lieben,* war ihr nächster Gedanke.

*

Sie wurde zu Mr. Randolph ins Büro gerufen. Mit klopfendem Herzen saß sie auf ihrem üblichen Stuhl.

„Das ist eine etwas heikle Angelegenheit für mich“, begann

er, nachdem er sich geräuspert hatte. „Ein Vater mischt sich nicht gern in … derartige Sachen ein. Ben sagte mir, dass ihr eine kleine Meinungsverschiedenheit hattet."

Christine hätte es mit Sicherheit nicht so bezeichnet, ging aber nicht darauf ein.

„Na, egal, was es ist, ich bin sicher … dass es sich wieder einrenken lässt." Er hielt inne, als er sah, dass Christine den Kopf schüttelte.

„Da sind diese Hochzeitseinladungen, die zur Post müssen …"

Er war genau wie sein Sohn – auch er hörte nicht zu. „Mr. Randolph, es wird keine Hochzeit geben", sagte sie ruhig, aber bestimmt.

„Also, Christine, alle jungen Bräute werden ein wenig nervös vor der Hochzeit. Das ist nur natürlich. Du wirst dich …"

„Nein", sagte sie und stand auf. „Nein, es handelt sich nicht um die normale Nervosität einer Braut vor der Hochzeit. Ich habe mich geirrt, völlig geirrt. Ich hätte es sehen sollen. Ben und ich, wir … wir passen einfach nicht zusammen. Es würde nicht gutgehen."

Seine Stirn zog sich zusammen, seine Augen verengten sich. Einen Augenblick lang erinnerte er sie an seinen Sohn. „Willst du damit sagen, dass du eine Versöhnung nicht einmal *in Betracht* ziehst? Dass du meinem Sohn nicht einmal die Gelegenheit geben willst, dir seine Seite vorzutragen? Er ist völlig gebrochen, der Junge. Nicht einmal ausgegangen ist er gestern Abend. Völlig am Ende, und du willst die Angelegenheit nicht einmal mit ihm besprechen?"

„Es tut mir Leid, aber ich kann es nicht."

Er stand von seinem Stuhl auf. „Mir tut es auch Leid", sagte er mit bedrohlichem Gesichtsausdruck. „Ich hatte keine Ahnung, dass du so starrköpfig bist! Wie dumm von dir! Ben wäre in der Lage gewesen, dir alles zu bieten. Alles."

„Materielle Dinge sind nicht alles", erwiderte Christine leise. *Er hätte mir nicht alles bieten können – aber er hätte mir alles rauben können, was mir wichtig ist. Er wollte mir mein Selbstwertgefühl nehmen, meinen Frieden, meinen Glauben. Ich hätte in ständiger Angst gelebt.* Doch natürlich sprach sie das nicht aus.

„Lassen Sie sich von Miss Stout Ihren letzten Gehaltsscheck geben“, sagte Mr. Randolph dann.

„Sie meinen …?“

Er sah sie an. Sein Ärger schien verflogen zu sein und einen müden, verbrauchten alten Mann zurückgelassen zu haben. „Es wäre für uns alle doch nur unangenehm, wenn Sie bleiben würden.“

# Kapitel 21

Henry achtete nicht auf das Klingeln des Telefons. Larry, der den linken Arm noch immer in einer Schlinge trug, antwortete.

„Polizei. Kann ich Ihnen helfen?“ Larry war überzeugt, dass es für jemand, der Hilfe brauchte, viel zu viel Zeit in Anspruch nahm, den vollen Namen der Polizeistation zu sagen.

„Ja, ja, Madam. Es ist für dich, Henry“, sagte Larry, während er die Hand über den Hörer hielt.

Henry verließ seinen Schreibtisch und ging zum Wandtelefon. Was gab es denn nun schon wieder? Eine erregte Frauenstimme verlangte seine volle Aufmerksamkeit. Er lauschte einen Augenblick, ohne das Geringste von dem Gesagten zu verstehen.

„Entschuldigen Sie, Madam. Sie müssen mal durchatmen und noch einmal von vorn anfangen. Ich konnte nichts verstehen.“

Er hörte leises Schluchzen und ein tiefes Atemholen. „Es ist Danny. Er ist … verschwunden.“

*Sie ist es*, schoss es ihm durch den Sinn. Jeder Muskel in seinem Körper spannte sich. „Was meinen Sie damit, dass er verschwunden ist?“

„Er ist weg.“

„Ich bin sofort da.“

„Ein Kind ist als vermisst gemeldet worden“, sagte er zu den beiden ihm zugewandten Gesichtern. „Ach, ich bin sicher, er findet sich bei irgendwelchen Nachbarn oder auf irgendeinem Spielplatz. Seine Mutter ist … sehr aufgeregt. Ich hoffe, sie hat nur voreilige Schlüsse gezogen. Ich werde gleich mal nachsehen gehen.“

„Das war Sam, nicht wahr?“, fragte Larry bestürzt.

Henry nickte. Er war bereits auf dem Weg zur Tür.

„Was hat sie gesagt?“

„Viel habe ich nicht aus ihr rausgekriegt. Sie war völlig außer sich“, sagte er mit der Hand auf dem Türknopf.

„Sollen wir ein Suchkommando zusammentrommeln?“

„Noch nicht. Nicht, bevor ich etwas mehr herausgefunden habe. Er kann ja nicht weit sein.“

„Wenn du das Suchkommando brauchst …“, sagte Roger, als Henry schon die Tür zuschlug und zu seinem Streifenwagen rannte.

Henry fand sie auf der Veranda, wo sie unruhig auf und ab ging, die Hände so fest ineinander verschlungen, dass sich die Knöchel weiß abzeichneten. Tränen liefen ihr über das Gesicht, als sie ihm entgegeneilte.

„Wir müssen ihn finden“, schluchzte sie.

Er griff sie bei der Schulter, drehte sie behutsam dem Haus zu. „Wir werden ihn schon finden.“

„Aber …“ Sie wies auf den Streifenwagen und deutete damit an, dass sie erwartete, sie würden sofort einsteigen und zu suchen anfangen.

„Zuerst brauchen wir einige Informationen, damit wir wissen, wo wir überhaupt suchen müssen.“

„Glauben Sie, ich würde hier stehen, wenn ich das wüsste?“, stieß sie hervor.

Er antwortete nicht, sondern drängte sie sanft zur Veranda zurück. Er wies auf den Weidenstuhl. Sie hatte verstanden und setzte sich. Mit der flachen Hand wischte sie sich die Tränen vom Gesicht. Er zog seinen Notizblock und einen Bleistift hervor, nicht, weil es notwendig war, sondern, weil er glaubte, es würde sie beruhigen.

„Wann haben Sie ihn das letzte Mal gesehen?“

„Heute Morgen … als ich ihn zu Mrs. Crane hinüberbrachte.“

„Und er hat nichts gesagt über irgendwelche Pläne oder Ähnliches?“

„Nein.“

„Wann haben Sie gemerkt, dass er nicht mehr bei Mrs. Crane war?“

„Sie hatte einen Termin beim Arzt. Wir hatten besprochen, dass sie Danny zu meinen Eltern bringen würde, wenn sie geht."

„Demnach wurde Danny bei Ihren Eltern abgeliefert?"

„Ja. So gegen elf Uhr."

„Wo war er? Im Haus? Im Garten?"

„Ich weiß es nicht."

„Haben Sie mit Ihren Eltern gesprochen?"

Offensichtlich machten seine Fragen sie ungeduldig. Er wusste, dass sie nicht mehr viel ertragen konnte. „Natürlich habe ich mit ihnen gesprochen. Meine Mutter hat mich sofort angerufen, als sie Danny nicht finden konnte."

„Und wann war das?"

„Als sie hinausging und ihn zum Mittagessen rief. Er war nicht da. Er war nicht im Garten und nicht auf der Straße. Er ist noch nie weggelaufen. Niemals."

„Hat Danny irgendetwas gesagt?"

„Bitte. Wir müssen ihn finden. Vielleicht hat ihn jemand mitgenommen. Vielleicht ist dieser unheimliche Mann gekommen …"

„Der ist wieder im Gefängnis, wo er hingehört." Henry hatte nicht vorgehabt, diese Information bekannt zu geben, doch er wollte ihr einige ihrer Ängste nehmen. Sie sah etwas erleichtert aus.

„Wahrscheinlich ist er zu irgendeinem Nachbarkind gegangen."

„So etwas macht Danny nicht. Er geht nie irgendwohin, ohne zu fragen." Jetzt weinte sie wieder.

„Vielleicht ist er schon wieder bei Ihren Eltern."

„Nein, die Nachbarin ist da. Sie sagte, sie würde sofort anrufen, wenn er zurückkommt."

„Und wo sind Ihre Eltern?"

„Sie suchen nach ihm."

Henry dachte an Mr. Martin mit seiner Arthritis. Wenn es sein musste, würde er wohl von Haus zu Haus kriechen, um seinen Enkel zu finden.

Er stand auf und steckte Notizblock und Bleistift weg. „Kommen Sie, wir sehen uns mal um."

Sie war nur zu froh, zum Auto rennen zu können.

Er fuhr langsam und schlug ihr vor, auf der einen Seite Ausschau zu halten. „Schauen Sie, ob Sie Danny oder andere Kinder sehen. Vielleicht wissen die, wo er ist. Und wenn Sie Ihre Mutter oder Ihren Vater sehen, möchte ich mit ihnen sprechen.“

Sie waren in der dritten Straße, als er auf eine Gruppe Kinder deutete. „Da sind welche. Tony Ambrose ist dabei. Er ist einer von Dannys Spielkameraden.“ Henry hielt an und stieg aus. „Warten Sie hier. Ich bin gleich zurück.“

Als er auf die kleine Gruppe Kinder zuging, setzte er seine freundlichste Miene auf. „Hallo, ihr. Hat einer von euch Danny gesehen?“

Verschiedenen Köpfe wurden verneinend geschüttelt. Der von Tony Ambrose gehörte auch dazu. Henry war enttäuscht. Ein kleines Mädchen, das mit einer Puppe im Arm auf den Verandastufen saß, sagte: „Ich habe ihn gesehen.“

Mit angehaltenem Atem ging Henry zu ihr. Er wollte vermeiden, sie einzuschüchtern. „So, hast du das? War das heute?“

Sie nickte.

„Und wo?“

Schüchtern schlug sie die Augen nieder. Er befürchtete schon, dass sie nicht antworten würde. Schließlich sah sie auf. „Da drüben“, sagte sie, während sie mit dem Kopf in die Richtung wies. „Auf dem Bürgersteig.“

„Was hat er da gemacht?“

Sie zuckte mit ihren schmalen Schultern und sah wieder zu ihm auf. „Nichts. Er ist nur gelaufen.“

„Wohin ist er gelaufen?“

„Da lang.“ Sie zeigte es ihm.

„Hat er dir gesagt, wo er hin will?“

„Nein.“

„Vielen Dank, meine Kleine. Du hast mir sehr geholfen“, sagte Henry entmutigt. Die paar Bemerkungen brachten ihn auch nicht viel weiter.

Sie sah wieder zu ihm auf. „Ich heiße Janey.“

„Danke, Janey." Er wandte sich zum Gehen.

„Ich glaube, ich weiß, wo er hingegangen ist", sagte sie hinter ihm.

Er fuhr herum. Wollte sie nur das Gespräch verlängern oder hatte sie tatsächlich noch mehr Informationen? „Wo ist er denn hingegangen?"

„Angeln."

„Angeln?"

Sie nickte heftig, während sie an den Knöpfen ihrer Puppe spielte.

„Woher weißt du das?"

„Weil er eine Angel dabeihatte."

„Bist du sicher?"

„Mmh. Ich hab sie ja gesehen."

Eine Angel. Henrys Gedanken wirbelten durcheinander. Wenn das stimmte, wenn Danny beschlossen hatte, allein Angeln zu gehen … Der Bach war von der Schneeschmelze in den Bergen stark angeschwollen und kein Ort, an dem sich ein fünfjähriger Junge allein aufhalten sollte.

Ernüchtert ging er zum Auto zurück. Er musste Sam zurück zu ihren Eltern und das Suchkommando zum Bach bringen. Aber wie? Er durfte keinen Augenblick verlieren.

„Ich denke, wir fahren bei Ihren Eltern vorbei und sehen, ob er zurückgekommen ist." Er hoffte, seine Stimme würde nicht verraten, wie besorgt er war.

„Was haben die Kinder gesagt?"

„Keiner von den Jungen hat ihn gesehen."

Schneller, als es erlaubt war, fuhr er zum Haus ihrer Eltern. Dabei betete er, dass sie inzwischen wieder zu Haus sein würden. Er betete auch, dass er keine Zeit verlieren würde. Jede Minute …

Ihr Vater war auf der Veranda. Er rieb sein Knie. Henry drehte sich zu der jungen Frau um. „Könnten Sie mir bitte ein Glas Wasser holen? Ich bin völlig ausgetrocknet", sagte er in der Hoffnung, ein kurzes Gespräch mit dem Mann allein führen zu können.

Sie nickte nur. Sobald sich die Tür hinter ihr geschlossen

hatte, begann Henry schnell zu reden. „Ich habe gerade mit einem kleinen Mädchen gesprochen, das behauptete, gesehen zu haben, wie Danny mit einer Angel in Richtung Fluss ging." Er sah, dass das Gesicht des Mannes blass wurde. An der Geschichte musste etwas dran sein.

Mr. Martin sagte: „So gegen halb zwölf kam er herein und fragte: ‚Großvater, meinst du, ich kann einen Fisch fangen?' Ich achtete nicht weiter darauf, sondern nickte nur und sagte, dass er das bestimmt könnte. Ich hatte keine Ahnung, dass er *jetzt* meinte."

Sam trat wieder aus der Tür, ein Glas in der Hand. Automatisch reichte sie Henry das Wasser. Sie sah von einem zum anderen.

„Was ist?"

Henry hoffte, ihr Vater würde ihr nichts von ihrem Verdacht sagen.

Doch er tat es. „Sieh auf der hinteren Veranda nach", sagte er zu seiner Tochter, „ob meine Angelrute da ist."

Sie sah ihn verwirrt an, ging aber, um nachzusehen. „Nein, sie ist nicht da."

„Er ist Angeln gegangen", stöhnte der ältere Mann.

„Was meinst du damit?" Ihre Augen blickten wild.

„Er hat meine Angelrute genommen und ist Angeln gegangen."

„Doch nicht etwa zum Fluss?"

Er nickte.

Henry trat einen Schritt vor. „Kommen Sie, machen Sie sich …" Er wollte sagen „keine Sorgen", wusste aber, dass es sinnlos war. „Sie bleiben hier bei Ihren Eltern. Ich melde mich, sobald wir ihn gefunden haben."

„Ich komme mit."

„Sie können doch nicht …"

„Ich bin seine Mutter!"

„Bitte, lassen Sie uns das machen."

„Was werden Sie unternehmen?"

„Ich rufe ein Suchkommando zusammen und fahre zum Fluss hinunter."

„Ich komme mit.“

Henry wusste, dass es zwecklos war, mit ihr zu streiten. Er nickte, und sie rannten zum wartenden Auto. Es dauerte nur wenige Minuten, bis er die Informationen an die anderen im Büro weitergegeben hatte und wieder in den Wagen sprang. Er riss ihn herum zur Straßenmitte und raste mit einer Staubwolke hinter sich davon.

Sie sprachen nicht. Es gab nicht viel, was man hätte sagen können.

Er fuhr so weit an den Fluss heran, wie er es wagte. Dann ließen sie den Wagen stehen und eilten zu Fuß weiter. Er hatte erwartet, dass sie zurückbleiben würde, doch er hatte Mühe, mit ihr Schritt zu halten.

Sie hörten den Fluss, ehe sie ihn sehen konnten. Zum größten Teil wurde er noch vom Ufer eingedämmt, doch das Wasser floss ziemlich reißend und bildete Strudel. Abgerissene Äste drehten sich darin und trudelten, bis es einer Biegung oder einem vorragenden Felsen gelang, sie festzuhalten.

Normalerweise hätte er vorgeschlagen, sich zu trennen und jeder in einer Richtung zu gehen. Doch das konnte er nicht. Was wäre, wenn sie den Jungen im Wasser entdeckte und ihn zu retten versuchte?

„Ich denke, wir sollten es weiter oben probieren“, sagte er. Es waren die ersten Worte, seit sie die Stadt verlassen hatten. Sie antwortete nicht, sondern drehte sich nur in die vorgeschlagene Richtung. Ihr Gesicht spiegelte ihre tiefe Sorge wider.

Es lief sich schwer. Viele Male wurden sie von den Büschen am Ufer gezwungen, einen Umweg zu machen. Wäre Henry mit jemand anderem dort gewesen, hätte er ihn angewiesen, im Wasser und am Rand nach allem Ausschau zu halten, was wie ein Kleidungsstück aussah. Doch ihr konnte er das nicht sagen. Sie war bereits einem Zusammenbruch nahe.

Hin und wieder, wenn sie an eine schroffe Stelle kamen, nahm sie seine Hilfe an. Doch sie klagte nie, selbst dann nicht, als ihre Hände von den scharfen Felsen zerschrammt und ihre Kleidung von einem weggeworfenen Stück Stacheldraht zerrissen wurde. Einmal fand er ein zerfetztes Kleidungsstück, das er zögernd in die Höhe hielt. Er war zutiefst erleichtert, als sie den Kopf schüttelte.

Jetzt gesellten sich noch andere zu ihnen. Bald waren die Uferböschungen und die Hügel der Umgebung von Menschen übersät. Handwerker, Farmer, Geschäftsleute, die sich nicht einmal Zeit genommen hatten, ihre Anzüge gegen andere Kleidung zu tauschen, waren gekommen. Frauen, die zum Teil noch ihre Schürzen umhatten oder ihre Babys auf der Hüfte trugen, Junge, Alte, alle, die noch laufen konnten, waren herbeigeeilt, um nach dem kleinen Jungen zu suchen.

Die Sonne verschwand hinter den Bergen, doch sie suchten weiter. Stimmen, die „Danny! Danny!" riefen, hallten von den Hügeln wider. Es war unheimlich. Geflüsterte Bemerkungen waren zu hören. Gesichter füllten sich mit immer mehr Sorge und Angst. Die gleichen Menschen, die gebetet hatten, dass man den kleinen Jungen finden würde, fürchteten sich jetzt davor. Wenn er hier irgendwo herumlief, hätte man ihn längst finden müssen.

Die Dunkelheit senkte sich über sie. Henry merkte, dass sich hier und da kleine Gruppen bildeten. Die Menschen sammelten sich. Bald würde es unmöglich sein, noch etwas zu sehen.

Roger kam zu ihm. Er winkte Henry von Dannys Mutter weg und senkte seine Stimme. „Sie fragen, wie lange wir weitermachen sollen. Heute Abend können wir nichts mehr sehen. Wir müssen morgen früh weitersuchen."

Es widerstrebte Henry, ihm zuzustimmen, doch er musste es. „Lass sie gehen und danke ihnen herzlich! Wir melden uns, falls wir wieder Hilfe brauchen."

Er selbst konnte nicht Schluss machen und war auch nicht bereit aufzugeben, obwohl er wusste, dass sie bereits jeden Zentimeter Ufer abgesucht hatten.

Schweigend trat er neben Sam, die mit einer Nachbarin redete. Er wartete, bis die ältere Frau gegangen war, ehe er sie ansprach. „Es ist zu dunkel, um heute Abend noch etwas zu sehen. Warum fahren Sie nicht mit jemandem nach Hause? Versuchen Sie, etwas zu schlafen. Wir werden …" Ja, was würden sie tun? Er wusste es wirklich nicht. Er konnte keine lächerlichen Versprechungen machen.

„Was haben Sie vor“, fragte sie mit bebenden Lippen.

Er zögerte. Er wollte nicht sagen, dass sie mit einem Schleppnetz den Fluss absuchen würden. Wenn sie doch nur ein oder zwei gute Hunde hätten. Vielleicht konnte er welche aus einer anderen Gegend herbringen lassen. Doch schon als er daran dachte, wusste er, dass die Hunde Schwierigkeiten haben würden, eine Witterung von Danny aufzunehmen. Eine Menge Menschen hatten die ganze Gegend immer wieder durchkreuzt.

„Ich denke, ich sehe mich noch eine Weile hier um und warte, ob sich der Mond zeigt.“

„Ich hatte gehofft, dass Sie das sagen würden.“

Ihm war klar, dass sie nicht die Absicht hatte, nach Hause zu gehen. Sie liefen und riefen und stolperten in der Dunkelheit. Schwere Wolken hinderten den Mond daran, sein Licht über die Welt zu ergießen.

Endlich musste Henry sich eingestehen, dass sie aufhören mussten. Es wurde kalt und keiner von ihnen hatte eine Jacke an.

„Wir gehen jetzt besser“, sagte er schließlich, „und beginnen wieder, wenn die Sonne aufgeht.“

Obwohl er keinen Laut hören konnte, wusste er, dass sie weinte. Trotz der Dunkelheit sah er, wie sie sich mit der Hand über die Wangen wischte. Er wollte sie trösten, wusste aber nicht, wie. Griff nur nach ihrem Arm, um sie zu stützen. „Vorsichtig, es ist sehr uneben hier.“

Ohne Protest ließ sie sich von ihm zum Auto führen.

Es war eine Wohltat, der Kälte entronnen zu sein. Er ließ den Motor an und fuhr in Richtung Stadt. „Möchten Sie, dass ich Sie bei Ihren Eltern absetze?“

„Nein.“ Das war alles. Einfach nein.

„Vielleicht schlafen sie besser, wenn …“

„Ich werde ohnehin nicht schlafen.“

Er vermutete, dass er ebenso wenig schlafen würde.

„Sie denken wahrscheinlich, dass es meine Schuld ist“, sagte sie überraschenderweise zu ihm.

„Ihre Schuld? Wieso?“

„Wenn ich ihm erlaubt hätte, mit auf diesen Ausflug zu gehen … mit Ihnen …“

„Das dürfen Sie nicht einmal denken“, unterbrach er sie. „Das hat damit gar nichts zu tun.“

„Da bin ich mir nicht sicher.“ Sie vergrub das Gesicht in den Händen. Ihr Schluchzen schüttelte ihren ganzen Körper. Er wusste nicht, was er tun sollte, und fuhr einfach weiter.

„Das ist zu viel“, sagte sie unter Tränen. „Ich kann nicht noch einmal …“

Er schwieg.

„Sie hatten Recht“, fuhr sie fort. „Danny muss gewisse Dinge von … von einem Mann lernen. Er braucht ein Vorbild. Das weiß ich. Aber ich … ich habe solche Angst. Als … als sein Vater starb, beschloss ich, nie wieder so einen Schmerz durchzumachen. Nie wieder. Es war zu schlimm. In einer Minute war ich lebendig und glücklich und in der nächsten …“ Sie starrte durch das Fenster in die Dunkelheit hinaus. „Nachts kam ein Polizist zu mir, um es mir zu sagen. Ein großes Stück von mir starb in jener Nacht. Ich wäre ganz gestorben … hätte ich … hätte ich nicht meinen Glauben gehabt. Ich habe mich daran geklammert, dass Gott mich da irgendwie hindurchbringen wird. Und Danny. Danny gab mir einen Grund, weiterzuleben.“

Er wagte nicht, nach ihrer Hand zu greifen. Wagte nicht, ein Wort zu sagen. Er musste ihr die Freiheit geben, ihre Seele zu öffnen, musste ihr nur zuhören. „Ich bin von dort, wo wir lebten, weggegangen und hierher gekommen, zu einem neuen Leben. Meine Eltern waren hierher gezogen, und mein Vater hatte ein gut gehendes Geschäft. Wegen der Arthritis in seinen Händen konnte er nicht mehr arbeiten. Da habe ich es übernommen. Habe sogar meinen Namen geändert. Zuerst war es nur ein Witz, aber bald wurde es von jedem übernommen, einschließlich von mir selbst. Mir war es gleichgültig. Ich war ohnehin nicht mehr die Person, die ich gewesen war. Also wurde ich zu Sam oder Miss Sam. Schon bald nannte man mich nur noch Sam.“ Sie putzte sich die Nase. „Das ist nicht mein richtiger Name.“

*Ich weiß*, wollte er sagen, doch er blieb stumm.

„Entschuldigen Sie“, unterbrach sie sich plötzlich. „Ich hatte nicht die Absicht …“

„Es ist gut, darüber zu sprechen“, ermunterte er sie.

Sie schniefte wieder. „Ja … Sie wissen das wahrscheinlich. Sie sind ein Polizeibeamter."

„Ich hoffe, ich bin mehr als das", sagte er weich. „Ich hoffe, dass ich ein Freund bin."

Einen Augenblick lang schien sie darüber nachzudenken. „Es macht schon einen Unterschied, dass wir beide die gleiche Kirche besuchen, dass wir beide gläubig sind." Diese Erklärung schien ihr etwas Vertrauen zu geben. „Wahrscheinlich habe ich deshalb davon geredet. Nicht, weil Sie ein Polizist sind, sondern weil sie meinen Glauben teilen."

„Ja, das macht einen Unterschied", stimmte er zu.

Sie erreichten die ersten Straßen der Stadt. Noch immer brannten in vielen Häusern die Lichter, bei Familien, die voller Sorge um den kleinen Jungen und seine Mutter waren.

„Sind Sie sicher, dass Sie nicht bei Ihren Eltern bleiben wollen?"

„Ganz sicher. Wenn er nach Hause kommt, kommt er hierher."

Während Henry sie zur Vordertür geleitete, überlegte er, was er sagen und wie er es sagen sollte. Er bemerkte, dass sie sich wieder über die Wangen wischte. *Lieber Gott*, stöhnte er innerlich. *Wenn ihr jemand die Nachricht überbringen muss, dass sie ihren Sohn verloren hat, dann lasse es bitte nicht mich sein*. Doch sofort änderte er sein Gebet. *Wenn es sein muss, hilf mir. Hilf ihr …*

„Sind Sie sicher, dass Sie allein zurechtkommen?"

„So gut es unter den Umständen möglich ist."

Er nickte. Sie ging auf die Tür zu, und er wandte sich zum Gehen, als das Licht der Straßenlaterne auf den Weidenstuhl fiel.

Behutsam ging er zu dem Stuhl und hockte sich davor. Das Licht fiel auf das Gesicht eines sehr kleinen, sehr schmutzigen Jungen, der sich zusammengerollt hatte, eine Angelrute umklammert hielt und tief und fest schlief. Henry richtete sich auf. Sein Herz klopfte wild, durch seinen Kopf wirbelten Dankgebete.

Sie hatte ihm den Rücken zugewandt, während sie sich mit dem Türschloss abmühte. Er machte einen Schritt auf sie zu. „Angela."

Ihr Kopf fuhr herum, als sie ihren Namen hörte.

„Sehen Sie mal.“ Sie blickte in die Richtung. Ihrem Mund entfuhr ein leiser Schrei, bevor sie ihn mit der Hand verschließen konnte.

„Er schläft nur.“

Und dann lag sie in seinen Armen, weinte, klammerte sich an seinem Hemd fest und vergrub ihren Kopf an seiner Schulter. All die aufgestauten Gefühle des langen Tages entluden sich in einer Tränenflut. Und er hielt sie nur fest.

# Kapitel 22

Sie weinte nicht lange. Sie war viel zu begierig, Danny selbst zu untersuchen. Behutsam löste sie sich von Henry und ging zu dem Kind.

„Danny. Danny“, flüsterte sie sanft und nahm ihn in ihre Arme.

Er bewegte sich und sah sie verwirrt an. Sie hielt ihn fest und presste ihn so fest an sich, dass er sich freizumachen versuchte.

„Wo warst du?“, fragte das Kind vorwurfsvoll. „Ich habe mir Sorgen gemacht.“

Sie begann zu lachen. Henry überlegte, ob sie hysterisch wurde, doch sie behielt ihre Stimme unter Kontrolle. „*Du* hast dir Sorgen gemacht? *Ich* habe mich halb zu Tode geängstigt.“

Danny schien das nicht zu verstehen. Sein Blick fiel auf Henry. „Ich bin Angeln gegangen“, sagte er.

„Warum … warum bist du gegangen, ohne zu fragen?“, wandte sie sich an ihren Sohn.

„Ich *habe* gefragt“, sagte er einfach. „Ich habe Papa Sam gefragt. Du hast gesagt, er ist mein Chef, wenn ich in seinem Haus bin.“

„Papa Sam wusste nicht, dass du heute meintest.“

„Das wusste er nicht?“

„Nein … er dachte nur irgendwann einmal.“

Danny überlegte einen Augenblick lang. „Ich konnte sowieso nicht angeln“, sagte er schließlich traurig. „Das Wasser war zu groß.“

„Na, jetzt bist du ja hier, gesund und in Sicherheit. Komm, ich werde dich ins Bett bringen.“

„Kann ich erst etwas zu essen haben?“

„Natürlich. Komm, ich mache dir ein Brot.“

„Soll ich erst noch Papa Sams Angelrute zurückbringen?“

„Nein, Papa Sams Angelrute hat Zeit bis morgen. Aber wir müssen ihn sofort anrufen und ihm sagen, dass dir nichts passiert ist.“

„Hat er sich auch Sorgen gemacht?“

„Ja, das hat er. Die ganze Stadt hat sich Sorgen gemacht. Wir waren alle draußen und haben nach dir gesucht“, sagte sie und drückte ihn noch einmal an sich.

Diese Nachricht schien ihn zu überraschen. Henry wartete, um zu sehen, dass alles in Ordnung war. Er wollte gerade Gute Nacht sagen, als sie sich zu ihm umdrehte.

„Sie müssen auch halb verhungert sein. Warum kommen Sie nicht herein? Ich weiß nicht, was ich schnell zusammenzaubern kann, aber irgendetwas werde ich schon finden.“ Sie drehte sich um und ging vor ihnen hinein. „Erst muss ich diesen Jungen abfüttern, waschen und ins Bett bringen.“

Als sie Danny beim Tisch auf einen Stuhl setzte, war es das erste Mal, dass sie ihn losließ.

„Bleib hier sitzen, ich hole dir etwas zu trinken. Vielleicht kann Sergeant Delaney ein paar Scheiben Brot in den Toaster stecken.“

Im Waschbecken in der Ecke wuschen sie sich nacheinander die Hände, ehe sie mit einem Waschlappen Dannys schmutziges Gesicht und seine Hände säuberte. Henry wurde ein halber Brotlaib übergeben. Dann ging sie zum Telefon, um ihre Eltern anzurufen. Er dachte, sie würde wieder zu weinen beginnen, doch sie war in der Lage, Haltung zu bewahren. Es war kein sehr langes, aber ein sehr aufgeregtes Gespräch.

Der Geruch des Toasts erinnerte Henry daran, wie hungrig er war. Es war viele Stunden her, dass er etwas in den Magen bekommen hatte.

Während Danny aß, setzte sie den Kaffeetopf auf und holte Eier und Speck.

Danny hatte etwa die Hälfte seines Brotes aufgegessen, als ihm die Augen zufielen. „Ich glaube, da muss jemand ins Bett“, bemerkte Henry schmunzelnd. „Er ist im Begriff, über seinem Teller einzuschlafen.“

Sie lachte. Wie anders das klang, dachte er. Wirklich glücklich und völlig entspannt.

„Wie wäre es, wenn ich ihn trage?“, fragte Henry. „Sie brauchen nur voranzugehen.“

Der Kopf des Kindes sank auf Henrys Schulter. Seine kleinen Arme schlangen sich um seinen Hals. Henry kämpfte mit dem Wunsch, das zerzauste Haar zu küssen. Er war ein tapferer kleiner Bursche.

Sie machte sich nicht die Mühe, dem Kind einen Schlafanzug anzuziehen, sondern zog ihm nur seine Schuhe und die Socken aus, bevor sie ihn zudeckte. „Ich werde ihn morgen gründlich waschen.“ Sie stand am Fußende. In ihrem Gesicht spiegelte sich das Glück, ihren Sohn zurückzuhaben. Sie berührte seine Stirn und drückte noch einmal das Oberbett rund um seinen Körper fest.

Als sie in die Küche zurückkamen, war der Kaffee fertig. „Macht es Ihnen etwas aus, wenn ich Ihr Telefon benutze?“, fragte Henry. „Ich habe ein paar Polizisten dasitzen, die sehr froh sein werden, die gute Nachricht zu hören.“

Während er seine Anrufe erledigte, briet sie noch mehr Eier mit Speck. Als er den Hörer auflegte, knurrte sein Magen. Es war seine Aufgabe, mehr Toast zu machen.

Sie setzten sich in ihre pieksaubere kleine blauweiße Küche. Henry hatte das Gefühl, nie in seinem Leben ein solches Festmahl gegessen zu haben.

„Ich frage mich, wie lange er wohl dagesessen hat, während wir im Dunkeln das Flussufer abgesucht haben“, überlegte sie mit der Kaffeetasse in der Hand. „Ganz schön verrückt.“

„Ja“, stimmte er ihr zu. „Das Leben kann mitunter ganz schön verrückt sein.“

Sie schwiegen mehrere Minuten lang. Er fühlte, dass ihre Gedanken weit weg waren und hatte nicht die Absicht, sich da hineinzudrängen.

„Sie haben mich Angela genannt“, sagte sie schließlich.

Er fühlte, wie sein Gesicht heiß wurde.

„Woher wussten Sie meinen Namen?“, fragte sie verwundert.

Wie konnte er ihr das erklären … oder wie konnte er es nicht? Er konnte nicht lügen.

Sie stellte die Tasse hin und sah ihn direkt an. Ihr Gesicht war in eine Hand gestützt. „*Sie* waren es … nicht wahr? Sie waren der Polizist, der damals zu mir kam!“

Er nickte.

„Und Sie haben die ganze Zeit gewusst, wer ich bin?“

Wieder nickte er.

„Sie haben nie etwas gesagt.“

„Ich wusste nicht, was.“

Sie lächelte unsicher. „Was für eine Ironie! Ich hatte mir immer vorgenommen, diesem Polizisten zu danken, sollte ich ihn je wieder sehen.“

„Danken?“, fragte er verblüfft.

„Dafür, dass er so zartfühlend war und versuchte, mir in einer schrecklichen Situation zu helfen. Dass er mich nicht einfach mit der Nachricht allein ließ.“

Er konnte nicht sprechen.

„Und als ich Ihnen schließlich begegnet bin, habe ich Sie immer nur angeschnauzt.“

„Na ja, nicht direkt angeschnauzt. Obwohl … ja …vielleicht ein bisschen. Aber wenigstens haben Sie nicht gebissen.“ Sein Scherz lockerte die Spannung des Augenblicks.

Schnell wurde sie wieder ernst. „Ich war Ihnen sehr dankbar und bin es immer noch.“

„Danke“, sagte er einfach, doch innerlich war er aufgewühlter, als er hätte sagen können.

Wieder nahm sie ihre Tasse und hielt sie mit beiden Händen. „Meinen Sie, dass wir … noch einmal einen neuen Anfang machen können?“

„Das würde ich gern.“ Mit der Handfläche nach oben schob er seine Hand über den Tisch. Ohne zu zögern, legte sie ihre Hand in seine und umschloss sie mit ihren Fingern. Als sie ihre Hand nicht gleich wieder zurückzog, legte er seine andere Hand darüber.

„Sie haben einen großartigen kleinen Jungen“, sagte er von ganzem Herzen.

In ihren Augen schimmerten Tränen, doch er wusste, sie würde nicht wieder weinen. „Ich weiß“, sagte sie, ihre Stimme nur noch ein Flüstern. „Und wissen Sie noch etwas? Ich bin sicher, dass er sehr gern mal zelten gehen würde.“

„Das würde ich auch gern.“ Er schmunzelte und sie lächelte zurück.

Er ließ ihre Hand los und stand auf. „Jetzt schlage ich vor, dass wir etwas Schlaf bekommen. Es sei denn, ich darf Ihnen beim Geschirrabwaschen helfen.“

„Nicht heute Abend. Keiner wäscht ab. Ich bin völlig erschöpft.“

„Dann werde ich lieber schnell nach Haus gehen. Vielen Dank für das Abendbrot. Das war die beste Mahlzeit, die ich je hatte.“

„Sie waren halb verhungert“, lachte sie. „Sie hätten auch rohe Kartoffeln gegessen.“

Beide lachten. Dann sagte er: „Wir hatten wirklich einen Grund zum Feiern, nicht wahr?“

Er nahm seinen Hut und sagte Gute Nacht. Sie folgte ihm bis zur Tür. Als sie von weichem Licht umflutet die Tür offen hielt und noch einmal versuchte, ihm ihren Dank auszudrücken, überlegte er, wie es sein mochte, wenn er sie halten würde, ohne dass sie weinte. In seinem Herzen wagte er zu hoffen, dass es nicht allzu lange dauern würde, bis er die Antwort wusste.

❊

Als er sich ein paar Tage später auf dem Heimweg befand, hielt er an der Barbierstube. Sein Herz hämmerte in seiner Brust. Hatte er die Dinge falsch interpretiert? War sie einfach eine besorgte Mutter gewesen, die aus Erleichterung von einem neuen Anfang gesprochen hatte? Was bedeutete „neu anfangen“ für sie? Hatte sie wirklich die Tür zu einer Freundschaft geöffnet? Wenigstens einen Spalt weit?

Er würde es bald herausfinden. Der Gedanke daran machte ihm Angst. Ihre Erwiderung auf seine Frage würde über ihre künftige Beziehung entscheiden. Er hoffte inständig, dass nicht mehrere Kunden warten würden.

Ein Farmer aus der Nachbarschaft steckte gerade seine Geldbörse in die Gesäßtasche und verließ den Laden. Sie nickten sich zu, ehe Henry durch die Tür trat, die der Mann für ihn aufhielt.

Sie hatte ihm den Rücken zugekehrt und faltete gerade den Frisierumhang zusammen. Er nahm seinen Hut ab, holte tief Luft und sagte: „Guten Morgen."

Sie blickte kurz auf und sah sein Spiegelbild. Mit einem Lächeln, das ihr ganzes Gesicht erhellte, drehte sie sich langsam zu ihm um.

„Guten Morgen. Brauchen Sie schon wieder einen Haarschnitt?"

„Nein … eigentlich … Ich kam gerade vorbei …", begann Henry, doch er verbesserte sich sofort. „Nein, das ist auch nicht richtig. Ich musste einen Umweg hierher machen."

Ihr Lächeln vertiefte sich. Sie wartete, dass er weitersprach.

„Ich habe überlegt … ich … ich habe am Samstag frei. Vielleicht könnte ich Danny mit zum Angeln nehmen. Zum See, nicht zum Bach." Er hielt inne und wartete. Sein Herz klopfte so laut, dass er fürchtete, sie würde es hören können.

„Er wird begeistert sein", sagte sie, ohne im Geringsten zu zögern.

„Und Sie? Ich meine, kommen Sie auch mit?"

„Mir ist es auch recht."

Es hörte sich an, als meinte sie es ernst. Und ihre Augen blitzten sogar.

„Ich mache uns etwas zu essen", fuhr sie fort. „Um welche Zeit sollen wir fertig sein?"

„So gegen zehn."

„Zehn Uhr ist gut. Danny wird vor Freunde ganz außer sich sein." Sie schenkte ihm wieder ein Lächeln, das seinem bereits wild arbeitenden Herzen einen weiteren Adrenalinstoß gab.

„Bis dann also." Er tippte an seinen breitkrempigen Hut und trat aus der Tür. Nur schnell raus, bevor er sich nicht mehr zurückhalten konnte und seine Freude laut hinausschrie. Es würde ihm schwer fallen, bis Samstag zu warten.

*

Sie hatten eine tolle Zeit. Danny war so aufgeregt, dass er die ersten fünf Kilometer der Fahrt ununterbrochen redete. Henry lachte. Er erinnerte sich daran, wie er als Junge das erste Mal mit einer Angelrute unterwegs zum See gewesen war. Zwar war er da wesentlich älter als Danny gewesen, doch die Freude war die gleiche.

Sie verbrachten den Vormittag am Steg. Henry fing einige ganz ansehnliche Fische, während es Danny gelang, einen kleineren an Land zu ziehen. Selbst seine Mutter versuchte zu angeln. Henry musste ihr zeigen, wie man die Angelrute hält und die Wasseroberfläche beobachtet. Sie schrie vor Freude, als ein Fisch anbiss, doch sie verlor ihn, bevor sie ihn herausziehen konnte.

Ihr Picknick nahmen sie im Schatten ein. Es war warm geworden und sie fühlten sich zufrieden und schläfrig. Während Angela die Reste in den Esskorb packte, streckte sich Henry aus, um in die Wolken zu sehen, die ruhig über ihnen dahinzogen. Er schmunzelte, als er sah, dass Danny ihn nachahmte.

„Die Wolken sind weiß“, bemerkte der kleine Junge.

„Ja, sie sind weiß“, stimmte Henry ihm zu.

„Manchmal sind sie schwarz.“

Henry drehte sich zu ihm, um ihm ins Gesicht sehen zu können. „Weißt du, was den Unterschied ausmacht?“

„Nein.“ Er schüttelte den Kopf.

„Die Sonne.“

„Die Sonne?“

„Ja. Wenn die Wolken zu dick sind, um die Sonne hindurchscheinen zu lassen, haben wir dunkle Tage. Manchmal sehen die Wolken sogar bedrohlich und hässlich aus. Wenn die Sonne hindurchscheinen kann, sind sie weiß und hübsch wie Watte. Wenn wir sie von der anderen Seite sehen könnten, von da, wo die Sonne wohnt, sähen sie immer weiß aus.“

„Du meinst von Gottes Seite?“

„Ja, von Gottes Seite“, sagte Henry. „Für ihn sehen die Dinge ganz anders aus.“

Henry bemerkte, dass Angela aufgehört hatte, die Teller einzupacken. Dachte auch sie an Wolken, Sonne und … Gott?

„Mir gefallen die weißen am besten“, bemerkte Danny.

„Ich glaube, uns allen. Aber die dunklen brauchen wir auch. Sie bringen den Regen, sorgen dafür, dass alles grün ist und lebt. Aber wir sind immer froh, wenn sie ihr Werk getan haben und weiterziehen.“

Danny hatte sich aufgesetzt. Er spreizte seine kleinen Hände. „Nämlich, wenn wir keinen Regen hätten, hätten wir keinen See. Und dann könnten wir nicht Angeln gehen.“

Henry streckte die Hand aus und zerzauste das Haar des Jungen. „Das ist richtig, kleiner Mann. Und wenn wir genügend Fische fangen wollen, damit wir deinem Papa Sam und deiner Großmama etwas abgeben können, sollten wir besser weiterangeln.“

Er brauchte die Einladung nicht zweimal auszusprechen.

*

Sie sahen sich oft. Henry brauchte nicht länger zu fürchten, dass Angela seine Einladungen ablehnen würde. Er wurde nicht wie ein Kunde mit einem Lächeln begrüßt, das nur ihre Lippen verzog, sondern mit einem, das ihr ganzes Gesicht erleuchtete. Und Danny kam ihm entgegengerannt, nahm seine Hand mit Beschlag und erzählte ihm aufgeregt von seinen neuen Abenteuern. Oder er zog ihn mit sich, um ihm seine neusten Entdeckungen zu zeigen.

Eines Abends, nachdem Danny ins Bett gebracht worden war, saßen die beiden noch freundschaftlich auf der Veranda. Sie lauschten den abendlichen Geräuschen, während sie dampfenden Kaffee tranken. Die zwei Weidenstühle, die ihr Vater gebaut hatte, bevor er seine Arthritis bekam, waren dichter zusammengerückt worden. Auf Armeslänge, bemerkte Henry. Schweigend griff er nach ihrer Hand, die auf der glatten Armlehne ruhte.

Sie sah ihn an. Ihre Finger hielten seine umfasst. „Es ist so friedlich, nicht wahr?“

Er nickte. Er hatte das Gleiche empfunden. „Wird das Leben … ein bisschen einfacher?“ Seine Stimme war weich.

Sie nickte und verstärkte ihren Griff, mit dem sie seine Hand umschloss.

Schweigend saßen sie beieinander. Er sehnte sich danach, ihre Gedanken zu wissen, wollte aber den Augenblick nicht mit einer Frage zerstören.

Endlich sprach sie wieder. „Eine Zeit lang glaubte ich, die Sonne über den dunklen Wolken würde nie wieder auf mich scheinen. Aber sie war die ganze Zeit da. Auf Gottes Seite. Ich musste sie nur durchkommen lassen.“

Er drückte ihre Hand. „Ich bin froh, dass sie durchgekommen ist.“

Ein Grillenchor zirpte in der Nähe. Irgendwo in der Ferne bellte ein Hund und ein anderer antwortete ihm.

„Ich … ich beabsichtige, eine kleine Reise zu machen“, sagte Henry. „Ich hatte Urlaub eingereicht, um bei der Hochzeit meiner kleinen Schwester dabei zu sein. Tja … jetzt gibt es keine Hochzeit. Es ist nicht dazu gekommen.“ Seine Worte klangen traurig. Christine und ihr Herzeleid gingen ihm immer noch sehr nahe. „Ich fahre trotzdem nach Athabasca zu meiner Familie.“

„Das ist schön … für Sie.“

„Ich habe überlegt …besteht wohl eine Möglichkeit, dass du und Danny mit mir kommt?“ Er drehte sich zu ihr. Das Licht der Straßenlaterne beleuchte ihr Gesicht und ließ ihr Haar goldbraun und ihre Augen noch dunkler erscheinen.

„Ich ... bist du sicher?“

„Ich war mir in meinem Leben noch nie sicherer.“

„Ja … ich würde sehr gern mitkommen.“ Er glaubte, in ihren Augenwinkeln etwas schimmern zu sehen.

„Meine Familie wird sehr froh sein, dich kennen zu lernen. Ich habe von dir erzählt.“

„Hast du das?“

„Ich habe ihnen von Angela, nicht von Sam erzählt. Ist das schlimm?“

Einen Augenblick lang glaubte er, sie würde anfangen zu weinen. Doch sie tat es nicht. Stattdessen hob sie ihr Gesicht und sah ihn fest an. „Das gefällt mir. Ich möchte gern wieder Angela sein."

Er lehnte sich hinüber und küsste sie zart. Es war ein Versprechen, das sie gern annahm.

# Kapitel 23

Es war spät, als sie endlich vor dem vertrauten Haus in Athabasca hielten. Das Verandalicht beleuchtete den Weg und die Bank, die auf dem Vorplatz stand. Aus den Fenstern fiel Licht und malte gelbe Kringel auf den gemähten Rasen. Für Henry war es eine Heimkehr, doch eine Heimkehr der besonderen Art. Er war gekommen, um den Segen seiner Eltern zu erhalten. In seinem Herzen wusste er bereits, dass sie Angela und ihren kleinen Sohn lieb haben würden. Doch er wollte sie teilnehmen lassen an seiner Freude, sie wieder gefunden zu haben, daran, dass er von ihren Augen und ihrem Lächeln und ihrer ausgestreckten Hand eingeladen war, ihr Leben zu teilen. Das war es, was Henrys Herz singen ließ, als er sich vorbeugte, den Motor ausschaltete und ihr lächelnd zunickte.

„Da sind wir."

Ein wenig zögernd erwiderte sie sein Lächeln. Er nahm ihre Hand und drückte sie sanft. „Du wirst sie gern haben, das weiß ich bestimmt."

„Darum sorge ich mich nicht."

Bevor Henry antworten konnte, flog die Tür auf. Eine Frau stand im Türrahmen, von dem Licht hinter ihr umflossen. Sie blickte angestrengt in die Nacht. Ihre Hände waren gefaltet, ihr Gesicht war von ihrem Haar wie von einem weichen Heiligenschein umgeben.

„Sie sieht lieb aus", flüsterte Angela.

„Das ist sie auch", antwortete Henry. „Das ist sie wirklich."

Angela straffte sich. „Sie wartet."

Henry stieg aus dem Auto, öffnete Angelas Tür und geleitete sie vorwärts. Elizabeths Gesicht war voller Erwartung, als sie die beiden auf sich zukommen sah.

„Mama“, sagte Henry, als er sie erreicht hatte. Nur selten nannte er sie Mama. Es war ein besonderer Ausdruck seiner Liebe für sie. Er nahm sie in die Arme und hielt sie lange Zeit fest. Tränen schimmerten auf dem Gesicht der älteren Frau. Er küsste ihre Stirn, und sie küsste seine glatt rasierte Wange, ehe er sie endlich losließ.

„Das ist Angela. Angela, meine Mutter, Elizabeth Delaney.“

Angela wurde zur Begrüßung in die Arme genommen. Henry wusste, dass sie sich viel zu sagen haben würden.

Andere Gestalten drängten sich in den Türrahmen. Henry wurde von seinem Vater kräftig umarmt. Anschließend begrüßte Wynn die junge Frau mit viel Wärme, doch auf zurückhaltendere Art als Elizabeth. Erleichtert lächelnd sah sie Henry an. Jetzt gehörte sie zur Familie.

Eine junge Frau eilte herbei, während sich gleichzeitig ein großer Husky in den Kreis drängte. Er wedelte nicht nur mit dem Schwanz, sondern mit seinem ganzen Körper. Es gab keinen Zweifel, der Hund hatte Henry erkannt. Seine Zunge fuhr über Henrys Gesicht, als dieser sich hinhockte, um seinen alten Kameraden zu begrüßen.

Dann stand Henry auf und wandte sich Christine zu. Er drückte sie an sich und wiegte sie vor und zurück, während er ihr seine Anteilnahme und Sorge ins Ohr flüsterte. Sie hielt ihn umschlungen und weinte. Wieder einmal nahm Henry den Kummer eines anderen Menschen an und litt mit.

„Wo ist das Kind?“ Elizabeths Frage brachte die Aufmerksamkeit aller in die Gegenwart zurück.

Henry lachte. „Auf dem Rücksitz. Es schläft tief und fest.“

„Oh“, murmelte Elizabeth in großmütterlicher Sorge. „Bringt den armen kleinen Burschen herein, damit wir ihn ins Bett stecken können.“

Henry gab Christine einen Kuss auf den Scheitel und ging mit Angela, um Danny zu holen. Schon bald waren sie zurück, Henry mit dem schlafenden Jungen in den Armen, Angela mit der Reisetasche.

„Mutter, du lässt die Mücken herein“, scherzte Henry, weil Elizabeth in der offenen Tür stehen geblieben war.

„Ich glaube nicht, dass die hier hereinkommen wollen“, lachte Wynn. „Sie mögen keinen Rauch. Christine hat das Abendessen gekocht.“ Sein Versuch, die Stimmung aufzulockern, gelang. Lachend gingen alle ins Haus.

„Ich habe nur Spaß gemacht“, lenkte Wynn ein und blinzelte Angela zu. „Christine ist eine großartige Köchin.“

Elizabeth war völlig damit beschäftigt, den schlafenden Jungen zu betrachten. „Was für ein hübsches Kind“, flüsterte sie. Henry küsste den Kopf des Jungen und strich ihm das zerzauste Haar aus der Stirn, während Elizabeth ihm die Schuhe auszog.

„Ich habe im mittleren Zimmer ein Bett aufgestellt“, sagte Elizabeth zu Angela. „Ich hoffe, meine Liebe, es macht dir nichts aus, mit dem Jungen ein Zimmer zu teilen.“

„Überhaupt nicht.“

„Ich fürchte, es ist etwas eng.“

„Es ist gut. Wirklich.“

Und es war gut. Sauber und frisch und luftig, mit Spitzenvorhängen an den Fenstern und selbst gemachten Steppdecken auf den beiden Betten. Hier würden sie sich beide wohl fühlen.

*

Bald versammelten sich alle anderen im Wohnzimmer. Es brannte kein Feuer im Kamin. Die Nacht war warm, nicht nur wegen des milden Wetters, sondern auch wegen der ausstrahlenden Wärme dieses Familientreffens. Sie waren wieder einmal alle zusammen.

Obwohl noch nicht davon gesprochen worden war, hoffte Henry von ganzem Herzen, dass die Familie bald zwei neue Mitglieder aufnehmen würde. Als er sich im Raum umsah, die glücklichen Gesichter betrachtete und das leise Plaudern vernahm, war er überzeugt, dass ihnen eine Welle des Willkommens entgegenschlagen würde. Er war in seinem ganzen Leben nicht glücklicher gewesen.

*

Die nächsten paar Tage verbrachten die Delaneys damit, Angela und Danny kennen zu lernen. Danny war der Katalysator, der sie alle zusammenführte. Sie lachten über seine Bemerkungen, bewunderten seine Abenteuer und bestaunten wieder das besondere Geschenk des Kindseins. Sie gingen spazieren, machten Picknicks, fuhren mit dem Kanu und angelten, spielten Spiele und tollten ausgelassen mit Teeko herum. Für alle war es eine herrliche, entspannte Zeit, die leider viel zu schnell vorüberging.

Gegen Ende ihres kurzen Besuchs, als Henry sicher war, dass es Angela nichts ausmachte, eine Weile allein in Elizabeths Gesellschaft zu bleiben, richtete er es ein, etwas Zeit allein mit seiner Schwester zu verbringen. „Ich denke, Christine und ich werden das Fleckchen mit den Walderdbeeren aufsuchen, das wir noch von früher her kennen."

„Eine gute Idee", sagte Elizabeth. „Aber viele werden nicht mehr übrig sein. Na ja, vielleicht haben sich noch ein oder zwei Beeren versteckt."

Die zwei kamen nicht bis zur Stelle mit den Erdbeeren. Sobald sie die kleine Stadt hinter sich gelassen hatten, ging Christine auf einen großen Baumstamm zu, setzte sich und stellte ihren Eimer neben sich. „Da sind keine Erdbeeren mehr", sagte sie einfach. „Wir können uns die Mühe sparen."

Henry widersprach ihr nicht, sondern setzte sich auf den blätterbedeckten Boden.

„Ich würde mich gern mit dir unterhalten", sagte Henry geradeheraus. Sie waren immer offen und ehrlich miteinander gewesen.

„Ich wollte auch mit dir sprechen."

Er rupfte einen jungen Grashalm aus, steckte ihn in den Mund und genoss den frischen Geschmack.

„Willst du mir von der geplatzten Hochzeit erzählen?"

Das wollte Christine. Sie erzählte ihm die ganze leidige Geschichte ihrer Beziehung und deren Ende.

„Ich brauche dir wohl nicht zu sagen, dass du die richtige Entscheidung getroffen hast", sagte er, als sie geendet hatte.

„Das weiß ich", gab sie zu. „Aber leicht war es nicht."

„Mit der Zeit wird es leichter werden. Du wirst über ihn hinwegkommen."

„Ich glaube", sagte Christine aufrichtig, „in gewisser Weise bin ich das schon. Ehrlich … ich kann jetzt für ihn beten. Dafür, dass er zu Gott findet. Ich habe gehört, dass er sich zum Militärdienst gemeldet hat. Das macht mir Angst. Papa ist überzeugt, dass es bald Krieg geben wird. Er spricht nicht viel darüber, weil er Mama nicht ängstigen will."

Da war sie wieder, diese drohende Wolke, die über dem Land, über der ganzen Welt hing. All diese Vermutungen und Fragen, die die Menschen veranlassten, gemeinsam den Atem anzuhalten.

Christine fuhr fort: „Mir fällt es nicht schwer zu verstehen, warum Ben so ist, wie er ist. Es ist mein eigenes Verhalten, das mir zu schaffen macht."

„Deins?"

„Wie konnte ich ein derart armseliges Urteilsvermögen haben? Wo war mein gesunder Menschenverstand, und schlimmer noch, meine geistliche Reife? Alle die Dinge, die Papa und Mama uns im Laufe der Jahre beigebracht haben? Mir ist doch bekannt, was die Bibel zu Beziehungen mit Nichtchristen sagt. Wie konnte ich so weit vom Weg abkommen? Ich weiß nicht, ob ich mir jemals wieder vertrauen kann."

Er streckte die Hand aus und klopfte leicht auf ihren neben seinem Kopf baumelnden Schuh, den einzigen Teil, den er erreichen konnte, ohne aufzustehen. „Natürlich kannst du das. Es ist alles noch vorhanden. Vielleicht im Augenblick ein wenig verschüttet, aber noch da. Du hast dich nicht überreden lassen, bei ihnen einzuziehen. Das wäre eine Katastrophe geworden. Und du hast – Gott sei Dank noch rechtzeitig – festgestellt, dass du den Mann nicht heiraten kannst. Wahrscheinlich wärst du den Rest deines Lebens dazu verurteilt gewesen, körperlich und seelisch misshandelt zu werden." Schon der Gedanke daran ließ Ärger in Henry aufkommen. Er warf den Grashalm weg.

„Das, was mich am meisten quält, ist, dass ich gebetet habe … die ganze Zeit über, in der ich mit ihm ausgegangen bin. Ich habe gebetet, habe Gott gebeten, mich zu leiten. Habe ihn gebeten, mir den richtigen Weg zu zeigen … und trotzdem hätte ich beinahe den größten Fehler meines Lebens gemacht."

„Denkst du, dass Gott dich im Stich gelassen hat?", fragte Henry leise.

„Nein. Nein … so etwas nicht. Ich habe ihn nur … sozusagen abgeschaltet. Habe nicht zugehört, wenn er gesprochen hat. Das macht mir Angst." Sie hielt inne, und er dachte darüber nach, was sie gerade gesagt hatte.

„Wenn du dir etwas in den Kopf gesetzt hast", fuhr sie fort, „kannst du dir Gottes Willen im Kopf so hinbiegen, dass er zu deinem eigenen passt. Das habe ich gelernt, und es hat mich wirklich zum Nachdenken gezwungen. Wenn man Gottes Willen für sein Leben tatsächlich kennen will, muss man eine Menge mehr tun als beten. Man muss hinhören, um die Antwort zu verstehen – und man muss gehorchen, und zwar selbst dann, wenn es dem widerspricht, was man sich erhofft hat."

Henry hörte zu und nickte. Es tat ihm sehr Leid, dass sie durch eine so schwierige Situation gegangen war. Doch seine kleine Schwester schien eine der wichtigsten Lektionen im Leben gelernt zu haben.

„Und … wie soll es jetzt weitergehen?", fragte er.

Sie lachte. „Na ja, ich muss mir bald wieder einen Broterwerb suchen. Unsere Eltern haben höchst mitfühlend mein gebrochenes Herz gepflegt, doch man kann sich nicht immer wie ein Baby bemuttern lassen."

„Wohin willst du gehen?"

„Ich habe mich schon umgesehen, aber hier gibt es nicht viel Arbeitsmöglichkeiten. Ich … wahrscheinlich muss ich in die Stadt zurück."

„Wie wäre es, wenn du mit mir zurückkommst?", bot Henry an. „Sicher kannst du in unserer Gegend etwas finden, und dann hättest du wenigstens Familie in der Nähe."

Zuerst hellte sich ihr Gesicht auf, und er dachte schon, dass sie zustimmen würde. Doch dann schüttelte sie langsam den Kopf. „Ich glaube nicht, dass es eine günstige Zeit ist."

„Du brauchst dich ja nicht zu beeilen. Du könntest bei mir wohnen und dir Zeit lassen, etwas zu finden."

„Ich habe nicht an mich gedacht.“

„An wen denn?“

„An dich … und Angela.“

„Das würde aber nicht …“

„Doch es würde. Du hast eine wunderbare Partnerschaft mit ihr, Henry. Ich bete, dass ich eines Tages … auch so etwas finde. Sie ist eine tolle Frau, die ich bereits lieb gewonnen habe. Es wäre einfach nicht richtig, wenn ich jetzt kommen und deine Aufmerksamkeit und deine Zeit rauben würde. Ihr beide müsst euch erst mal ganz auf euch und Danny konzentrieren.“

Zuerst wollte er ihr widersprechen, doch schon, als er zu reden begann, erkannte er, dass sie Recht hatte. Er freute sich über ihre Selbstlosigkeit, ihre Reife und Einsicht. Er stand auf und gab ihr, wie sie es früher zu tun pflegten, einen scherzhaften Stoß.

„Für einen Teenager bist du gar nicht so dumm. Ich denke, du wirst es schaffen.“

Sie lächelten sich liebevoll zu. Es wurde Zeit, die leeren Beereneimer zu nehmen und nach Haus zu gehen.

*

Der Familie Delaney blieb nur noch ein gemeinsamer Tag. Die Zeit war viel zu schnell verflogen.

Danny war der Ansicht, dass sie einfach bleiben sollten. „Warum können wir nicht hier wohnen?“, fragte er Elizabeth ernsthaft. Sie nahm ihn in die Arme und erklärte ihm, seine Großeltern würden schon darauf warten, dass er zurückkäme, doch in ihrem Herzen dachte sie, dass es ihr sehr gefallen würde, ihn in der Nähe zu haben. Er hatte sie „Oma Beth“ genannt, wie sie es ihm vorgeschlagen hatte, und sie war sicher, dass es nur eine Frage der Zeit war, bis …

„Wäre es nicht wunderbar, Großeltern zu werden?“, fragte sie Wynn, als sie sich zur Nacht fertig machten.

Er musste gewusst haben, woran sie gedacht hatte. „Er ist ein lieber kleiner Bursche“, erwiderte er mit einem leisen Lachen.

„Angela ist auch sehr liebenswert, findest du nicht?“

„Ja, sehr.“

„Ich freue mich so sehr für die beiden."
„Bist du nicht ein wenig voreilig?"
„Das glaube ich nicht. Ich sehe diesen besonderen Blick in ihren Augen."
„Den, den du auch in meinen gesehen hast, als ich mich in dich verliebt hatte?", neckte er sie.
„Pah! Du hattest deine Gefühle so gut versteckt, dass ich es nie vermutet hätte", erwiderte sie mit gespieltem Hochmut.
Er zog sie in seine Arme. „Kannst du diesen gewissen Blick jetzt sehen?"
Sie sah zu ihm auf und nickte. Ihre Augen wurden plötzlich feucht. „Jetzt sehe ich ihn."
„Das ist es, was zählt", sagte er und küsste sie auf die Nase.

*

An ihrem letzten Abend machten Henry und Angela einen Spaziergang unter den schimmernden Junisternen. Wegen der angriffslustigen Mücken hatten sie sich nachts nur selten hinausgewagt, doch da Danny bereits im Bett lag, hatte Henry den Vorschlag gewagt und Angela hatte gern zugestimmt.
Eine Weile gingen sie einfach nebeneinanderher und erfreuten sich ihrer Nähe und des abendlichen Friedens. Die zunehmende Dunkelheit bildete einen Vorhang um sie, in dem sich Verstand und Seele auf besondere Weise nahe waren.
„Als ich ein Kind war, habe ich um diese Zeit auf die Wölfe gelauscht", sagte Henry gedankenverloren. „Mein Vater lehrte mich, sie zu lieben. Ich hatte fast das Gefühl, sie zu kennen."
„Einer vom Rudel zu sein?", neckte sie ihn.
Seine Hand umschloss ihre fester und er ging auf ihre scherzhafte Stimmung ein. „Jetzt fühle ich gewissermaßen, dass ich gern mein eigenes Rudel hätte."
„Ein Wolfsrudel?", neckte sie ihn zurück.
„Nein … etwas Menschlicheres." Beide lachten leise. Er verhielt den Schritt, drehte sich zu ihr und nahm sie in die Arme. „Eine Familie", flüsterte er. „Es ist schwer, geduldig zu sein. Mir kommt es vor, als hätte es Jahre und Jahre gedauert, in denen ich

gewartet und gebetet habe. Doch jetzt … darf ich mir jetzt Hoffnungen machen?"

Ihre Stimme erklang direkt unter seinem Kinn. „Hmm. Man müsste mich fragen."

„Ich glaube, das könnte ich tun."

Er hob ihr Kinn und ließ den Mond, der über ihnen stand, in ihre Augen scheinen. „Ich liebe dich, Angela. Dich und deinen wunderbaren kleinen Jungen. Ich wäre so stolz, dich als meine Frau zu haben. Möchtest du mich heiraten?"

„Ich wäre glücklich, zu deinem Rudel zu gehören", antwortete sie mit einem Flüstern.

Es schien, als würde ihnen der Mond am Himmel zuzwinkern. Der sanfte Wind spielte leise Lieder in den Pappelzweigen. Henry fühlte das alles, doch bewusst war ihm nichts, außer dem Lied in seinem Herzen und der Frau in seinen Armen.

Diesmal weinte sie nicht.

Er wollte zurückrennen und den anderen die wunderbare Nachricht verkünden. Und gleich würde er das auch tun. Er hatte das Gefühl, dass keiner allzu überrascht sein würde. Doch erst wollte er noch bleiben und diesen besonderen Augenblick des Glücks genießen. Sie hatte Ja gesagt und sein Herz zum Singen gebracht. Er fühlte, dass der Vater, irgendwo über Mond und Sternen, ihnen mit göttlichem Einverständnis zulächelte. Sein Herz hauchte ein aufrichtiges Dankgebet. Wahrhaftig, Gott war gut!

EINE FRAU AUF DER SUCHE NACH ANTWORTEN

Janette Oke

**FIONA –
IM HERZEN
DER WILDNIS**

Roman

Fiona ist noch keine vier Jahre alt, als ihre Eltern bei einem tragischen Bootsunfall ums Leben kommen. Doch ihr Großvater, der Trapper George McMannus, nimmt das Kind zu sich, und so wächst Fiona in der Wildnis der Wälder Kanadas auf.

Papa Mac, wie Fiona ihren Großvater liebevoll nennt, bringt ihr alles bei, was sie für das Überleben in der Wildnis wissen muss. Und Nonie, die Indianerfrau, kümmert sich um sie, während George tagsüber auf seiner Jagdroute ist. Von ihr lernt sie, die Natur zu achten und zu lieben.

Fiona träumt jedoch davon, eines Tages zurück in die Stadt zu ziehen und zu studieren. Sie erhofft sich Antworten auf all die Fragen, die sie bewegen. Antworten, die ihr weder George noch Nonie geben können. Wird sie diese Antworten auf der Universität finden?

Gebunden, 240 Seiten, Bestell-Nr. 815 899